rowohlt
BERLIN

ALBRECHT
SELGE

DIE TRUNKENE FAHRT

ROMAN

Rowohlt · Berlin

Der Autor dankt der Stiftung Preußische Seehandlung für die Unterstützung bei der Arbeit an diesem Roman.

1. Auflage September 2016

Satz aus der Mercury bei Dörlemann Satz, Lemförde
Druck und Bindung CPI books GmbH, Leck, Germany
ISBN 978 3 87134 162 5

Für meine Mutter,
die niemals trank und fuhr
und trotzdem
zu den Sternen gelangt ist

Empfangen Sie Mozarts Geist
aus Haydns Händen.
Graf Waldstein an Beethoven

Das konnte ja nicht gutgehen:
Vier Männer in einem Auto.
Bibi Blocksberg

ach

Auf-ste-hen Herr Dok-tor

Er wurde am Arm in eine andere Welt gerissen.

Es war Kumm:

Aufstehen, Herr Doktor Zwantulla!

Mein Gott, auf-ste-hen!

Dort waren seine Beine tot, er spürt seine Beine nicht mehr was ist mit meinen

Stehen Sie doch bitte auf, Doktor Gasser ist ja bereits da, er wartet auf Sie.

Nein. Die Beine sind nicht tot, im Gegenteil, Muskelkater, *jede* Faser der Beine zu spüren, wie hat er sich bloß einbilden können, sie *nicht* zu spüren? Dass man so fest schlafen kann. Als wäre die Welt weg gewesen. Nein, vielmehr: als hätte es dich nicht gegeben. Oder du wärst ein Stein gewesen. Stein erwacht zu Leben. Das steinerne Nichts ist fort, aber etwas hat es hier gelassen: kalte Füße. Aber man hat keine toten Beine, wenn man kalte Füße u. Muskelkater hat. Alles von der verdammten Bergwanderung gestern mit Kumm, diesem Ungemüt, der nun schon wieder drängt. – Vorsichtig schob er die verkaterten Beine aus dem Klappbett. Die Beine wurden wieder seine Beine. Zu seiner Verwunderung war alles noch da, wo es gestern gewesen war: Klappbett in der Mitte der Stube, Kruzifix mit Maiskolben (wie Ohrringe) an der Wand,

Kumms Klarinette auf dem Büchertisch; selbst der Tisch, an dem sie gestern mit Perger gesessen u. einige Gläser getrunken u. übers *Wohltemperierte Klavier* diskutiert hatten (was hatten sie da bloß für schändlichen Unsinn geredet). Vor dem Fenster Dunkelheit u. im Dunkeln die Berge, die sind noch dunkler. Kaum konnte er sich anziehen, das Hemd von gestern, die guten Schuhe mit den glatten Sohlen, schon schob bzw schubste Kumm, der Ungemüt, ihn vor die Tür, wo ein Klein(st)wagen stand, nicht das Taxi, mit dem er vorgestern auf die Alm gekommen war, sondern ein Fiat Panda mit laufendem Motor. Undefinierbar grauer Wagen mit dunkelgrauem Querstreifen vom Vorder- zum Hinterrad. Das Gras nass, die Scheinwerfer schienen in den Nieselregen, im Panda saß ein magerer Mann im Lämpchenschein u. rauchte bei geschlossenem Fenster, mit blaugetönter Brille, sah aus wie ein einsames Herz an einer nächtlichen Theke auf einem Bild von Edward Hopper bzw eines schlechten Epigonen (Bild einer trostlosen Absteige, das in einer trostlosen Absteige hängt, das in einer trostlosen usw). Wie lange wartet der schon da? Die ganze Nacht. Seit Ewigkeit. Aber dann würde ja Kumm nicht so drängen, u. der Motor lief. Kein Benzin hält ewig. Die Beine trugen ihn widerwillig hinüber. Der Blaubrillige kurbelte das Fenster runter u. streckte ihm die hagere Hand entgegen:
Gasser. Ihr Cicerone. Schon viel von Ihnen gehört. Er blickte Zwantulla durch die blauen Gläser an.
Ach so? Was denn?
Der Cicerone kicherte, aber nicht unfreundlich. Sie stehen ja im Regen, Herr Doktor Zwantler.

(Nicht doch, nicht Doktor ... egal ...)
Er öffnete ihm die Beifahrertür, damit er sich am vorgeklappten Sitz vorbei auf die Rückbank quetschen konnte, sehr eng, der Panda wackelte beim Einsteigen, die Rückbank mit einem cordartigen Stoff bezogen. Rau. Seine Knie drückten in die Vorderlehne.
Ich sehe nach, wo Hibiscus steckt!, rief Kumm, immer das Gleiche!, u. stakste ungemütlich in die Hütte.
Der Cicerone, der es nicht eilig zu haben schien, drehte sich zu Zwantulla um u. zog gutgelaunt die Augenbrauen hoch, was sich nicht auf Hibiscus' Trödeln zu beziehen schien, sondern auf Kumms Ärger.
Professor Kumm ist wohl mit dem falschen Fuß aufgestanden, sagte Zwantulla.
Der Cicerone schaute ihn fragend an, fast beleidigt (hatte er was Falsches gesagt?). Er trug ein Polohemd u. hatte Glupschaugen bzw einen melancholischen Blick, es mochte an der blaugetönten Brille liegen.
Zwantulla lächelte verunsichert-blöd u. langte über die Schulter, um sich anzuschnallen, fand jedoch den Gurt nicht u. sah, als er sich hinwandte, dass der Gurt abgeschnitten war, nanu?
Ich habe die Gurte rausgenommen.
?
Ungute Sache, die uns der Legislativ aufgenötigt hat.
Von seinem Vater zur Eile getrieben, kam Hibiscus aus der erleuchteten Hütte, Palästinensertuch um den Hals u. Rucksack über der Schulter, eine Art Armeerucksack, olivgrün u. mit Lederschnallen, sehr groß, aber schlabbrig, schien also nicht viel drin zu sein; er stolperte

über die Schwelle, wäre fast hingefallen, Kumm stöhnte vernehmlich. Hibiscus schaute erschrocken, berappelte sich, legte den Rucksack vorsichtig, als wärs ein Säugling, in den Kofferraum u. wollte sich nach vorn setzen, aber der Cicerone wies ihn auf die Rückbank: Wir holen doch noch euern Pianistenfreund ab. Also zwängte Hibiscus sich zu Zwantulla. Der Panda wackelte. Zum Glück ein dürrer Kerl, der Hibiscus. Oh, Ihre Hüfte, hihi.
Tut mir leid, dünner kann ich mich nicht machen.
Nicht zu eng im Fond, hoffe ich, sagte der Cicerone. Am Rückspiegel baumelte ein Rosenkranz. Schön, dich mal kennenzulernen, Hibiscus. Ich bin heut euer Cicerone.
Cice … was?
Paul Gasser. Kannst mich Paul nennen. Dein Vater und ich sind alte Freunde, wie du weißt. Hab schon viel von dir gehört.
Ja? Was'n?
Der Cicerone kicherte freundlich. Sag mal, hat dich heut Nacht der Blitz getroffen, Hibiscus?
Blitz, wieso'n?
Deine Haare stehen ja zu Berge! Haarsträubend! Siehst aus wie der Papa vom Eraserhead, kennst du den Film? Oder wie ein zersplitterter Pfahl.
Ach so. Hihi. Keine Zeit zum Kämmen. Eraserhead, keine Ahnung … ich mag lieber diese amerikanischen Filme, wo sie mit solchen riesigen Autos rumfahren.
French Connection, oder? …
Nein, amerikanische Filme, französische sind nicht so meins, da wird zu viel geredet.
Hast Recht. Die Franzosen, die reden und reden. Richtige

Schwatzköpfe sind das, ein einziges Mäandern. Sie haben nicht das Temperament für das, was der Brite *a silent conversation* nennt. Ist wahrscheinlich in der Musik genauso, oder, Herr Doktor Zwantler? Sie als Musikkritiker. Viel Dampfplauderei, oder? Debussy, Ravel, da ist doch gewiss jede Menge heiße Luft dabei ...

Nun ja ...

Ist nur mein Eindruck. *Sie* sind der Experte. Mein Faible ist die schöne Literatur. Die Philosophie. Übrigens auch die bildende Kunst. Und der anspruchsvolle Film, wann immer es geht, fahr ich nach Innsbruck in den Cinematograph, oder nach Mailand ins Anteo ... Und wenn ich in Wien bin, geh ich ins Filmmuseum ... in die Albertina und ins Kunsthistorische Museum auch ... im Grunde alles außer klassischer Musik ... aber über allem die Literatur! Ah! Sie öffnet und weitet den Blick. Musik macht hingegen hektisch, wenn ihr mich fragt, dein Vater, Hibiscus, der berühmte Kompositionsprofessor, ist doch das beste Beispiel, der ist ein unverbesserlicher Hektiker. Das sag ich, obwohl er mein alter Freund ist. Er brauchte dich nicht so rauszuschubsen, wir haben doch den ganzen Tag Zeit.

Eben, seh ich genauso. Ungemütlich, nicht mal gefrühstückt ... gut gesagt, schon immer ein Hektiker. Muss in den Genen liegen.

Ach so? Ist doch dein Vater.

Ja, schon ...

Übrigens steht er vor der Hütte und schaut ganz ungeduldig, wann wir losfahren.

Wo is'n der Gurt?

Hab ich rausgetan.
Huch, warum'n das?
Ungute Sache, die uns der Legislativ aufgenötigt hat.
Das stimmt! Richtig so, hihi ... sage ich als Jurist!
(*Als Jurist.* Dieser Bummelstudent!)
Endlich fuhren sie los, erstmal vorwärts auf die Almhütte zu, wo Professor Kumm im Lichtkegel im Nieselregen stand. Trotz Regen kein Scheibenwischer, war ja auch kein starker Regen. Kumm winkte ihnen mit beiden Armen, ausladend, als legten sie zu einer Weltumseglung ab u. er stände auf einem weit entfernten Kai, nicht ein paar Schritte vor ihnen. Sie wendeten, wohin fuhren sie eigentlich?
Erstmal nach Sterzing, Professor Berger holen.
Nein, das hatte er nicht gemeint. Wohin fuhren sie. Hinab in den dunklen Wald. Hauptsache weg von der Almhütte, *Spruchbude* hatte Bolleit, Zwantullas W-Berliner Freund u. (Ex-)Kollege, sie einst genannt (weil Hilde Kumm dort ihre furchtbaren Aphorismen verzapfte), jetzt war Bolleit tot u. begraben, begraben im strömenden Regen, dazu die strömenden Tränen seiner belgischen Witwe, fast eine Seebestattung, die Grube war Zwantulla vorgekommen wie ein bodenloses Fass, was da hineinging, überhaupt, war das ein entsetzliches Frühjahr gewesen, lauter Beerdigungen: sein väterlicher Freund Havestock, sein heruntergekommener Exkommilitone Piltz, sein Altkollege Stiller, der Plattenkritiker Schapp, der Generalbassexperte Stuck, der Vater des jugoslawischen Hausmeisters Prpić, der im Bett gequalmt hatte ... alle beerdigt, Namen wie Schall u. Rauch bzw Nacht u. Nebel, was für

ein Frühjahr, *meine Seele von einem feuchten, nieselnden November erfüllt*, hatte er, der sonst wenig las, am Brenner auf der 1. Seite des Buchs, das er noch von Bolleit bekommen hatte, gelesen; in diesem Frühjahr hatte er sich ertappt, *wie ich unfreiwillig vor Sarggeschäften stehenbleibe und hinter jedem mir begegnenden Leichenzug einhertrotte*, bei seiner schönen lebenslustigen Jülide hingegen hatte er sich schon ewig nicht mehr gemeldet, vielleicht deshalb (mal auf andere Gedanken kommen, auch tut die Bergluft gut gegen Überarbeitung u. Übergewicht, u. in ein paar Tagen gab es ja diese Zaubitzer-Uraufführung in Toblach, über die er für die *Tagespost* schreiben würde) die Einladung der Kumms angenommen, die ihm schon in W-Berlin unsäglich auf die Nerven gingen; u. die nun so freundlich waren, diese 1tägige touristische Rundfahrt organisiert zu haben. Außerdem waren Kumms nur ein Zwischenhalt, morgen würde er zu Praetorius weiterfahren.

Weg all die Namen! Stattdessen reine Bergluft! Er atmete tief ein, die Fenster des Panda waren geschlossen. Die Zigarette des Fahrers glühte im Dunkeln. Der Wald war schon bei Zwantullas Ankunft vorgestern dunkel gewesen, anscheinend fuhr man nur im Dunkeln durch diesen Wald. Feuchter, nieselnder Juni. Die Scheinwerfer des Panda schienen auf die Schotterstraße, es schien jetzt sogar stärker zu regnen, ja schüttete aus Kübeln, nun hätte man doch den Scheibenwischer (der Panda hatte nur einen!) anmachen sollen, aber der Cicerone (*Paul Gasser*, hatte er richtig verstanden?) tat es nicht u. fuhr schnell, sehr schnell, noch schneller als vorgestern

der Taxifahrer, der ebenfalls Paul Gasser geheißen hatte (*TAXIUNTERNEHMEN d. Gasser Paul, Sterzing/Vipiteno*), bzw ließ den Panda einfach bergab rollen, nahm auch die Kehren ungebremst, nur 1 Hand am Steuer, in der anderen Gauloise. Der Rosenkranz schaukelte. Auch Zwantulla (Roth-Händle) u. Hibiscus (Camel) begannen zu rauchen, der Panda war im Nu verqualmt. Sie aschten in Hibiscus' linke Hand, Hibiscus hatte sie ihm hingehalten, als Zwantulla sich gefragt hatte, wo er hinaschen sollte, da sich die Fenster hinten nicht öffnen ließen. Was, in Ihre Hand?
Ja, kein Problem, hihi.
Und die Kippen?
Her damit! Gasser streckte die Hand nach hinten. Er kurbelte das Fenster einen Spalt auf u. warf sie raus. Dann nahm er ein Feuerzeug u. zündete sich eine neue Gauloise an. (Gab es im Fiat Panda keinen Zigarettenanzünder?) Wenn Zwantulla sich zur Seite drehte, sah er Tropfen u. Schlieren auf der Scheibe u. dahinter nur Schwarz, aber Hibiscus erspähte auf seiner Seite den bevorstehenden Sonnenaufgang: Sehen Sie, der Lichtstreif über der Pfitschspitz, wunderschön!
Gasser beugte sich, ohne zu verlangsamen, über den leeren Beifahrersitz zum Fenster u. murmelte: Dem.
Was?
Dem Pfitschspitz. Spitz ist Maskulinum. Hast Recht, der neue Tag am Horizont, metaphysisch.
Herrlich, sagte Hibiscus.
Mystisch, sagte Gasser.
Großartig.

Sibyllinisch. Fiat lux. Überhaupt großartig, dieses alte Feuerrad, jeden Tag aufs Neue, das Rad der Maya.
Maja? Die Biene?
Nein, Schopenhauer. Schaut euch aber auch die Spitze des Berges an.
Der ... *des* Pfitschspitzs?
Ja. Schaut wie der Gipfel leuchtet ... fast verschwindet er im Licht.
*Super*schön.
Delphisch. Außerdem gut, dass es aufgehört hat zu regnen, bei Regen kann ich schlecht sehen.
Aber da, sehen Sie mal, was da ist! Immer noch! Ein Stern ... mitten im Sonnenaufgang! Der Abendstern!
Haha, Hibiscus, das ist doch der Morgenstern! – Zwantulla sah überhaupt nichts, er hätte sich den Hals verrenken u. seinen Kopf Hibiscus quasi auf den Schoß legen müssen, um rechts rauszuschauen, der Panda war zu eng, das Dach zu niedrig, das Fenster zu klein. Auch nach der nächsten Kehre, als sie in die andere Richtung fuhren, sah er den neuen Tag nicht, jetzt waren die Bäume zu hoch u. zu dicht. Dann aber plötzlich: ein gewaltiger Schwall Helle, sehr laut. Wie die *Alpensinfonie* ... Moment mal, wieso laut?
Bergrettung, sagte Gasser. Die ganze Nacht schon. Jede Menge Deppen da draußen.
Hibiscus stimmte ihm zu, er u. seine Brüder hätten gestern, unterwegs auf die ... *den* Pfitschspitz, so einige Esel getroffen, z.B. einen älteren Herrn aus Frankreich in T-Shirt u. kurzer Hose, der nur einen kleinen Rucksack dabeihatte. Dabei habe bis unter 2000 Meter noch

Schnee gelegen. Und einen Gletscher gibts da oben auch. Und der Franzose, der redete und redete! (Die Franzosen, ich sags doch, die mäandern!) Dick außerdem, hat eine richtige Wampe vor sich hergetragen. Was er darin habe? In der Wampe? Nein, im Rucksack: De l'eau, du glucose, de la crème solaire. Haarsträubend, oder? Gut, immerhin Sonnencreme, aber sonst ... sie hingegen, Hibiscus u. seine Brüder, hätten biwakiert (zugegeben: riskanterweise im Gewitter), natürlich nicht aus Sicherheits- u. Organisationsgründen, die Zillertaler Alpen sind ja nicht der Himalaya, sondern um das Gebirgserlebnis zu intensivieren.

Und wie wars, euer Gebirgserlebnis?

Toll, usw. – Überhaupt waren Hibiscus u. Gasser trotz Morgenstund entsetzlich gesprächig, Hibiscus redete von seinem Studium in Bologna, jedoch weniger von Jura als von Frauen, Restaurants u. seinen liebsten Freizeitbeschäftigungen, z. B. Rafting.

Was?

Eine Art Wildwasserpaddeln, aber im Schlauchboot.

Wildwasserpaddeln im Schlauchboot, rief Gasser, bist du lebensmüde?

Nein, es gibt doch im Raft mehrere Luftkammern, und das Gummigewebe ist megadick, viel sicherer als ein Einbaum aus Polyethylen oder Schilf. Schilf, das ist bescheuert.

Wieso, ist doch ein Naturmaterial, muss der Mensch erstmal nachmachen.

(Wildwasserpaddeln, woher kannte er das? Woran erinnerte ihn das?)

Und San Petronio, fragte Gasser weiter, was ist mit San Petronio?
Da gehen doch nur die Amis hin. Die Spaghetti alle vongole sollen gut sein, aber viel zu teuer, Touristenpreise. Touristen sind ja so dumm, nicht nur die Franzosen ... viele Amis etwa machen einen Sprachkurs in Bologna ... hübsche Frauen, die wollen was erleben in Europa, hihi ... überhaupt, *Frauen* ...
Nein, ich meine die Basilika, die unfertige Basilika von Bologna.
Die Kirche?
Ja.
Stimmt, die sieht schäbig aus, ich versteh nicht, warum sie die nicht fertig bauen. Es kommen ja viele Touristen, da könnte man schon ... naja, Italiener eben. Was ist das eigentlich für eine Holzkette da am Rückspiegel? Die baumelt so lustig. Hab ich auch in Bologna schon ein paarmal gesehen.
Wie konnte der Sohn der Kumms nur ein solcher Trottel sein? Spross eines Kompositionsprofessors u. einer Aphoristikerin, d. h. Komposition + Aphoristik = Trotteltum? Jedenfalls eine eminente Sportskanone, das pure Leben. Bei Praetorius war ja die ganze Sporttreiberei wenigstens krankhaft u. leibschädigend, wie der immer hustete u. pustete nach dem Sporttreiben, das war ja noch was, das würde nicht gut ausgehen, ansonsten war Praetorius natürlich auch furchtbar (wie der ihn ärgerte, dieser silberhaarige reedersprossige Großkritiker, spitze Feder, roter Sportwagen, Villa in Blankenese, *Mackie Beckmesser* hatte Bolleit ihn seinerzeit genannt; zudem Mann

seiner Exfrau; überhaupt diese grässliche bedeutende Hamburger Wochenzeitung ...), Praetorius' Einladung anzunehmen war dümmer gewesen als Kumms Einladung anzunehmen ... nur nicht aufregen ... die Bergluft würde helfen ... wenn nur die Fenster nicht geschlossen wären ... trotzdem, der hier, Hibiscus, der war einfach ... *sportlich.* Mit so einem Hüfte an Hüfte!

Der blaue Himmel, sagte Hibiscus, der schöne Baum.

In geistiger Hinsicht eine Tranfunzel mit abstehenden Haaren, *ich als Jurist,* an wen erinnerte ihn der? An einen blanken Icherzähler, der in der 3. Person anwesend ist, d. h. nutz- u. eigenschaftslos. *Nennt mich Hibiscus.* Es war ja ein Spitzname, von seinen Brüdern verpasst, wie sie gestern erzählt hatten, als Zwantulla sie kennenlernte, nachdem sie von ihrer Bergwanderung zur Hütte gekommen waren, nach einem Buch von Hesse, eigentlich hieß er Heinrich ... Hibiscus, nicht Hesse, der hieß ja Hermann wie der Cherusker, aber wieso überhaupt Hesse? Hieß das Buch nicht Hyazinth? *Hyazinth und Rosenkohl* ... oder war das was anderes? Er las nicht viel ... in den letzten Wochen, ja Monaten nur den Anfang des Buchs, das er noch von Bolleit bekommen hatte ... und würde er lesen, dann nicht Hesse, österreichische Schriftsteller waren ihm ein Graus, wie die *Alpensinfonie,* gut, die war von einem Bayern, trotzdem ein Graus ... *Ich hab einmal so komponieren wollen, wie die Kuh Milch gibt* ... müde, er war so müde, nicht gefrühstückt, da kullern die Assoziationen. Ständig berührten sich ihre Knie. Jetzt redeten sie auch noch über Fußball, Kabale zwischen Daum u. Hoeneß (Kabbelei, hihi, kann man wohl sagen), Wohlfahrt der

Beständige, usw, das interessierte ihn überhaupt nicht. Hibiscus fuhrwerkte dabei mit der rechten Hand in seiner Hosentasche, verrenkte sich fast, holt der sich etwa einen runter? Nein, er kramte nur Streichhölzer aus der Tasche, um sich eine neue Camel anzuzünden. Das abgebrannte Streichholz legte er umgedreht in die Schachtel u. steckte sie wieder in die Hosentasche, fuhrwerkte weiter, schließlich zog er auch noch Bonbons heraus u. hielt Zwantulla ein gelbes hin, in durchsichtiger Folie: Wollen Sie?

Nein danke.

Lieber ein rotes?

Nein danke, ich mag keine Bonbons.

Sie, Herr Gasser?

Sag ruhig Paul. Ja bitte, könntest du es auswickeln und mir in den Mund stecken? Ich brauch die Hände zum Fahren.

Klar, Herr Gasser ... verdammt, die Folie geht nicht ab.

Immer das gleiche mit Bonbonfolien! Egal, gibs mir, wenn noch ein Stück dranklebt, spuck ichs aus. Hibiscus beugte sich nach vorn u. schob ihm das Bonbon in den Mund. Ah, gut!

Ananas, die gelben sind Ananas. Wollen Sie nicht doch eins?

Nein danke, ich rauche lieber.

Roth-Händle, heftig, hihi. – Zwantulla wunderte sich, Gasser hätte doch die Zigarette zwischen die Lippen stecken u. das Bonbon mit der Hand nehmen können. Eine Menge Hebel u. Knöpfe hatte er da vorn, komisches Auto.

Sagen Sie mal, Herr Doktor Zwantler, was ist eigentlich mit Ihnen los? Fühlen Sie sich nicht recht wohl?
Wie bitte?
Genau das meine ich, sagen Sie doch einfach: *Was*. Ist doch ein wunderbares deutsches Wort, wir sind unter uns, wozu die Umstände ...
Was?
Ob Sie sich nicht recht wohlfühlen.
Nein, es ist nichts, ich habe nur ... sehr fest geschlafen heute Nacht.
Das verstehe ich! Tiefer Schlaf ... unfassbar, dass die Welt existiert, die Sterne funkeln, *während man schläft*. Wie es so schön heißt: dass die Welt *fort*existiert. Eine menschliche Grunderfahrung, stets aufs Neue erschütternd, beschreib-, aber nicht begreifbar. Dazu diese existenziell verstörende Demütigung, dass unser unendliches Ich sich ausknipsen lässt wie eine Glühbirne. Oder? Ich schlafe übrigens kaum je länger als drei Stunden, höchstens vier. Schon als Kind, usw usw, schließlich, alles mit Bonbon im Mund: Ich sehe, wir verstehen uns, Herr Doktor Zwantler. – Kurz vor Sterzing spuckte er ein Stück Folie aus dem Fenster u. deutete hinaus: Dort, das Sterzinger Moos.
Zwantulla sah eine Wiese voller Kühe. In der Ferne ein Dorf mit gotischem Kirchturm.
Die schönen Kühe, sagte Hibiscus.
Was waren das für große Tiere, mit Landkarten gefleckt.
Überzüchtete Steinways, sagte Bolleit, der neben ihm saß, fleischerne Monstren. Moment mal, wieso saß Bolleit da? Der lag doch auf dem Friedhof Stubenrauchstraße.

Es war doch schon eng genug hier. Aber für einen Geist ist immer Platz. Doch was verschlug Bolleit in die Berge? Er hatte die Natur gehasst. (Im Gegensatz zu Jülide, die hätte er vielleicht mitnehmen sollen.) Hoffentlich war er nicht wegen der heiklen Geschichte mit seiner belgischen Witwe hier ... nein, verstehe, bloß wegen der Kühe: Bolleit hatte auch Steinways gehasst u. mit überzüchteten Milchkühen verglichen. Zwantulla kam es jetzt umgekehrt vor: Weiden voller Steinways. Wie war er darauf gekommen? Klar, er hatte an den Steinway gedacht, der aus dem Helikopter in den Ozean geworfen worden war, in den 70ern, als Zaubitzer Amerika erobert hatte. Würde der jetzt auch einsteigen? Nein, Zaubitzer lebte wohl noch, auch wenn es still um ihn geworden war; bei ihrer letzten Begegnung war er Zwantulla wie ein Junkie vorgekommen. Damals hatten seine Kompositionen Furore gemacht, nicht nur der Steinway-Abwurf. In 3 Tagen sollte im Grand Hotel Toblach ein von irgendwem ausgegrabenes Frühwerk Zaubitzers uraufgeführt werden, da würde Zwantulla hinfahren, das Angenehme mit dem Nützlichen verbinden. Bzw das Unangenehme mit dem Unnützen, um ehrlich zu sein. Als er neben sich sah, war Bolleits Geist verschwunden. Wie hätte der hier auch hineinpassen sollen. Nur Hibiscus saß da u. unterhielt sich nach vorn mit Gasser über Land u. Leute, anscheinend lästerten sie auch über Hibiscus' Vater, Gasser äffte ihn nach: Überall Penner, nicht wahr? Hibiscus lachte herzlich. Du kennst ihn ja am besten, Hibiscus!
Hihi, kann man wohl sagen! Noch ein Bonbon? Gelb oder rot?

Danke, ich rauch lieber. – Es war jetzt Tag, die Sonne durchgebrochen bzw sah aus, als ob es hier unten noch nie geregnet hätte, alles trocken. Ewig her, 1000 Jahre, dass das Pfitschtal in einer Alpensintflut abgesoffen war (wenn es überhaupt stimmte, was Kumm erzählt hatte). Hat es nur auf der Alm gewittert? Auf dem Berg?
Ja, ich hab das Gewitter bloß aus der Ferne gesehen. Als ich losgefahren bin, wars sternenklar, ich bin zu euch in den Regen hochgefahren. Das ist ganz normal hier. Wollen wir hoffen, dass es heute schön bleibt, damit ihr etwas zu sehen bekommt von unserem schönen Land.
Kann man wohl sagen, dass es schön ist, sagte Hibiscus.
Ja, sehr schön, sagte Gasser, unser Nutztierarkadien.
Aha, so ein Heimatkritiker war er also, einer dieser Beanstander, die aber die Heimat nicht verachten, sondern lieben (deshalb Rosenkranz), jedoch nur das Unverdorbene, nicht die Bigotterie: die *Kappl oa, Kreizl schlogn-Frömmigkeit* bei Tisch, huren u. saufen, von der Raffgier zu schweigen, der Profit ist ihr Prophet, aber sich am Aschermittwoch das Aschekreuz auf die Stirn schmieren, usw. – Sie bretterten in die noch menschenleere Altstadt von Sterzing, über mehrere Zebrastreifen, bis zum prächtigen *Hotel Kaiser Maximilian* neben einem gotischen Kirchturm, wo Perger, hager u. mit Pferdeschwanz, auffällig kleine Augen, karierter Strickpulli, unter dem Arm ein schwarzes Täschchen, eine Art Aktenmappe, bereits auf sie wartete.
Der Panda stand.
Zwantulla beneidete Perger um das Hotelbett; nie hätte Perger im Klappbett auf der Almhütte geschlafen (nie

hätte Kumm Perger das angeboten, dem bedeutenden, nicht an Pedal sparenden Pianisten, von Bolleit *pianistischer Glanzschwanz* genannt, gerühmter Lisztspezialist (*Spezialiszt*, so einst in einem unseligen Anfall von Witz Zwantullas seliger, nun auf dem Alten St.-Matthäus-Kirchhof ruhender Altkollege Stiller), der quasi jedes Konzert mit der berühmten h-Moll-Sonate beschloss, dieser überschätzten, gähnend langweiligen, einschläfernden h-Moll-Sonate). – Zwantulla schüttelte den Kopf, um den Assoziationsspuk loszuwerden.

Trotz Hotelbett wirkte Perger nicht recht erholt, nicht nur wegen der kleinen Augen.

Als er einsteigen wollte, bat Hibiscus ihn, kurz zu warten, u. streckte die Hände raus, um sie abzuklopfen, dabei wirbelte die Asche auf u. teils zurück in den Panda, Perger kniff die Augen zu u. schien ein wenig zu schwanken.

Dann setzte er ein Lächeln auf u. stieg in den wackelnden Panda.

Puh, das stob!, nuschelte er, als er auf dem Beifahrerplatz saß, klemmte sich das Täschchen zwischen die Knie u. schüttelte reihum die Hände.

Paul Gasser, ich bin heute Ihr Cicerone, Herr Professor Berger.

Freut mich ... schöner Wagen übrigens, ist das ein Fiat? Erinnert ein wenig an ein Klavier. Respekt, meine Herren, Sie räucherten ja bereits kräftig ein! Und mehr an Zwantulla als Hibiscus gerichtet: Schliefen Sie gut auf der Alm, Herr Doktor Zwantulla? (Nicht Doktor ... egal ...) Ich beneide Sie, es muss durchaus wunderbar sein, in dieser Ruhe zu schlafen, in dieser vollkommen reinen Höhenluft, selbst in Zeiten des Waldsterbens. Nicht zu eng dahinten? Hier vorn ist es schon etwas ... durchaus ... die Knie, wie an einem Hammerklavier oder derlei Murks, so ein Instrument mit Kniehebeln ... weiß gar nicht, wie ich meine Füße stellen ... immerhin gut zu sitzen ... *puh*, Herr Doktor Zwantulla, was für eine garstige Nacht, nicht wahr, durchaus haarsträubend ... spürte es schon, als ich mit dem Taxi zu Tal fuhr ... mir brummt der Schädel von Professor Kumms Schnäpsen. Natürlich spukte mir die ganze Nacht unsere höchst instruktive Diskussion über das *Wohltemperierte Klavier* durch den Kopf ...

Er starrte aufs Armaturenbrett. Sein Pferdeschwanz lag schlaff zwischen den Schulterblättern, reglos auch der Rosenkranz am Rückspiegel. Gasser fuhr noch nicht los, sondern blickte Perger erwartungsvoll an: Wollte er noch weitersprechen? Alle spürten, einen Musiker, der über Bach spricht, unterbricht man nicht. Zwantulla überlegte, ob er etwas sagen sollte; auf das *Wohltemperierte Klavier* waren sie gestern gekommen, weil Perger über sein neues Rezital nachgedacht hatte, das erst in Umrissen feststand, er erwog 6 Präludien u. Fugen zu spielen, welche war noch offen, dazu die 6 *Moments musicaux* von Schubert, Schönbergs *6 kleine Klavierstücke*, den *Nucleus des Rezitals* lt. Perger, u. zum Abschluss natürlich die h-Moll-Sonate von Liszt.

Ich gedachte all des Klugen, das Sie über die Achtel äußerten, Herr Doktor Zwantulla, Ihre überaus hellsichtigen Bemerkungen über die Erlaubtheit, Achtel und sogar Viertel zu binden (Kumm hatte da durch die Zähne gepfiffen) ... weniger klug freilich das über den Pedalgebrauch, durchaus eine müßige Frage ... indiskutabel, Bach wie ein pickendes Huhn zu spielen, hackend, richtig in Rage bringt mich diese modische Pedalkeuschheit, Gould hat ja wenigstens versucht, Bach wie Schönberg klingen zu lassen, zumindest ein Standpunkt ... dafür gingen mir Ihre luziden Ausführungen über das letzte Präludium nicht aus dem Sinn, das Achtelband in der Linken, das Mysterium der Tempobezeichnungen und der Wiederholung, beides durchaus singulär im *Wohltemperierten Klavier* ...

Hibiscus begann auf seinem Platz herumzurutschen, aber Gasser machte keine Anstalten loszufahren.

... und dies alles nun bedeutsamerweise in h-Moll, jener herrlichsten *letzten* Tonart, der Leittonart ins Unendliche, Anfang und Ende, Alpha und Omega, denken Sie an die *Unvollendete*, die *Pathétique*, die *große catholische* h-Moll-Messe ... (Was redet der da, die heißt doch nur so, ist doch in Wahrheit eine D-Dur-Messe.) Und Liszt natürlich, jene durchaus singuläre Sonate ... aber es war mir unmöglich, einen klaren Gedanken zu fassen, die Nacht war *zu* garstig, die Schnäpse ... ich brachte keine gerade Tonleiter zustande, nicht mal eine H-Dur-Tonleiter, als ich mich heute Morgen ans Klavier setzte, sicut meus est mos.

Wir haben auch das Moos gesehen, sagte Hibiscus.

Horaz, sagte Gasser.

Was?

Sicut meus est mos, das ist aus einer Satire von Horaz.

Hast du es etwa nicht in der Schule gelesen? Und an Perger gerichtet: Wunderbar, Herr Professor Berger, Ihnen steht also im Hotel *Kaiser Maximilian* ein Klavier zur Verfügung?
Ja, selbstverständlich. Perger wirkte plötzlich wieder gefasst. Ich beginne jeden Tag am Klavier, nicht nur aus beruflichen Gründen, es hat dies mit geistiger Gesundheit zu tun. Ich würde nie ein Hotel beziehen, in dem mir kein Klavier zur Verfügung steht, und sei es noch so ein klappriger Kasten. Im *Kaiser Maximilian* kann ich übrigens durchaus nicht klagen.
Steinway?, fragte Zwantulla.
Bösendorfer. Ein alter Imperial mit 97 Tasten, dolles Ding, geht runter bis zum Subkontra-C. Wenn man da ein wenig zu pedalisieren versteht ... ah!
Bach?
Was?
Beginnen Sie den Tag mit Bach?
Wie Casals, meinen Sie, nicht wahr?
Nein, der war doch ein Cellist.
Das weiß ich durchaus, dass Casals ein Cellist war. Sie scherzten, nicht wahr? Im Übrigen natürlich *nicht* Bach, das wäre ja durchaus abgeschmackt. Sondern Liszt.
Puh.
Was wollen Sie damit sagen, Herr Doktor Zwantulla?
Na, Liszt zum Aufwachen, Brahms ist ja bei der h-Moll-Sonate eingeschlafen.
Ich spiele doch am Morgen nicht die h-Moll-Sonate, wäre ja durchaus abgeschmackt, sondern Etüden, Technische Studien, auch mal die *Bagatelle sans tonalité* oder

auch eins der Spätwerke, eine dieser Entgleisungen eines Greises, wie sein elender Schwiegersohn sagte ... etwa den *Unstern* ...
Der bringt sie in die Gleise?
Durchaus.
Jetzt fahren wir erstmal los, sagte Gasser, Sie werden sehen, die Bergluft wird Ihnen guttun. Wollen Sie die Tasche nicht in den Kofferraum packen?
Auf keinen Fall. Wo ist denn der Anschnallgurt?
Habe ich rausgetan.
Ach so?
Ungute Sache, die uns der Legislativ aufgezwungen hat.
Da haben Sie durchaus Recht. Gurte sind gefährlich, eine gefährliche Einbildung ist diese Anschnallerei, wiegt einen in falscher Sicherheit. Verstehe ich durchaus ... dieser Alb, festgegurtet zu sein und einen Abhang hinunterzustürzen und nicht rauszukommen ... im Gurt zu hängen, stellen Sie sich das vor ... puh ...
Haarsträubend.
Das ist, als täte einem immer erst die zweite Nuss schmecken, sagte Hibiscus, aber man bekommt immer nur eine ... Möchten Sie ein Bonbon?
Ja, gern, aber wieso Nüsse?
Das war doch nur ein Vergleich. Rot oder gelb? Gelb ist Ananas, rot Granatapfel.
Is ja doll. Granatapfel, bitte.
Sehen Sie, schon geht es Ihnen besser. Ich sags doch, die Bergluft. Jetzt rauchen Sie noch eine Zigarette, und schon ...
Gute Idee. Perger zog eine Packung HB aus der Jacken-

tasche. Wie bitte, es gibt keinen Zigarettenanzünder? Im Ernst? Ein Auto ohne Zigarettenanzünder?
Es ist ein Fiat.
Perger zündete sich die HB mit Gassers Feuerzeug an: Ein Auto ohne Zigarettenanzünder, das ist wie Bach am Imperial. Plötzlich konnte er wieder schmunzeln, gelöst fragte er, rauchend u. lutschend, nach hinten: Wie geht es denn Ihnen heute Morgen, Herr Doktor Zwantulla, ich sah Sie vorhin den Kopf schütteln, brummt Ihnen auch der Schädel?
Nein, die Beine.
Was?
Muskelkater, wir waren nachmittags spazieren, bevor Sie hochkamen. Für Beine scheint die Bergluft nicht gut zu sein. – Irritiert bemerkte er, dass Gasser wie auf der Alm fragend, fast beleidigt zu ihm schaute, diesmal durch den Rückspiegel.
Davon erzählten Sie gestern ja gar nichts, sagte Perger. Professor Kumm zwang Sie zum Wandern?
Was heißt zwang, es war ein Vorschlag, eine Einladung … und Wandern, naja, für Hibiscus und seine Brüder wär es nur ein läppischer Spaziergang gewesen.
Hihi.
Er schreckt durchaus vor nichts zurück. Perger schien das im Scherz zu sagen. Nehmen Sie doch auch ein Bonbon, Sie werden sehen …
Nein danke, ich rauche lieber.
Wohin aschen wir eigentlich?
Hier rein, wenn Sie wollen. Hibiscus streckte die Hand zu Perger nach vorne.

Ach nein, da ist ja ein Aschenbecher. Kein Zigarettenanzünder, aber ein Aschenbecher, ist ja eine contradictio in adiecto, Sachen gibts ... – Sie brausten zur Mautstelle Sterzing, die wie der Grenzübergang Dreilinden aussah. Zwantulla zählte während des Wartens 24 Tore, aber neben dem äußersten stand auf einem grauen Container *22*. Als sie vorne waren, fuhr Gasser fast in die orange leuchtende Schranke.
Achtung!, rief Perger. Die Schranke!
Jaja, sagte Gasser u. wartete, bis sie sich gehoben hatte. Dann ging es auf die Autobahn, auf der kaum Verkehr war, nur ein paar LKWs, obwohl es doch die Brennerautobahn war. Irgendwann ein Viehtransport (oder Steinways). Sie fuhren eine Weile, vorbei an Dörfern mit gotischen Kirchtürmen. Perger schwärmte: Schön, mal ein Tag unter Männern. Mal auf andere Gedanken kommen. Und ist doch eine andere Gegend als bei mir in Hannover! Doll, durchaus doll. Etwas ganz anderes als das norddeutsche Tiefland ... erst recht anders als das niedersächsische Bergland ... wunderschön. Wenn nur das Waldsterben nicht wäre ... hätten Sie noch ein Bonbon für mich? Granatapfel, bitte, usw. – Zwantulla hörte die anderen (sogar Perger) wieder über Fußball sprechen, dann döste er weg. Da hatte er den **1. Traum** an diesem Tag: Er sah einen weinenden Vogel, der auf einem Baum saß. Der Baum stand in vollem Laub, zugleich war klar u. deutlich, dass der Baum ein Kirchturm war. Aber der Kirchturm war ein Baum. Was für ein Baum, konnte er nicht erkennen. Der Vogel weinte. – Als er wieder zu sich kam, fragte er sich, was für ein Vogel das gewesen war, er kannte sich

mit Vögeln nicht aus, u. hörte, dass Gasser von den Pyrenäen sprach.

?

Nach einer Weile kapierte er, dass es sich um eine kurzlebige Südtiroler Kulturzeitschrift handelte bzw gehandelt hatte, für die Gasser gearbeitet bzw die er möglicherweise gegründet hatte. Also nicht nur ein lesender Chauffeur, sondern irgendein Kulturmensch, Cineast, Museumsgänger, Literaturfreund, er nannte Goethe *euern größten Landsmann* u. hatte, wie sich herausstellte, in Innsbruck u. Wien Altphilologie studiert, daher das klassisch gebildete Vokabular (Cicerone, delphisch, Erkennen von Horazzitaten etc), daher die Heimatkritik, daher auch das sofortige latinisierende Einverständnis mit Perger u. die Freundschaft mit Kumm, über den er sich dennoch vorhin mokiert hatte, sogar ins Angesicht von dessen Sohn. Mokieren u. monieren, einer dieser typischen in Innsbruck u. Wien studierten Kulturmänner, jetzt monierte er: Es gibt hier diese entsetzliche Einheitszeitung, die *Dolomiten*, eine nationalkatholische Gebirgsprawda, deshalb haben wir unsere Zeitung *Pyrenäen* genannt. Verstehen Sie? Pyrenäen statt Dolomiten. Kultur als das schlechthin andere, das Jenseitige.

Ah! Kultur!

Gut gesagt.

Aber warum nicht *Tatra*?

Nein, *Pyrenäen* ist viel besser.

Aber jetzt gibt es die *Pyrenäen* nicht mehr?

Nein, nicht mehr. Es war uns darum zu tun, unsere in der Notzeit der beiden Faschismen, der italienischen Skylla

und der großdeutschen Charybdis, fatal zusammengerückte Einheitskultur aufzumischen. Stattdessen Einheizkultur, mit z! Advocati diabolorum, geistiges Pogo, Zitate, die zittern machen. Literatur ist die höchste der Künste. Das ist uns in aller Bescheidenheit gelungen, aber dann war das Geld alle.
Wie lange gab es die *Pyrenäen*?
Einige Wochen.
Einige Wochen? Sagten Sie nicht, es war eine Vierteljahresschrift?
Mm.
Und wovon leben Sie heute?
Gymnasiallehrer für Deutsch, Geschichte, Philosophie.
Puh.
Lehrer, das wär nicht so meins.
Aber warum denn, es ist eine Freude, auf junge Leute einzuwirken, ihre Liebe zur Bildung zu wecken, heißen Hunger auf Literatur, brennenden Durst nach Philosophie ... vor allem aber in ihnen den Mut zu entzünden, sich ihres eigenen Verstandes zu bedienen, wie es euer größter Landsmann Kant formuliert hat.
Das wär wohl etwas für Sie gewesen, Hibiscus, nicht wahr?
Mm?
Nichts für ungut. Aber sagen Sie, müssen Sie denn vormittags nicht arbeiten?
Wieso sollte er arbeiten, ist doch Sonntag.
Und Ferienzeit.
Verrinnzeit?
Aber nein, *Ferien*zeit, es sind Sommerferien. Bei uns in

Italien dauern die Sommerferien drei Monate, zwar ein Schmarrn, ist aber so. Und sowieso, ewiger Sonntag im Gemüte, wie es im Taugenichts heißt …
Stimmt, die Italiener sind faul. Dass sie nichts taugen, tät ich nicht sagen, nicht alle, aber … die Semesterferien sind noch länger, fünf Monate, hihi, nur ab und zu eine Prüfung.
Sag mal, Hibiscus, was studierst du eigentlich?
Jura.
Puuuhh …
Stimmt, Hibiscus, du hast es ja vorhin erwähnt, als wir nach Sterzing unterwegs waren. Auf einmal bekam Gasser ein philosophisches Gesicht: *Recht zu sprechen* … in gewisser Hinsicht der unmenschlichste Beruf der Welt, meint ihr nicht? Neben dem des Pfarrers.
Ja, Pfarrer wär noch langweiliger, so was Trockenes.
Na, lassen wir das … aber kennt ihr diese Erzählung von Kafka? Mit dem Advokaten, der früher ein Schlachtross Alexanders des Großen war, usw. – Perger sagte schon seit einer Weile nichts mehr, er schaute betreten, nicht nur wegen seiner kleinen Augen (v. a. als Gasser die Literatur *höchste der Künste* nannte), u. klammerte sich an das schwarze Täschchen zwischen seinen Knien, lutschte Bonbon, rauchte HB, vielleicht war ihm vom Qualm mulmig, aber als Zwantulla vorschlug, ein Fenster zu öffnen, rief er: Nein, nein, keinen Zug! – Dann verstummte er wieder. Vielleicht schubberte ihn auch nur der raue Sitz am Rücken. Zwantulla schaute aus dem Fenster, wohin fuhren sie. Die Kirchtürme waren bloß Kirchtürme, so lang er auch hinsah. Noch immer

wenig Verkehr. Auf dem Seitenstreifen stand ein LKW, den offenbar die Carabinieri angehalten hatten. Hibiscus winkte den Carabinieri im Vorbeifahren, was sollte denn das? – Dann bemerkte er, dass die Leitplanke neben der Autobahn durchgehend rostig war. Zuerst dachte er, es sei Blut, aber es war Rost. Auf seine Frage antwortete Gasser, während er den Panda an einem verschlafenen LKW vorbeiflitzen ließ, dass die Leitplanke bereits rostig gebaut worden sei. Damit man Blut darauf nicht sieht? Natürlich nicht, vielmehr sei Rost bekanntlich der beste Korrosionsschutz, es gibt nichts Besseres, man sollte es auch bei den Pandas so machen.
Was?
Von vornherein rostig bauen. Der Fiat Panda, in dem wir fahren, der rostet nämlich schon an allen Ecken und Enden ... Türkanten, Radhäuser, Ölwanne, alles verrostet, im Grunde eine Frechheit, sowas zu verkaufen. Erst ein Jahr alt und zerfällt einem schon unterm Arsch!
Ein Jahr?
Naja, vielleicht zwei. Er lachte, Hibiscus mit ihm, Perger nicht. – Sie nahmen die nächste Abfahrt u. bezahlten, nachdem Gasser erneut fast gegen die Schranke gefahren wäre, die Maut bei einem müden Italiener, dem die Haare aus der Nase wuchsen. Etwas später hielten sie an einer Agip-Tankstelle, hinter einem Dorf mit gotischem Kirchturm. Perger kurbelte die Fensterscheibe auf der Beifahrerseite runter.
Am Sonntag so früh unterwegs?, sagte der Tankwart, während er die Zapfpistole in den Tank steckte.
Er u. Gasser schienen sich gut zu kennen. Gasser erzählte

über Perger hinweg, dass er auf Wunsch von Professor Kumm 3 Gäste aus Deutschland durchs Land navigiere, an einige Orte jenseits der abgegrasten touristischen Fischgründe: Dies ist der berühmte Klavierspieler Professor Günter Berger.

Der Tankwart, dem eine Art Grinsen festgewachsen war, schüttelte Perger die Hand.

Dies der bekannte Journalist Doktor Zwantler aus West-Berlin.

Der Tankwart streckte sich u. schüttelte Zwantulla über Perger u. Hibiscus hinweg die Hand.

Und dies der Sohn von Professor Kumm.

Der Tankwart schüttelte Hibiscus die Hand: Keinen Kamm zur Hand gehabt, was? Nichts für ungut ... und, wie gefällts euch bei uns? Schön, mal ein Tag unter Männern, was? Mal auf andere Gedanken kommen. Und wohin gehts jetzt?

Tja, hm, wohin?, überlegte Gasser u. schien sich erst jetzt zu entscheiden: nach Klamm!

Das Grinsen des Tankwarts wurde noch größer. Schön, dachte Zwantulla, wenn so ein Mensch vor guter Laune fast platzt, man sollte sich anstecken lassen. Auch den Ölstand kontrollicren?

Nicht nötig.

Nicht?, fragte Perger. Durchaus nicht?

Aber nein, wozu?

Wie ihr meint. Hat er eigentlich noch Collaudo? Servus, und grüßt Klamm von mir. Der Tankwart lachte erneut u. ging zu einem hupenden schwarzen Mercedes mit deutschem Kennzeichen.

Eure ungeduldigen Landsleute, sagte Gasser kopfschüttelnd zu seinen Passagieren: einst Dichter und Denker, später Richter und Henker, wie man so sagt (was für ein Schmarrn übrigens, wieso denn Richter ... Unrichter), heute Gelichter und Lenker. Nehmts mir nicht krumm, dass ich so offen spreche. Ist meine Art. Ungeduldige Menschen in großen Autos. Wären Sie so freundlich, bezahlen zu gehen?
Er drückte Perger ein Bündel 10 000-Lire-Scheine in die Hand.
Perger nickte u. verließ (mit dem schwarzen Täschchen unterm Arm) den Panda, der beim Aussteigen wackelte. Gasser blieb hinter dem Lenkrad sitzen, was Zwantulla unhöflich vorkam; andererseits kutschierte Gasser sie ja unentgeltlich durchs Land (oder wurde er von Kumm dafür bezahlt? kaum vorstellbar), da durfte er wohl seine Passagiere bitten, bezahlen zu gehen, zumal er ihnen noch das Geld gab.
Sie schwiegen.
Zwantulla betrachtete den feuerspeienden Wolf mit 6 Beinen. Ihm war, als käme er von der gotischen Kirche im Dorf. – Dann beschloss er, vor dem Weiterfahren auszutreten; er wunderte sich selbst darüber, da er seit dem Aufstehen keinen Schluck getrunken hatte, vielleicht kam es noch von gestern Abend. Als er Gasser bat, ihn rauszulassen, schaute der ihn wieder fragend, fast beleidigt an u. antwortete, er solle bittschön auf Hibiscus' Seite aussteigen. Hibiscus klappte den Beifahrersitz vor u. schlüpfte hinaus, um Zwantulla aus dem wackelnden Panda zu lassen.

Allein Gasser blieb sitzen.
Zwantulla stellte fest, dass er sich bei der Abfahrt vor dem Morgengrauen getäuscht hatte, der Panda war nämlich nicht grau, sondern weiß, u. der Streifen auf seiner Seite schwarz. Darum also hatte er Perger an ein Klavier erinnert, so was Banales. – Es schien an der Tankstelle keine Toilette zu geben, aber gleich nebenan, zum Dorf hin, lag ein großes Gasthaus namens *Mühle*. Zwantulla ging dorthin; obwohl es erst kurz nach 7 war, stand die Tür offen. Im stillen Schankraum sah er zahllose leere Tische, über denen etwas Feierliches, Erwartungsvolles lag. Hinter dem Tresen polierte eine ältere Frau mit einem Geschirrtuch Weingläser. Sie wies ihn freundlich zur Treppe, die zu den Toiletten hinabführte. Im schummrigen Flur hing ein billiges Ölgemälde, das Zwantullas Interesse weckte: das Ganzkörperbild eines blonden Mädchens in Tracht auf einer Alm; die Farbe war, obwohl das Bild nicht sehr alt zu sein schien, voller Risse, vielleicht hatte der Maler schlechte Ölfarben benutzt oder sie falsch verwendet, das konnte Zwantulla, der von bildender Kunst wenig verstand, nicht beurteilen; was ihn aber am meisten amüsierte bzw irritierte, war ein perspektivischer Fehler: Das Mädchen schien durch malerisches Ungeschick über der Alm zu schweben. – Es schien ihm besser, das Bild nicht zu lange anzuschauen, je länger er hinsah, desto unordentlicher kam ihm die Welt vor.
Wieder an der Tankstelle, wollte er noch Zigaretten kaufen u. betrat den Kassenraum. Gleich hinter dem Eingang befand sich ein Ständer mit Südtirolpostkarten, an dem er stehen blieb: Berggipfel, Kirchtürme (sogar einer, der

aus einem See aufragte), Murmeltiere. Er ließ den Blick über die Motive schweben u. fragte sich, ob es wohl eine Postkarte von dem schwebenden Almmädchen gab; fand aber keine (natürlich). Dann kam er auf die Idee, Jülide eine Postkarte zu schicken, vielleicht einen Kirchturm, Jülide mochte alle Arten von Gotteshäusern u. ging regelmäßig in eine Kirche in ihrer Nachbarschaft in Lichtenrade, wo monatlich Bachkantaten aufgeführt wurden. Oder ein Murmeltier. Ihr würde es hier gefallen. Er hätte sie wirklich mitnehmen können. Er könnte auch Johanna eine Postkarte nach Blankenese schicken, ihren 13. Geburtstag im Frühjahr hatte er glatt vergessen. Grüß bitte deine Mutter und deinen Vater, meine lieben Freunde. Nein, die würde er ja schon morgen sehen, wenn er ins Dorf Tirol fuhr, in die Villa Petőfi, mit herrlichem Blick über Meran, wie Praetorius behauptete.
Perger trat neben ihn, wieso war der denn immer noch hier drin? Nanu, er war ja totenblass. Krasser Kontrast zum bunt karierten Pulli. Schon seekrank? Oder war das Tanken so teuer gewesen? Nein, der Tankwart war ja immer noch draußen, bei dem deutschen Mercedes.
Nur ein Bein, nuschelte Perger.
?
Wenn ich es Ihnen sage! Ich weiß ja, dass ich manchmal etwas undeutlich spreche ... Bemerkten Sie es nicht?
Dass Sie undeutlich sprechen?
Dass er nur ein Bein hat.
Wer?
Unser Fahrer. Gasser.
Hat nur ein Bein?

Ja.
Wie kann er denn da fahren?
Das frage ich mich auch. Er hat anscheinend ein Automatikgetriebe.
Der Panda?
Vielleicht eine Spezialanfertigung. Wie der Kniehebel beim Hammerklavier. Aber selbst der würde nichts nützen, das Knie fehlt ja auch. Was weiß ich. Ich kenn mich mit Autos nicht aus, ich bin Musiker.
Ich auch nicht.
Was?
Ich kenn mich mit Autos auch nicht aus. Professor Kumm lässt uns von einem Einbeinigen durchs Land kutschieren?
In der Tat. Außerdem ...
Was, noch etwas?
Ja.
Richtig, die Sache mit den Gurten ...
Nein, das meine ich nicht.
Ist Ihnen der Wagen zu klein fürs Hochgebirge?
Nein, ist zwar eine Nuckelpinne, aber das ginge ja noch ...
Was dann?
Die blaue Brille.
Die blaue Brille? Was ist damit?
Er sollte sie beim Fahren abnehmen.
Naja, die Sonne ist ja aufgegangen, da kann man beim Fahren eine Sonnenbrille tragen, nicht? Obwohl wir die Sonne im Rücken haben, da haben Sie Recht ...
Das ist es nicht, ist mir doch egal, es geht um die Farbe.
Ums Blau?

Ja.
Sie meinen, er sollte keine *blaue* Brille tragen? Wieso? Stehen Sie wirklich so auf der Leitung? Jetzt denken Sie mal nach. Sie haben doch hier als Einziger Licht am Fahrrad, Herr Doktor Zwantulla. Was ist die Konträrfarbe von Blau?
Konträrfarbe? Keine Ahnung.
Orange.
Ach so?
Und welche Farbe haben Schranken?
Rot? Orange?
Orange, richtig. Straßenkegel?
Orange?
Absperrbänder?
Orange.
Warnpyramiden?
Orange.
Warnwesten?
Orange.
Engstellensignalisierungen?
Was? Orange?
Genau! Leitmale, Schrankenzäune, Absperrbaken, alles orange! Mehr oder weniger! Durch eine blaue Brille *unsichtbar*. Hätte er grüne oder braune oder graue Gläser, na gut, dann wärs ja kein Problem, aber blaue ...
Ist ja haarsträubend!
Allerdings ...
Sie brachen ab, weil der Tankwart mit dem ungeduldigen Mercedesfahrer hereinkam, einem fürchterlichen Dicken mit Schmissen im Gesicht, Fleisch voller Kratzer.

Perger, unterm Arm noch immer die Tasche, bezahlte zittrig.
Beim Hineinzwängen in den wackelnden Panda schaute Zwantulla unauffällig nach unten: tatsächlich hatte Gasser nur 1 Bein, das rechte Hosenbein war akkurat hochgefaltet u. an der Hüfte in den Bund gesteckt. Er schaute wieder hoch, Gasser lächelte u. zwinkerte ihm durch die blauen Brillengläser zu.
Zwantulla lächelte zurück.
Haben Sie Zigaretten bekommen?
Nein, sie hatten keine Roth-Händle, nur leichtes Zeug, Marlboro und sowas.
Na, da können Sie gleich eine Gauloise von mir nehmen! Sie hätten übrigens ein neues Feuerzeug mitbringen können, meins ist fast leer ...
Fast leer? Und wir haben nicht mal einen Zigarettenanzünder im Auto ...
Brauchen Sie ein Streichholz? Hibiscus war durchgerutscht u. saß jetzt hinter Gasser, Zwantulla platzierte sich hinter den Beifahrer u. beobachtete, während sich nun nicht mehr seine rechte, sondern seine linke Hüfte an Hibiscus' Hüfte rieb, wie Gasser losfuhr: Offenbar konnte er alles mit 1 Bein, er benutzte gewisse Hebel u. Knöpfe. Halb so schlimm also, alles unter Kontrolle mit diesen Hebeln. – Er machte alles mit der rechten Hand, mit der linken lenkte er; zum Rauchen benutzte er mal diese, mal jene, aber immer nur kurz, die meiste Zeit hing die Zigarette zwischen seinen schmalen Lippen. – Der Panda fuhr tadellos. Perger starrte aus dem Fenster, Zwantulla dann auch: Mais u. Kühe. Manchmal ein Findling. Dörfer

mit gotischen Kirchtürmen. Also schaute er in die Ferne, da war ein Berg, dann noch einer usw; ein Berg hatte eine hellgrüne Schramme, da fuhren wohl im Winter die Skifahrer. Dann verschwammen ihm die Berge. Wohin fuhren sie. An irgendein Ziel? Was heißt schon Rundfahrt, irgendein Ziel gibt es immer. Die Rippen des Cordbezugs schubberten im Rücken. Sie bogen ab u. fuhren einen Berg hoch, kurvenreich vorbei an Höfen, kleinen Kapellen, verfallenen Backöfen, auf denen Katzen saßen. Gasser kurbelte das Fenster runter, zog den Aschenbecher aus der Armatur u. leerte ihn nach draußen, wobei er einen Moment freihändig fahren musste; dabei erzählte er von dem Dorf Klamm, zu dem sie unterwegs waren: Da stamm ich her. Eins der alten Bergdörfer, die allmählich aussterben, weil keiner mehr dort leben will.
Ist es das kleine Dorf da oben?, fragte Hibiscus. Wahnsinn, spektakulär am Hang. Sieht doch schön aus.
Jetzt, ja. Im Juni. – Der Weg wurde immer steiler, die Straße hatte so einige Schlaglöcher, sie wurden durchgerüttelt, als der Panda ungebremst durchpolterte.
Vor Gebrauch schütteln!, rief Gasser.
Als sie oben ankamen, stellte er den Panda bei der hart am Hang thronenden Kirche ab, stieg aus, trotz des fehlenden Beins energischer als die anderen 3, der wie betäubt wirkende Perger (mit schwarzem Täschchen), der träge Zwantulla, der tranige Hibiscus, der es nicht sonderlich bemerkenswert zu finden schien, dass ihr Fahrer nur 1 Bein hatte. Gasser legte die Hand locker aufs Dach, als wollte er den Panda streicheln, u. hüpfte zum Kofferraum, aus dem er seine zusammengeschobenen Krücken

holte u. ausschraubte. Brauchst du deinen Rucksack, Hibiscus?
Nein danke, Herr Gasser.
Sag Paul.
Neben der Kirche stand ein altes Haus, dem ein Schwall Geranien vom hölzernen Ganglbalkon hing, vor der Tür rannten Hühner hin u. her. Zwantulla dachte an *La poule* von Rameau mit dem pickenden Cembalo. Ein Mann in Gummistiefeln trat heraus u. begrüßte die Ankömmlinge herzlich, die Gasser ihm vorstellte: Professor Berger, der weltberühmte Klavierspieler ... Doktor Zwantler, der bekannte Journalist ... Hibiscus, ein Student, der Sohn eines alten Freundes; aber er verriet ihnen nicht, wer der Mann in Gummistiefeln war; oder hatte er es gesagt, aber Zwantulla nicht mitbekommen? Ein Freund von Gasser, ein Verwandter? Jedenfalls ein Einheimischer, dem Haare aus den Ohren wuchsen. Hibiscus schwärmte von der überwältigenden Aussicht im nun so weit das Auge sah siegreichen Sonnenschein. Die Berge auf der anderen Talseite glänzten, von den Häusern funkelte u. glitzerte es herüber. Klamm dagegen lag im Schatten, Zwantulla in seinem nicht sehr warmen Hemd beneidete Hibiscus um den Palästinenserschal u. Perger um den Strickpulli; aber Gasser im Polohemd schien überhaupt nicht zu frösteln. Der Einheimische nannte Hibiscus auf dessen Bitte die Namen aller umliegenden Gipfel.
Wozu fragte der danach? Wieder verschwammen ihm die Berge. Er schaute in die undeutliche Weite, da musste er auf einmal an Jülide denken ... O du schöne, Bach liebende Alevitin mit Rehaugen u. Leopardentanga. Er

wurde wollüstig u. weinerlich zugleich. – Da riss ihn ein Hubschrauber heraus, der über einem Gipfel auftauchte, die Bergrettung, war es immer derselbe? Ein fliegendes Huhn. Er schaute die herumlaufenden Hühner an, dann den Abhang hinunter, das tiefe Tal, dann wieder die Hühner: Es musste sie doch wurmen, nicht fliegen zu können. Sie waren doch Vögel! (Sind sie doch? Flüchtiger Zweifel; so was Dämliches, natürlich sind Hühner Vögel.) Ob sie den Hubschrauber sahen, ihren fliegenden Verwandten? Er würde sich, wäre er ein Huhn, in die Lüfte stürzen, ganz bestimmt.
Hibiscus, der jetzt alle Bergnamen gehört hatte u. bemerkte, dass Zwantulla die Hühner beobachtete, sagte: Die haben eine tolle Aussicht, oder? Nicht in einem dunklen Stall eingesperrt, sondern so einen weiten Blick übers Tal ... das sonnige Tal ... echt schön ...
Hühner sind blind, sagte Gasser.
Ach so? Wusste ich gar nicht. Vögel sind nicht so meins. Als ich klein war, ist mir mal eine Taube ins Kinderzimmer geflogen, die hat geblutet, war das eklig.
Gasser ignorierte Hibiscus: Vögel sind mein Steckenpferd, sprach er weiter, Ornithologie. Nicht *völlig* blind, aber fast, extrem kurzsichtig, und sie können nur in einem sehr kleinen Winkel beidäugig sehen. Daher das ständige Kopfrucken.
Ja, sieht wirklich bescheuert aus. Wozu sind eigentlich diese roten Kämme? Sie haben alle rote Kämme auf dem Kopf, wozu? Wozu haben Hühner das?
Gegen die Habichte, sagte Zwantulla.
Was?

Nichts.
Ach so, der Hubschrauber, hihi.
Aber Zwantulla erinnerte sich daran, was Kumm ihm gestern auf der Wanderung erzählt hatte: dass man früher hierzulande den Kindern, damit sie beizeiten heimkämen, eingeredet habe, sie würden vom Habicht geholt, wenn sie sich nicht durch ein rotes Taschentuch auf dem Kopf vor ihm schützten; dabei, so Kumm, seien Habichte farbenblind. Wussten hier alle außer ihm über Vögel Bescheid? Nein, Perger wohl kaum; und Hibiscus schon gar nicht.
Immerhin schien Perger in der frischen morgendlichen Bergluft wieder zu sich zu kommen, er wirkte nicht mehr so betäubt.
Der Einheimische, von dem sie immer noch nicht wussten, wer er war, führte sie ins Haus, in eine gelbbraune Küche, wo seine sympathische Frau bei laufendem Radio Speck u. Käse schnitt. In dieser Küche war es, wegen der kleinen Fenster, so schummrig, dass trotz Morgenstunde das Deckenlicht brannte. Der Einheimische bat sie herzlich an den Tisch, woraufhin Zwantulla auf den Küchenfußboden knallte, weil die Fliesen so glatt waren. Verdammt! Verdammt rutschige Sohlen! Direkt aufs Kreuz. Er konnte seine Beine nicht mehr bewegen, Alarm! Querschnittlähmung ... Entsetzen, das also ist das Ende. Der Blick der Hausfrau: Haarsträuben, Schauder. Keiner sagte etwas, es war wahnsinnig laut. Im Lärm hörte er zugleich klar u. deutlich eine Stimme den Weltuntergang verkünden: Die chinesische Armee habe in der vergangenen Nacht ihr Volk massakriert, im Iran sei der Messias

gestorben, in Russland zwei Eisenbahnzüge in einer Gaswolke explodiert, und heute blute das Herz Jesu.
Alles in Ordnung? Der Einheimische u. Gasser halfen ihm auf.
Ja, geht schon, nur der Steiß tut weh. Er humpelte zum Tisch.
Frisch gewachst, sagte die erleichterte Hausfrau u. stellte Speck, Käse, Aschenbecher u. Feuerzeug auf den Tisch.
Ja, die Fliesen sind glatt in den Bergen. Was mögt ihr zu trinken? Hollersaft? Oder nehmt ihr ein Glasl Wein?
Hollersaft bitte, sagte Perger, legte das schwarze Täschchen auf den Tisch u. zündete sich eine HB an.
Für mich bitte auch Hollersaft, sagte Hibiscus.
Für mich auch, sagte Zwantulla, obwohl er gern Wein getrunken hätte.
Für mich Wein, sagte Gasser u. lehnte seine Krücken neben die Bank.
Die Frau brachte 2 Wein- u. 3 Saftgläser u. je 1 Karaffe Holundersaft u. himbeerroten Wein, Gasser u. der Einheimische begannen sofort zu trinken, Perger schaute irritiert auf die Uhr, Zwantulla auch: kurz nach 8.
Sie kommen aus West-Berlin?, sagte der Einheimische. Da wirds auch bald unruhig werden, oder?
Wieso unruhig? Zwantulla nahm Speck u. Käse u. rauchte, endlich Frühstück.
Wie in Ungarn.
Nein, in Berlin nicht.
Na, es wird schon kommen, sagte der Einheimische u. schenkte Gasser nach, der offenbar großen Durst hatte.
Ja, die Ungarn, es sind immer wieder die Ungarn.

Die Ungarn haben schon früher Ärger gemacht.
Aber auch die Chinesen.
Ja, die auch. Die machen auch Ärger.
Die Ungarn und die Chinesen. Die sind bereits unruhig, da wirds auch in Berlin unruhig werden.
Und im Iran muss man auch erst sehen.
Meinen Sie? Zwantulla nahm wieder/nochmal Speck u. Käse, rauchte, schaute die spiegelblanken gelbbraunen Fliesen an. Er mochte diese Gespräche über Politik nicht; aber offenbar war nicht die Welt untergegangen, er hatte nur die 8-Uhr-Nachrichten im Radio gehört, wenn auch merkwürdigerweise alle gleichzeitig. – Auch Perger u. Hibiscus nahmen Speck u. Käse, während Gasser u. ihr Gastgeber sich an den Rotwein hielten; zu seiner Überraschung bemerkte Zwantulla, dass Perger etwas ungehobelte Manieren hatte, er steckte sich die Speck- u. Käsestückchen tief in den Mund u. leckte die Finger ab; während Hibiscus für alles eine Gabel benutzte. – Die Hausfrau setzte sich nicht zu ihnen an den Tisch, sondern hörte, an die Spüle gelehnt, schweigend-lächelnd zu.
Wir werden sehen, sagte Gasser. Wir beobachten die Welt von hier aus genauestens. Ist ja tiefe Provinz, hier kommt sozusagen die Achse aus dem Globus, umso genauer beobachten wir die Welt. Was hältst denn du von der Weltlage, Hibiscus?
Politik ist nicht so meins, aber diese scheiß Ungarn ...
Na, na, sie haben ja nicht Unrecht, diese Ungarn. Selbstbestimmung, damals der Nagy (Gasser sagte *Nodsch*, dermaßen gebildet), ist eine Weile her, haarsträubend ...

... aus dem Passeiertal?, fragte der Einheimische.
Wer?
Der Notscher.
Ah! Ach so!
Gut, sagte Hibiscus, die Franzosen sind schlimmer, die gehen im T-Shirt auf den Gletscher.
Und sie reden immerzu! Mäandern richtig!
Aber ihre Sprache ist sehr schön.
Nicht zu bestreiten. Und vergesst nicht ihren Käse.
Aber dieser Käse hier ist auch nicht zu verachten ... phantastisch, schmierig, fast wie ein Holländer.
Und dieser hier, doll, durchaus doll, fast wie Harzer. – Dann (inspiriert von den Schreckensmeldungen im Radio? Oder von Nagys Schicksal?) ging es um irgendein Gasthaus, in dem sich vor einiger Zeit jemand im Keller erhängt habe. Ein Forstarbeiter. Betrunken natürlich. Nicht mal heimgegangen, oder im Wald, wie bei einem Forstarbeiter ja wohl nahegelegen hätte, sondern direkt im Gasthaus. Wenngleich im Keller. Ungeheuer tragisch, jedoch auch ... rücksichtslos, der Wirt natürlich bestürzt u. wütig, was man verstehen könne, man sei ja mitfühlend, Anteil nehmend, kurzum: Mensch. Andererseits muss er an seinen Umsatz denken.
Sie hatten den Wein schnell ausgetrunken, der Einheimische wollte mehr holen, aber Gasser lehnte ab: Wir müssen weiter, haben heute noch viel vor.
Aber wenigstens einen Schnaps?
Na gut, ein Glasl Schnaps, warum nicht, ist ja Medizin ...
Sie auch?
Nein danke.

Nein danke.
Nein danke. Aber noch etwas Speck.
Beim Rausgehen passierte etwas Blödes, er wäre fast wieder ausgerutscht, hielt sich gerade so an der Tischkante fest, verdammte Fliesen, verdammte Schuhe.
Vielleicht liegts an dem verdammt starken Kraut, das Sie rauchen. Roth-Händle, die fällen einen Baum ...
Nein, es liegt an den Schuhen, ich brauche dringend andere.
Naja, sehen doch gut aus, da gibt es viel schlimmere Treter.
Schon, aber fürs Gebirge ungeeignet.
Das ist wahr, eher fürs Parkett.
Fürs Konzert!
Natürlich. Aber was heißt schon im Gebirge, wir sind ja in der Küche, Küchen sind überall gleich.
Von wegen!
Habt euch nicht so, auf diesen Schreck ... Kommt mal mit in den Keller.
In den Keller? Was soll das?
Na kommt schon, gehen wir! Er führte die Gäste (die Hausfrau blieb in der Küche) eine blankgebohnerte Treppe hinunter.
Wer war das. Wohin gingen sie. Zwantulla bewegte sich ganz vorsichtig, die Hand an der Wand.
Diesmal war es Hibiscus, der fast die Treppe hinunterfiel.
Alles in Ordnung?
Nichts passiert, hihi.
Sie gelangten in einen schwarzen Raum, in dem Speck

von der Decke hing u. ein großes Regal voller Flaschen an der Wand stand.
Ah, rief Gasser, die vierzehn Nothelfer!
Von wegen, nicht vierzehn, sondern vierzehnmal vierzehn. Alles selbstgebrannt.
Auch der Rotwein?
Ach, Hibiscus.
Gut, da kann man nicht Nein sagen ...
Man muss die Feste feiern, wie sie fallen.
Richtig, das Fest ist nur, indem es gefeiert wird, wie euer großer Landsmann Gadamer sagt.
Gadamer? Ist das nicht ein Käse?
Ach, Hibiscus!
Also ... gut, ist ja Medizin.
Ich sags doch. Vorbeugend gegen Schnupfen.
Aber nur einen kleinen!
Süß oder hantig?
Was heißt hantig?
Das Gegenteil von süß.
Hantig!
Hantig!
Hantig!
Süß, bitte ... nein, hantig! Hihi!
Zum Wohl! Gesundheit!
Puh, hihi, wi-wirklich ha-ha-hantig.
Was, Hibiscus, du stotterst?
Jetzt stottert der auch noch! Kann ja nicht wahr sein!
Nicht immer! Nur ma-ma-manchmal. Ich schto-schto-schto ...
Was?

Schto?
...ttere nur, wenn ich Schn-Schnaps getrunken hab.
Dann trink doch einfach keinen Schnaps.
Leicht gesagt!
Haha! Hihi! Ist nur ku-kurz, ge-ge-geht gleich vorbei!
Und den, wie finden Sie den?
Puh.
Gut gesagt.
Stimmt, nicht übel.
Bevor sie weiterfuhren, rauchten sie vor dem Haus: Zwantulla zur Beruhigung nach den Stürzen eine Gauloise von Gasser (ehrlich gesagt wie Stroh, da kann mans gleich lassen), Hibiscus Camel, Perger HB, u. blickten übers sonnige Tal, hinüber zu den funkelnden, glitzernden Häusern.
Sie hatten noch immer diesen hantigen Geschmack im Mund, u. es war alles, alles gut.
Hört, wie der Wind singt!, sagte Gasser.
Der Wind singt nicht, sagte Perger. So ein Muffel, trotz des hantigen Nachgeschmacks so pampig. War er nur aus seiner Betäubung erwacht, um schlechte Stimmung zu verbreiten? Aber zugegeben, in Klamm war es immer noch schattig, das hob nicht die Laune. Keine Hühner mehr zu sehen, auch der Hubschrauber/Habicht nicht. Das Gras, in dem sie standen, schien glitschig, Zwantulla in seinen guten Konzertschuhen fürchtete, ins Tal zu rutschen; zudem hatte er trotz beginnender Sommertagshitze kalte Füße (von der Nacht im Klappbett bzw steinernen Nichts), dazu Muskelkater (vom Wandern bzw Spaziergang), der Steiß tat ihm auch noch weh (von

der gewachsten Küche). Am steil abfallenden Hang lag ein Gemüsegarten mit Karotten, Kohlrabi, Salat, weiter unten verlief quer durch die Wiese ein verrosteter Stacheldrahtzaun, in dem eine noch verrostetere Sense hing. Korrosionsschutz? Oder etwa ... haarsträubende Vorstellung: dass die Sense ein aus dem All heruntergeplumpster Himmelskörper sei. Durch irgendeine Gedankengleiche begann Gasser, diese altphilologische Nervensäge, vom Urkampf des Kronos mit Uranos, dem Vaterhimmel (nicht himmlischer Vater!), zu schwafeln, welchen Kronos, nach Erbeben des gesamten Kosmos, mit seiner Sense entmannt u. zerstückelt habe.
Den Himmel?, fragte Hibiscus. Er stotterte nicht mehr. Der Sensenmann hat den Himmel zerhackt?
Sic, sagte Gasser, kastriert (da hielt Hibiscus die Hände vor den Schoß) und zerhackt, und die Bruchstücke des Himmels sind auf die Erde gestürzt.
Nicht Sensenmann, nuschelte Perger ärgerlich, das ist durchaus eine andere Geschichte. Kronos, Schwager Kronos! *Bergab gleitet der Weg; ekles Schwindeln zögert mir vor die Stirne dein Haudern.*
Ah! Euer größter Landsmann!
Kronos?
Nein, Goethe.
Aber haudern, wieso haudern? Was soll'n das heißen?
Haudern, aber ja. Altertümlich für eine schrottreife Kutsche fahren. Haudern, huren, heuern ... alles hängt durchaus zusammen.
Mit dem zerhackten Himmel?
Zwantulla schaute indessen zur Kirche hinüber, wo ihre

verrostete Postchaise stand. Neben der Kirche lag ein idyllischer Friedhof, steil über dem Abhang gähnend, sodass Zwantulla sich vorstellte, bei starkem Regen müssten die Klammer Toten ins Tal gespült werden. – Sie standen noch eine Weile, Gasser sprach über den jungen Goethe, Sturm u. Drang, Perger über Liszts *Années de pèlerinage*, die Verwandlung des Reisenden in einen Pilger, über die *Wilde Jagd*-Etüde, die unterschätzten Opernparaphrasen ... doch über allem die h-Moll-Sonate, usw; keiner hörte dem anderen zu, nur Hibiscus gewann die volle Aufmerksamkeit, als er, dem es immer noch die umliegenden Gipfel angetan hatten, in die Weite zeigte u. sagte: Stellen Sie sich mal vor, man hätte eine Granate, mit der man so einen *ganzen* Berg in die Luft sprengen könnte ...

Nanu, Hibiscus, was sind denn das für Träumereien?

Aber Perger brach endlich einmal in herzliches Lachen aus: Doll, durchaus doll, was Sie da reden, Hibiscus! Dolle Einfälle haben Sie!

Sein Lachen steckte alle an: Kann man wohl sagen! Haha! Was der für Einfälle hat! Der Sohn meines alten Freundes!

Boulez wollte die Opernhäuser sprengen, aber Sie gleich einen ganzen Berg ... ein Meisterredner!

Ein Meister*singer*! Haha! Die Meistersinger, die hatten eine Tabulatur, aber Hibiscus hat etwas viel Besseres, der hat eine *Schna*bulatur!

Sie lachten, Hibiscus am lautesten.

Als sie sich beruhigt hatten u. entspannt wieder im Panda saßen, kam der Einheimische aus dem Geranienhaus u.

wedelte mit Pergers schwarzem Täschchen: Die haben Sie auf dem Küchentisch liegenlassen.
Puh, so was Doofes, vielen Dank.
Schon eng hier hinten, sagte Hibiscus.
Durchaus auch vorne.
Hm, wohin jetzt?, sagte Gasser wie zu sich selbst u. fuhr ohne Antwort los. Der Panda brauste die steile Straße hinunter, die Insassen wurden wieder kräftig durchgeschüttelt.
Beeindruckende Löcher, murmelte Perger, Tasche auf dem Schoß. Sie fuhren vorbei an Höfen u. Öfen, Kapellen u. Katzen. Weiter unten fragte Perger dann, um welche Zeit die Sonne nach Klamm komme.
Im Sommer gegen elf.
Und im Winter?
Gar nicht. Drei Monate lang. Klamm liegt mittig auf dem Nordhang, ein veritabler Tartaros, wo man im Schatten hockt und übers Tal auf die fernen Südhänge glotzt, die den ganzen Winter über in der Sonne liegen. Also auch noch Tantalusqualen. Tartaros plus Tantalus, kein Wunder, dass alle jungen Frauen fortziehen aus Klamm. Man kann schließlich nicht monatelang im Dunkeln sitzen und über die ἀλητεία nachdenken, währends im Unterleib kribbelt. Männer können das vielleicht, einige zumindest, Männer können sich bekanntlich besser beherrschen als Frauen, die von ihren Instinkten geleitet werden, Grübler sind immer Männer, es gibt keine Grüblerinnen. Das ist die Wahrheit, sich zu beherrschen und zu grübeln verstößt gegen die Natur der Frau. Außerdem bekommen sie leicht kalte Füße, das ist ein Problem in Klamm. Gut, ich schweife ab ... Zugegeben, auch die meisten Männer zie-

hen fort. Weil sie ebenfalls keine Grübler sind (alle Grübler sind Männer, aber nicht alle Männer sind Grübler) oder weil sie Frauen begehren. Man findet nur schwer eine Frau, die dort leben mag. Aber mein Herz hängt an diesem Dorf und an diesem Hang, ich bin dort aufgewachsen, es ist meine Heimat.

Aber Sie leben auch nicht mehr dort.

Natürlich nicht, es ist nicht zum Aushalten.

Ja, die vielen Schlaglöcher ...

Nicht nur die. Ich liebe die Frauen, die Sonne, ich pfeif auf ἀλητεία, wenn die Sonne scheint und ich eine schöne Frau seh. Sag ich frank und frei. Bin schon als Oberschüler fort, aufs Internat nach Bozen.

Was, wegen der Frauen?

Nein, war eine Knabenschule. Franziskaner. Ich wollte einfach fort vom Nordhang. Aber mein Herz hängt an Klamm. Deshalb besuche ich, so oft es geht, meinen Bruder.

Was, das war Ihr Bruder?

Wie, hab ich vergessen, ihn euch vorzustellen? Warum habt ihr mich nicht gefragt? Ja, das war mein jüngerer Bruder, er hat den Hof unserer Eltern übernommen.

Aber *er* ist verheiratet?

Ja.

Hat *seine* Frau keine kalten Füße?

Nein, die nicht. Aber seine Tochter, meine Nichte, ob die leicht kalte Füße kriegt, weiß ich nicht, aber sie ist nach Brixen gezogen. Brixen ist allerdings keine Stadt, sondern eine Ansammlung von Klöstern, gotischen Kirchen ... übrigens eine traurige, ja fast tragische Geschichte ... aber *sehr* spannend, soll ich euch die mal erzählen ... Nein,

das führt zu weit, wir verzetteln uns, schweifen ab. Ach, wenn ich nur daran denke! Traurig, tragisch und spannend ... Aber ihr Sohn, mein Neffe, der ist in Klamm geblieben.
Und denkt über die Pilatusfrage nach?
Wenn Sie's so nennen wollen. Fiat lux!
Was?
Er rieb mit dem Daumen das Rädchen: Fiat lux! Vergeblich, das Feuerzeug war leer, er kurbelte das Fenster einen Spalt auf u. warf es raus. Jetzt bräuchten wir einen Prometheus! Der uns Feuer bringt!
Oder einen Zigarettenanzünder einbaut.
Hier, sagte Hibiscus u. reichte Gasser von hinten ein Streichholz.
Hast du noch genug?
Jede Menge! Schauen Sie, wie viele noch in der Schachtel sind, hihi. Er legte das abgebrannte Hölzchen zurück in die Schachtel.
Gut. Wäre schlimm, ohne Feuer zu sein ... Wie sagten Sie, Herr Professor Berger, ein *Unstern*: man hat Zigaretten und kann sie nicht anzünden.
Puh, da will ich gar nicht dran denken! Ein Albtraum! Wie mit den Nüssen ...
Apropos, jemand eine Paranuss? Hibiscus hatte wieder in der Hosentasche gekramt, sodass sich seine Hüfte an Zwantullas Hüfte rieb, aber weder Streichhölzer noch Bonbons hervorgeholt, sondern eine Packung Nüsse.
Mal probieren, geben Sie her!
Mir auch, bitte.
Sehr gut! Schmecken ja doll! Nicht erst die zweite, schon die erste. Wie heißen die?

Paranüsse, das sind brasilianische Kastanien. Energie pur. Könnte ich säckeweise verschlingen.
Versteh ich gut, ist ja wie Manna, man könnte es 40 Jahre lang essen ... Kann ich noch ein paar haben? – Zwantulla war unterdessen eingefallen, woran ihn Hibiscus' Wildwasserpaddeln erinnerte, das Bergdorf Klamm hatte ihn darauf gebracht: an den jungen Mann Klammer oder Klemmer in der *Klavierspielerin*, diesem schlimmen Machwerk, das er vor einigen Jahren frierend mit einer Flasche Rosso di Montalcino in Rom gelesen hatte (wenn auch nicht fertig; er las nicht gern), bevor er zu einer schumannliebenden Bankierstochter gefahren war, dieser Klemmer oder Klammer, ein übler Stecher, war auch ein Wildwasserpaddler; demnach wäre er selbst also die unbefriedigte Klavierspielerin K.? Wieder unausgeschlafener Assoziationsgalopp, Unsinn, er hatte schon zahllose Frauen u. Lüste niedergelegt, u. sein Klavierspiel war schlecht. Bzw nicht mehr vorhanden, er hatte einfach aufgehört zu spielen. Für immer. Ans Klavierüben als Kind in Meinbach dachte er mit Unwohlsein zurück; wenn er Bach-Inventionen oder *Venezianische Gondellieder* gespielt hatte, hatte der singende Blüthner immer einen harten Klang bekommen. – Der raue Cord schabte ihn am Rücken. – Sie fuhren nicht ganz bis ins Tal hinunter, sondern bogen auf eine andere Straße ab, die ständig rauf u. runter führte, zum Seekrankwerden. Ab u. an ein Kreuz am Straßenrand. Blumen davor niedergelegt. Der Rosenkranz schaukelte. Wohin fuhren sie. Abwärts ließ Gasser den Panda einfach rollen, schließlich bat Perger ihn, etwas langsamer zu fahren.

Geht nicht. Wenn ich bremse, schaffen wir die nächste Steigung nicht. Wir haben nur 30 PS.
Ahab, sagte Perger.
?
Wie bitte?
Was haben Sie gesagt?
Aha. Ich habe nur Aha gesagt.
Nur 30 PS, tät man nicht denken. Schon phänomenal, was in der kleinen Kiste steckt.
Ja, geht ab wie der Gehörnte! Nur an den Steigungen muss man halt zusehen.
Und der Zigarettenanzünder fehlt.
Puh.
Was ist denn?
Wenn man so plötzlich in die Sonne fährt.
Stimmt, das ist ein Schock. Mal Licht, mal Schatten. – Der Verkehr hatte jetzt etwas zugenommen. Sie überholten einen Mercedes u. wären fast mit einem entgegenkommenden Pritschenlaster zusammengestoßen, der Holz geladen hatte u. den Berg heraufkam.
Zio fungo! So ein Depp, er sieht ja, dass wir überholen!
Vielleicht war er geblendet, aber das ist auch keine Entschuldigung, so auf uns zuzuhalten.
Sie kamen in ein anderes, größeres, tiefer als Klamm gelegenes, aber sonnendurchflutetes Dorf, beim Hineinfahren pusteten sie einer alten Frau am Zebrastreifen den Rock hoch, dann stellten sie den Panda zwischen Kirche u. Tourismusbüro ab, neben einem Kastenwagen, in den 2 Männer Holz luden. Neben dem Kastenwagen standen mehrere Kanister.

Ah, nicht mehr so eng! Hibiscus reckte u. streckte sich.
Und frische Luft! Tut gut!
Ja, man bekommt wieder einen klaren Kopf. Passt auf, jetzt zeig ich euch was, jetzt werdet ihr Augen machen!
Er hüpfte zum Kofferraum, nahm die Krücken heraus u. schraubte sie lang. Brauchst du den Rucksack, Hibiscus? Nein?
Er blieb einen Moment vor dem Panda stehen u. tätschelte ihm, beinah liebevoll, die Motorhaube. Dann führte er seine Passagiere zur Kirche, einer unscheinbaren Dorfkirche mit gotischem Turm. Er nahm beide Krücken in die Linke u. rüttelte mit der Rechten an der verschlossenen Tür.
Ah, verschlossen, sagte er.
Verschlossen!, rief einer der Männer vom Kastenwagen herüber.
Was, ist die Tür verschlossen?, fragte Zwantulla.
Und das am Sonntag!
Damit habe ich nicht gerechnet, murmelte Gasser. Hm, was machen wir jetzt?
Sie gingen in den *Hirsch* gegenüber, der trotz des Sonnenscheins draußen schummrig war u. erstaunlich voll, Heidenlärm, Gesprächsstrudel. Ging man, wenn überhaupt, nicht erst *nach* dem Gottesdienst ins Gasthaus? Aber die Kirche war ja geschlossen. Auf dem Fensterbrett stand ein ausgestopfter, ausgeblichener Dachs, Gasser begrüßte ein paar Bekannte, während Zwantulla, Hibiscus u. der immer schweigsamere Perger, der das schwarze Täschchen nicht mehr losließ, sich an einen letzten freien Tisch, auf dem eine zurückgelassene Zeitung, die *Dolomiten*, lag, zwängten u. Kaffee bestellten.

Corretto?
Nein danke. Einfach Kaffee.
Zwantulla schaute sich im Raum um: viele Menschen, Bilder von Berggipfeln, ein Kruzifix. Wenn das Stimmengewirr momentweise abebbte, war Volksmusik zu hören, hinter dem Tresen lief offenbar ein Radio. Gasser stand noch immer bei seinen Bekannten. Schließlich sagte Zwantulla zu Perger: Für einen Einbeinigen fährt er gar nicht so übel, was?
Perger antwortete nicht, schaute ihn nur aus kleinen Augen an.
Sie schwiegen eine Weile; obwohl es jetzt wieder sehr laut war, hörte Zwantulla die 10-Uhr-Nachrichten im Radio: In der Sowjetunion, bei einem Ort namens Ufa, habe es gestern eine gewaltige Erdgasexplosion gegeben, unbestätigten Berichten zufolge seien 1 oder 2 Züge, die an der Pipeline vorbeifuhren, in die Luft geflogen, vermutlich gebe es hunderte Tote u. Verletzte. Zwantulla schaute Perger u. Hibiscus an, aber sie schienen die Nachrichten nicht zu hören, sondern stierten in die Luft.
Dann setzte sich Gasser, noch über irgendwas lachend, zu ihnen u. pfefferte die *Dolomiten* (Zwantulla überlegte gerade, mal hineinzuschauen) verächtlich aufs Fensterbrett: Kann man nichts machen, in dieser Kirche werden keine Messen mehr gefeiert, nur im Nachbardorf. Der Mesner ist auch dort, er hätte uns sonst aufgeschlossen.
Sie wollten mit uns ... wollten Sie mit uns in einen Gottesdienst gehen?
Aber nein. Eine Sehenswürdigkeit.
Was gibts denn in dieser Kirche zu sehen? Ich meine, es ist ja nur eine Dorfkirche?

Die *Madonna unter den Schwarzen.*
?
Eine schwarze Madonna?
Nein, die *Madonna unter den Schwarzen,* ein Altarbild von Michael Pacher oder laut jüngsten Forschungen aus der Pacher-Schule ... jedenfalls ein Unikum der österreichischen Spätgotik, eine Madonna umgeben von anbetenden schwarzen Gläubigen.
Negern?
Genau.
Ein spätgotischer Altar mit Negern? In Tirol?
Ja. Der kunstgeschichtliche Hintergrund ist unklar. Früher nahm man an, die Figuren wären ursprünglich nicht schwarz gewesen, sondern erst im Lauf der Zeit verdunkelt. Aber warum, frage ich (und nicht nur ich), hätten sich nur die Gesichter und Hände der Betenden verdunkeln sollen? Das ist doch Schmarrn!
Was ist mit der Madonna? Auch schwarz?
Nein, die ist weiß.
Seltsam.
Man geht davon aus, dass die Bildgestaltung über Kontakte nach Oberitalien beeinflusst wurde, vielleicht liegt darin der Schlüssel zu diesem Geheimnis.
Venedig?
Vielleicht. Damals wurden im Vinschgau die Eichenwälder abgeholzt, um Venedigs Palazzi darauf zu errichten, und in diesem Zusammenhang könnten leicht einige venezianische Negersklaven hier vorbeigekommen sein. Meinen Sie nicht? Ist natürlich Spekulation, ich habe seinerzeit in den *Pyrenäen* darüber geschrieben. Naja, um ehrlich zu sein, was es mit der *Madonna unter den*

Schwarzen auf sich hat, ist völlig ungeklärt. Vielleicht steckt auch etwas Vorchristliches dahinter, irgendwelche rätischen Traditionen.
Aber die Räter waren doch keine Schwarzen.
Das nicht, nein.
Jedenfalls schade, wäre bestimmt interessant gewesen, den Altar zu besichtigen. Meinen Sie nicht, Hibiscus?
Kirchen sind nicht so meins. Was sind'n Räter?
Na hör mal. Die Urtiroler. Ein wildes Volk, in den *Pyrenäen* habe ich mir einmal den Jokus erlaubt und sie *Unräter* genannt ...
Un ...?
Unräter!
Ach so, Unräter! Ein Wortspiel!
Unrat, hihi!
Wie der Professor!
Was? Wieso Professor? Ach so, jetzt begreif ichs ...
Naja, zu ist zu. Wenn die Tür zu ist, kann man nichts machen. Ihr müsst das unbedingt irgendwann nachholen. – Währenddessen hatte Zwantulla sich an das schwebende Mädchen auf dem Ölgemälde in der *Mühle* erinnert u. sich gefragt, ob das möglicherweise eine Art Almmadonna gewesen war; aber das war wohl zu viel hineininterpretiert; auch hatte er während des Gesprächs über die *Madonna unter den Schwarzen* weiter das Radio gehört, wo es im Anschluss an die Nachrichten keine Volksmusik, sondern einen Wortbeitrag gab, vorgestellt wurde neueste medizinische Forschung: eine erst vor kurzem entdeckte Erkrankung, bezeichnet als *Tödliche familiäre Schlafkrankheit*, englisch Fatal Familial Insomnia, die *sowohl* erblich *als auch* ansteckend sei, dennoch

äußerst selten, und in der der oder die Erkrankte nicht mehr in die tieferen Schlafstadien gelange, sondern nur noch in den höher liegenden REM-Schlaf, den Schlaf des schnellen Augenrollens, der lebhaften Träume; Traum u. Wirklichkeit verschmölzen dem Erkrankten, der binnen kurzem sterbe. – Dann wieder Volksmusik, heraufflutendes Stimmengewirr, Heidenlärm. – Hm, mal sehen, wohin wir jetzt fahren, fuhr Gasser fort, der offenbar, wie die anderen, nichts gehört hatte bzw nicht aufs Radio achtete. Trinken wir ein Glasl zur Stärkung, an der nächsten Station werden wir sicher mehr Glück haben. Das war ja wirklich Pech. – Der Hirschwirt, dem die Haare aus dem Nacken wuchsen, brachte eine Karaffe johannisbeerroten Wein mit 4 Gläsern. Hibiscus u. Zwantulla (der eigentlich gern getrunken hätte) lehnten ab, aber zu ihrer (zumindest Zwantullas) Verwunderung ließ sich ausgerechnet Perger, der die ganze Zeit betreten in die Luft gestarrt hatte, einschenken.
Zum Wohl!
Gesundheit!
Als dann Gasser mit seinen Krücken aufs Klo verschwunden war, kam Leben in Perger: So trinken Sie doch! Na los!
So früh am Morgen? Das ist nicht so mei…
Sie wollen wohl nicht unseren Fahrer das alles allein ausgluckern lassen? Überlegen Sie mal. Er soll uns noch den ganzen Tag kutschieren, jetzt ist es gerade mal halb elf, und er lässt sich bereits volllaufen.
O Gott, sagte Zwantulla, das stimmt …
Durchaus.
… und dann noch das verrostete Auto … die blaue Brille … der sieht nur blaue Blumen, Veilchen …

Hoffen wir, dass *wir* mit einem blauen Auge davonkommen. Und, lieber Herr Doktor Zwantulla, lieber Hibiscus, was diese ominöse *Madonna unter den Schwarzen* angeht, da sind wir uns hoffentlich einig, dass ...
Ach, mir solls schon recht sein, Madonnas sind nicht so meins ... sind zwar hübsch, aber sie gucken immer so bekümmert.
Ich auch, ich bin durchaus bekümmert. Sie glauben aber hoffentlich nicht diesen Unfug?
Was meinen Sie?
Diese Geschichte stinkt doch vorn und hinten. Ich wette, das Altarbild gibt es überhaupt nicht. Und dieser Unfug, dass Venedig auf Südtiroler Eichen erbaut worden sei, das ist höchstens eine Provinzlegende, anachronistische Wichtigtuerei. *Heute* stirbt der Wald. Sicher, Stradivari und die Meister aus Cremona benutzten das gute Holz der Resonanzfichten aus Paneveggio, das weiß jedes Kind, den Geigenwald können Sie ja noch heute im Trentino besichtigen, trotz Waldsterben, aber das ist etwas anderes ... ach, dieses Gegeige, was gehen uns die elenden Geigen an, wie Beethoven sagte ... sinngemäß ... was wollte *ich* sagen? Venedig, genau, das angebliche Altarbild, Unfug ... zu schweigen von venezianischen Negersklaven im Vinschgau, dass ich nicht lache!
Meinen Sie?
Wie ich es sage: selten solch haarsträubenden Unfug gehört! Wahrscheinlich kam er nur wegen Hibiscus' Frisur auf den Einfall mit den Negern.
Ja, er hat gesagt, Hibiscus sehe aus wie der Vater vom Eraserhead. Geht es da um Neger? Kennen Sie diesen Film?

Nein, nie gehört, jetzt fangen Sie doch nicht an, von Filmen zu schwatzen, interessiert mich nicht.
Gut, aber weshalb sollte er uns angelogen haben?
Das ist doch klar wie Kloßbrühe, er wollte hier ins Gasthaus. Deshalb fuhr er auch so ungeduldig, denken Sie nur an den Zebrastreifen ... die alte Frau, was da hätte passieren können ... diese angebliche Madonna war nur ein Vorwand.
Sie meinen, er hat ... ist ...
... ein Alkoholiker, selbstverständlich. Das sieht doch ein Blinder mit dem Krückstock. Dieser wässrige Blick, das assoziative Gefasel. Und was glauben Sie denn, wie er das Bein verlor?
Na, doch wohl kaum durch Alkohol. Mal nicht die Pferde scheu machen. Man verliert doch durch Alkoholismus kein Bein.
Ja? Es sei denn, man fährt betrunken Auto! Herr Doktor Zwantulla, Hibiscus, öffnen Sie die Augen!
Vielleicht ist es ja nur ein Raucherbein, schlug Hibiscus vor. Außerdem, er fährt doch gut, wie ein Weltmeister, wie Senna ...
(Was hat ein Senner damit zu tun?)
Können *Sie* notfalls fahren, Hibiscus?
Klar, notfalls, kein Problem, bin zwar bei der Prüfung zweimal durchgerasselt, aber das lag nur am Italienisch, gerade letzte Woche, der Prüfer war echt ein ...
Das heißt *nein*. Ich leider auch nicht, nie den Führerschein gemacht. Und Sie, Herr Doktor Zwantulla?
Bin etwas aus der Übung, ehrlich gesagt.
Hm.
Hm. Was machen wir jetzt?

Trinken.
Was?
Den Wein austrinken. Was bleibt uns denn übrig? Wir müssen möglichst viel wegtrinken, damit er nicht so viel saufen kann. Trinken werden Sie doch wohl können, Herr Doktor Zwantulla! Oder sind Sie da auch aus der Übung?
Er goss ihnen mit der Linken die Gläser voll, mit der Rechten hielt er das schwarze Täschchen.
Gasser kam gutgelaunt zurück. Sie blieben noch eine Weile im *Hirsch*, ein paar Einheimische gesellten sich zu ihnen, ein Tierarzt, ein Handwerker in Latzhose, u. warfen sich mit Gasser Geschichten zu, von denen die 3 Passagiere wenig verstanden, u. a. von einem Arbeiter, der sich den Unterarm abgesägt habe: Blau an der Säge, Anfängerfehler, macht er nicht wieder! Betrunken arbeiten, das tut man nicht mal im Weinberg! Wird dem Burschen eine Lehre sein! Aber seine arme Frau. Nun übertreibt mal nicht, ein Mann kann auch mit einem Arm schaffen, und das *Andere* ist ja noch dran, usw. – Zwantulla hastete zur Toilette hinab, eine düstere Höhle. – Als sie den *Hirsch* verließen, blendete sie die Sonne.
Puh. Ein Schock. Mal dunkel, mal hell.
Wieder unterwegs, kündigte Gasser an, ihnen vor dem Mittagessen noch 2 Sehenswürdigkeiten zu zeigen, nur auf einen Sprung: 1) Erdpyramiden, 2) Haus, in dem Franz Kafka übernachtet hat.
Sie besichtigten also die durch mehrere Sturzbachkatastrophen entstandenen Erdpyramiden, riesige tönerne Nadeln, dann kehrten sie, nur auf einen Sprung, ins unterhalb der Erdpyramiden gelegene rappelvolle Gasthaus

Sonne ein. Perger warf einen Blick auf seine Armbanduhr: Jetzt geht sie *dort* erst auf!
Wer? Wo?
Die Sonne. Sie sagten, in Klamm geht sie um elf auf.
Im Sommer!
Das Gasthaus *Sonne* war schummrig wie der *Hirsch*, auf dem Fensterbrett standen ausgestopfte Birkhühner bzw Auerhähne. Es war noch voller als im *Hirsch*, jetzt waren wohl die Messgänger hinzugekommen u. tranken ein Glasl Weißwein. Gasser kannte erneut lauter Leute; er bestellte eine Packung Roth-Händle für Zwantulla sowie eine Karaffe kirschroten Wein, den die 3 Passagiere auszutrinken versuchten.
Aber noch bevor die Karaffe leer war, bestellte Gasser nach.
Ein paar andere Gäste setzten sich zu ihnen, angeregtes Hin u. Her: Große Ereignisse! Was? Ach so ... sehr groß ... gute Idee, darauf stoßen wir an; dann ging es um irgendeinen Firmenbesitzer aus der Gegend, den alle kannten, offenbar ein völlig ungebildeter Esel: ein natürliches Genie, rief einer, nicht durch Schulung verdorben; dann um einen Schreiner, der sich versehentlich die Hand durchbohrt hatte. Schließlich schlug jemand, ein Feuerwehrmann, vor, Karten zu spielen, könnt ihr watten?
Wat... was?
Watten, ein Kartenspiel.
Nie gehört, aber wir könnens ja mal lernen ...
Keine Chance! Mal eben watten zu lernen, guter Jokus. Ist viel zu kompliziert. Was dem Juden seine Kabbala, ist dem Tiroler sein Watten.
Kabbelei?

Also Doppelkopf! Aber nur eine Runde!
Sie spielten Doppelkopf, Gasser u. der Feuerwehrmann gegen Zwantulla u. Hibiscus, der ziemlich ausgefuchst war. Perger schaute zu. Dabei versuchten sie wieder, Gasser den Wein wegzutrinken, wieder bestellte Gasser nach: An den kann man sich gewöhnen, was? Gesundheit! Zugegeben, ist nicht gerade vom Baron Rothschild, aber ein solider, ausgeglichener Tropfen. – Zwantulla ging hurtig zur Toilette hinab, ein feuchtes Loch. – Vor der Tür blendete es. Puh, ein Schock, mal schattig, mal sonnig.
Achten Sie bitte mehr auf den Verkehr, sagte Perger, als sie wieder unterwegs waren.
Keine Sorge, ich kenne die Straße im Schlaf. Es wirkt vielleicht, als würde ich ganz intuitiv fahren, aber es ist einfach so, dass ich die Straße im Schlaf kenne. Wie meine eigene Wohnung.
Und die Zebrastreifen?
Bei uns hält man nicht am Zebrastreifen, darin sind wir Italiener. Außerdem, wenn ich bergan bremse ...
Ach ja.
Schön, sagte Hibiscus.
Was?
Die Landschaft.
Das Haus, in dem Kafka übernachtet hatte, konnte, wie sich herausstellte, nicht besichtigt werden, Gasser klingelte mehrmals vergeblich u. sagte dann: Naja, wozu auch? Gehen wir ... auf einen Sprung ...
Er eilte voran, die 3 hinterher.
Was ist das nur für eine Tour, flüsterte Perger.
Nun, wisperte Zwantulla, er will uns etwas anderes zeigen als das Übliche ... gotische Kirchen ...

Erdpyramiden, zischelte Hibiscus, der nicht mehr so sorglos klang wie vorhin, na gut, das ist ja tatsächlich was Sehenswertes, aber so ein Kafka-Haus ... ein ganz normales Haus ...

Reden Sie kein ungereimtes Zeug, Kafka war doch niemals hier, diesen Bären kann er seiner Großmutter aufbinden.

Meinen Sie?

Und was die famosen Erdpyramiden angeht, das war ja durchaus auch ein Schlag ins Kontor, die sehen ja bloß aus wie mumifizierte Riesenpilze. Oder schlecht gezeichnete Noten im Diskant, die alle für sich stehen, irgendeine serialistische Schmiererei. Einfach ein bisschen ausgewaschene Erde.

Sie gingen auf einen Sprung ins Gasthaus *Jäger*. Nur mit Mühe fanden sie einen Tisch, es war proppenvoll, ganz Südtirol schien sich jetzt im Gasthaus aufzuhalten. Die ersten aßen bereits zu Mittag. Inmitten des Gewirrs schaltete Zwantulla ab, Perger fing an, ihm auf die Nerven zu gehen mit seinem ewigen Misstrauen. Auf einem Tisch lagen die *Dolomiten* von gestern, Zwantulla beugte sich darüber u. las die Schlagzeile:

Amerikaner wollen zum Mars fliegen

Darunter ein Bild von einem umgestürzten Traktor. Nanu?

Dann sah er die Bildunterschrift:

Bauer stürzt bei der Heuernte ab

Daneben: *Ungarn und Chinesen weiter unruhig*

Eine Familie habe die Botschaft der Bundesrepublik Deutschland in Budapest gestürmt.

Sie haben völlig Recht, mein Freund, nuschelte Perger

von der Seite, man muss durchaus Zeitung lesen, da kann er erzählen, was er will.
Zeitungen sind nicht so meins.
Zwantulla verschwammen aber die Buchstaben vor Augen, ihm war, als stünde das A auf dem Kopf; dann erkannte er nichts mehr. – Gasser nahm die Zeitung, er hatte wohl nicht bemerkt, dass Zwantulla sie las, u. warf sie verächtlich aufs Fensterbrett. Vom Nachbartisch prostete ihnen aus dem Gedränge ein älterer Mann zu, der eine blaue Schürze mit einem aufgedruckten Kuhkopf trug, Gasser prostete zurück u. rief einen Trinkspruch im Dialekt, den die Passagiere nicht verstanden, nur *Gesundheit*. Der Mann mit dem Kuhkopf lachte u. trank.
Der *Jäger* war untypisch ausstaffiert für ein Tiroler Gasthaus, mit Caprifischernetzen, großen Muscheln, Flaschenschiffen, auf dem Schnapsflaschenregal thronte sogar ein ausgestopfter Schwertfisch. Wieder versuchten die 3, Gasser den Wein wegzutrinken, wieder bestellte Gasser nach u. gab dabei kleine Anekdoten von sich (etwa über einen Bischof, der alle Dorfpfarrer besucht u. in den Pfarrhäusern die Schnapsregale «inspiziert» habe), jedoch kein Wort über den angeblichen Kafka-Aufenthalt in diesem Dorf.
Stattdessen begann er Witze zu erzählen: Zwoa Nulla treffn in dr Wüste an Ochtr. Sog dr oane Nulla zin ondon: Ba der Hitze mit Girtl!
Also ein Witzbold auch noch. Zwantulla trank in größeren Schlucken. Wenn einer ununterbrochen redet, ist es schon schlimm, aber wenn er ununterbrochen Witze reißt, noch schlimmer. Er riss auch Witze über Kumm,

trotz der Gegenwart dessen Sohnes, der jedoch herzlich mitlachte.
Wieder versumpften sie. Zwantulla hatte Mühe, sich wachzuhalten; er betrachtete den Schwertfisch u. das Flaschenschiff, einen Dreimaster, u. wie er es unter schweren Lidern ansah, hatte er auf einmal den Eindruck, das Schiff bewegte sich in der Flasche. – Dann erinnerte er sich, von irgendwoher, an das Bild eines riesigen Fisches, der auf ein Segelschiff gesprungen u. von den Masten aufgespießt worden war. – Als er wieder beieinander war, setzte sich trotz vollen Hauses der Jägerwirt zu ihnen, ein Mann mit großem goldenem Ohrring, offenbar ein guter Bekannter von Gasser. Er erbat sich eine Zigarette von Zwantulla, diese Sorte sei genau sein Gusto, u. blies Ringe in die Luft: Brroo, heftiges Kraut, richtiges Kannibalenzeug!
Zwantulla ging ein Licht auf, woran Gasser ihn erinnerte: an einen Kapitän, vermutlich wegen der marinblauen Brille, mit den großen blauen Augen sah er allerdings aus wie ein Fisch, ihr Kapitän war ein Fisch!
Jetzt ließ er den vom Stapel: Sitzt s'Hügele ba di Hausaufgobn, sog: Du Papi, wos isch des fir a Sotz: Es isch koa Bier im Haus? Sog do Papi: Des isch koan Sotz, des isch a Kataschtrophe.
Hihi, sehr gut!, rief Hibiscus.
Ein echter Brüller!
Kann man wohl sagen!, rief der Jägerwirt, a Kataschtrophe!
Wer sitzt bei den Hausaufgaben, fragte Perger mit versteinertem Gesicht, ein Hügel?
s'Hügele, will sagen der kleine Hugo.
Ach so.

Ich geb euch noch eine Runde aus, rief der Jägerwirt, aufs Wohl unserer Gäste! Gesundheit! Damit der hier auch lernt zu lachen! Er klopfte Perger auf den Rücken. Brauchst dich nicht schämen zu lachen, hier bin ich Mann, hier darf ichs sein! Nicht bös gemeint, ich zieh dich nur auf ... und du, Bürschchen? Warum stehen dir denn die Haare zu Berge? Hast du etwas Grässliches gesehen, ein Meeresungeheuer? Nimm noch einen aufs Haus. Wie heißt du eigentlich?

Hi-hi-hi...

Was ist daran so komisch?

...biscus!

Zum Wohl! Gesundheit! Ahoi! – Zwantulla eilte zur Toilette hinab, eine dunkle Koje. – Draußen hielten sie die Hände vor die Augen.

Ein richtiger Schock, mal schummrig, mal klar.

Eine Marotte von ihm, das Nautische, sagte Gasser, der schon Schlagseite hatte, als sie zum Panda gingen. Als Kind hatte er den Traum, zur See zu fahren. Wenn es Flachlandtiroler gibt, muss es auch Hochgebirgsmariner geben, nicht? Alpinteerjacken! Der Mensch muss Träume haben als Kind. Wovon habt ihr geträumt?

Von nichts, sagte Hibiscus, sein Stottern war schon wieder vorbei.

Nichts, sagte Zwantulla.

Ich wollte Pianist werden, sagte Perger.

Vor dem Einsteigen rauchten sie: Ah, die frische Luft tut gut! Bekommt man einen klaren Kopf.

Non fumum ex fulgore sed ex fumo dare lucem, wie Horaz schreibt, aus dem Qualm soll uns ein Licht aufgehen!

Gut gesagt ... Sonne, jetzt haben wir volle Sonne.
Allerdings macht sie einen auch bleich. Merkt ihrs? Schaut euch mal an, wie bleich sie uns macht.
Stimmt, wie Knochen!
Da wünscht man sich ja nach Klamm, hihi. Wegen dem Schatten.
Des.
?
Wegen *des* Schattens.
Ach so. Hihi. Da kann man jedenfalls auch qualmen. Lecker. Wars hier, wo der Kerl sich aufgehängt hat?
Welcher Kerl?
Der im Keller. Der Förster. Im *Jäger*?
Aber nein.
In der *Sonne*?
Nein.
Also im *Hirsch*?
Aber nein, wie kommst du denn darauf ... das war ganz woanders. Im Vinschgau. Und es war auch kein Förster.
Der Panda wackelte noch stärker als zuvor, als sie einstiegen, Perger wieder vorn, Hibiscus u. Zwantulla hinten. Schon etwas eng. Sie fuhren steil bergauf, an einer Stelle kamen sie kaum mehr vom Fleck, ein offener Transporter mit Holz überholte sie. Wohin fuhren sie. – Schön, mal ein Tag unter Männern, sagte Perger. Wozu wird eigentlich das ganze Holz durch die Gegend gefahren? Er wirkte jetzt, da der Panda sich nur im Schneckentempo bewegte, entspannter, auch schien ihn der Wein beruhigt zu haben, möglicherweise auch Gassers Witze, oder das Schulterklopfen des Jägerwirts; oder das Bewusstsein, dass sein Kindheitstraum sich erfüllt hatte?

Sie bringen das Holz für die Feuer auf die Berge, antwortete Gasser.
Was?
Naja, nicht ganz natürlich.
Was?
Ganz hochfahren können sie es nicht, es muss dann noch von Bergsteigern hinaufgebuckelt werden. – Unterwegs machten sie auf Kindheit, Gasser erzählte vom Leben im Bergdorf Klamm, wie sich im Rückblick das Dahinvegetieren im ewigen Schatten allmählich in eine Idylle verwandele usw, Perger von dem niedersächsischen Kaff, in dem er aufgewachsen war, ewige herrliche Stunden am Klavier. *Hinter jedem großen Mann steht ein Kind, das nicht Klavier üben will,* lautet zwar ein Aphorismus von Hilde Kumm, aber ich übte durchaus gern ... Als er sich schließlich brabbelnd in Kindheitserinnerungen verlor, die Einsamkeit des Kindes, die Einsamkeit der Mutter, die Einsamkeit des Vaters, die Einsamkeit auch des 2. Kindes, seiner Schwester (wer weiß, wer da noch alles einsam war) ... nur die Musik, *sola musica* ... da schalteten sie ab; dann erzählte Hibiscus vom Internat, auf das seine Eltern ihn geschickt hatten, in der schönsten Natur in Bayern (wie, du bist in Bayern im Internat gewesen, und nicht mal Horaz gelesen? Sic transit gloria Bavariae ...); Zwantulla, zwar nicht sehr gesprächig, ließ sich dies u. das über Meinbach u. das Pfarrhaus in der Schopenhauergasse aus der Nase ziehen.
O Gott, sagte Gasser, für mich als Tiroler ... Franziskanerschüler ... zu denken, dass es Pfarrers*kinder* gibt ... erlaubte, meine ich, *eheliche* ... auch wenn es alles ein Schmarrn ist, dieses bigotte *Kappl oa, Kreizl schlogn*, man

ist doch bis ins Mark geprägt dadurch, quasi mit Bigotterie imprägniert gegen Weltläufigkeit, ich habe immer das Gefühl, das dürfte es nicht geben ... *Sie* ... – So kamen sie von der Kindheit auf ihre Eltern zu sprechen, was machen die? Leben sie noch?

Na, meine, das wisst ihr ja, hihi.

Meine sind tot, sagte Zwantulla, meine Mutter ist viel jünger als mein Vater gestorben.

Meine auch, sagte Gasser, ist seltsam und widerspricht der Statistik, sie ist blutjung gestorben, mein Vater steinalt geworden. So gehts halt zu.

Ja, ja ...

Wohl wahr, der eine stirbt blutjung, der andere steinalt ...

Bei mir ist es *noch* seltsamer, sagte Perger, meine Mutter starb schon vor langem, sie war sehr einsam ... aber mein Vater *lebt* noch, geht auf die 90 zu. Schwer ist es, eine Last, er lebt in einem Heim, ganz fürchterlich, aber anders gehts nicht, sosehr meine Schwester sich auch kümmert.

In einem Heim? Was macht man da?

Ist doch ein einziger langer Urlaub.

Ein Urlaub zum Tode.

Wie Sommerferien in Italien. Endlos.

Ewiger Sonntag im Gemüte.

Von wegen, Urlaub zum Tode ist nun doch wohl per definitionem gerade *nicht* endlos.

Verrinnzeit.

Puh, deprimierend, Einsamkeit, Tod, Krankheit ...

... Urlaub ...

Puh.

Über Krankheit haben wir doch gar nicht gesprochen.
Trotzdem, sagte Gasser, er hat Recht, der Tod macht jedes Gespräch kaputt. Es ist alles lächerlich, wenn man an den Tod denkt, wie Thomas Bernhard gesagt hat, der selbst vor kurzem verstorben ist, im Jänner oder Feber. Im Übrigen, wenn ihr mich fragt, was Bernhard angeht ... der frühe Bernhard, gut, aber der späte Bernhard, schlecht, dem fehlt die *große* Weltverachtung, der ist ein Kleinbürger, nur *kleinliche* Weltverachtung.
Puh, kleinliche Weltverachtung.
Das wird ja immer schlimmer.
Ihr habt Recht, sprechen wir über etwas anderes ... Frauen, was mögt ihr bei Frauen? Für mich gibt es nichts Größeres als hohe Absätze.
Gute Idee! Es gibt nichts Schöneres als hohe Absätze!
Für mich lackierte Nägel. Wenn eine lackierte Nägel hat, bin ich verloren.
Herrlich! Lackierte Nägel!
Lackierte Fußnägel oder lackierte Fingernägel?
Beides! Ah! Wenn die Nägel dann noch lang sind ... die Fingernägel, meine ich ... Ich hatte mal eine, wisst ihr, die hatte ... das könnt ihr euch nicht vorstellen ...
Das ist doch vulgär. Lackierte Fußnägel meinethalben, aber lackierte Fingernägel, die sind durchaus vulgär. Und dann noch lang ... vulgär. Spielen Sie mal mit langen Nägeln ein Instrument!
Ein Instrument spielen, darum geht es doch jetzt nicht.
Trotzdem vulgär. Aber knappe Höschen ... wenn sie solche knappen Höschen tragen ...
Knappe Höschen! Zum Beispiel mit so einem Bändchen! Herrlich!

Es gibt sogar welche mit Leopardenmuster!
Unbegreiflich, so knapp und trotzdem ein Muster!
Ah!
Am besten hohe Absätze *und* lackierte Nägel *und* knappe gemusterte Höschen! Dann ist man verloren! Egal ob sie ein Instrument spielen kann oder nicht! *Froh der süßen Augenweide*, wie es bei Hölderlin heißt, euerm größten Landsmann, und bei Novalis: *Ha! wie sich schnell mein Rosenblut durch alle Adern rafft*. Übrigens, Hölderlin und Novalis, usw usw. – Trotz des anregenden Themas döste Zwantulla erneut weg u. hatte den **2. Traum** an diesem Tag: Er sah, vielleicht hervorgerufen durch das haltlose Gespräch seiner Mitfahrer (über Kindheit, nicht über Frauen), seine liebe Mutter, die schon lange tot war. Sie waren in London, aber einem London, das fremde Gestalt hatte. Seine Mutter war bereits ziemlich krank, und sie saßen in einem Doppeldeckerbus, der zwischen Häusern über einen den Fußgängern vorbehaltenen, aber menschenleeren Platz rollte. Der Platz stieg auf der Seite an, sie fuhren hinauf bis zur Durchfahrt durch ein Haus, eins der unglückseligen Nachkriegsgebäude, von denen London voll ist. Er konnte sich nicht vorstellen, dass der Bus durch die Durchfahrt passen würde, aber er kam gerade so hindurch. Dahinter lag die Regent Street, die nichts zu tun hatte mit der echten Regent Street. Sie war ebenfalls menschenleer, und in ihr standen viele große Bäume mit ausladenden grünen Kronen, vielleicht Platanen. Jetzt waren sie zu Fuß unterwegs, seiner Mutter fiel das Gehen schwer, schließlich kamen sie nicht mehr weiter. Da traten zwei Menschen aus einem flachen Haus aus roten Ziegelsteinen, das an dieser Regent Street lag, einem

noblen Club, eine junge Frau und ein junger Mann. Sie trugen rot-silberne Uniformen, nicht funkelnd, sondern matt. Die Frau hatte blondes lockiges Haar, das zu einem Zopf gebunden war, der Mann hatte kurzes dunkles Haar. Sie boten ihre Hilfe an. Dann fand er sich anderswo in London, in einem Büro, vielleicht einem Reisebüro, vielleicht an dem Fußgängerplatz, über den der Bus gefahren war; er erzählte einer Frau, die höflich war, aber sich nicht besonders dafür zu interessieren schien, von dem Bus und der Durchfahrt in die Regent Street. Schließlich ging er gemeinsam mit seinem Vater durch diese Durchfahrt in die Regent Street, auf der Suche nach der Mutter. Sie kamen zu dem Club und sahen sie gleich: Sie saß im Haus am Fenster, die junge Frau in der Uniform war bei ihr. Sie gingen hinein, und die junge Frau erzählte ihnen, die Mutter sei zwischendurch im Krankenhaus gewesen, wo man ihr ein Sandwich zu essen gegeben habe; jetzt sei sie wieder hier. Die Mutter sagte nichts, sie lächelte, wenn auch nur ein wenig. Es schien ihr nicht gut zu gehen, aber etwas besser als vorher. – Als er aufwachte, war für einen Moment alles in ihm ruhig. Ihm war klar, dass er diesen Traum nicht festhalten konnte, aber auch das regte ihn nicht auf. – Schließlich fragte er sich, warum er heute so oft einschlief. Die Antwort lag auf der Hand: weil die Nacht auf dem Klappbett in der Almhütte der Kumms ihn gerädert hatte u. er nicht Gasser war, der nur 3–4 Stunden Schlaf brauchte; dazu das gleichmäßige Fahrgefühl, ihr Cicerone Gasser war im Grunde doch ein großartiger Fahrer, der Panda ein großartiges Auto. Wie sollte er allerdings, nach dem wiederholten Tagschlaf, in der nächsten Nacht bzw je wieder schlafen? Aber das

war wohl zu weit vorausgedacht. – Zu Mittag kehrten sie im Gasthof *Krone* ein, rappelvoll u. schummrig, ein ausgestopfter Fuchs, sie mussten eine Weile suchen, bis sie Plätze fanden, direkt unter Häkelgardinen, aufgeregte Fliegen vor den Fenstern … Diese Fliegen, sagte Gasser, Fliegen beobachten, sogar hier im Hochbetrieb wirken sie so … in einem leeren Zimmer würden sie noch stärker … kennen Sie das *Fliegenpapier* von Musil? Nein? Müssen Sie unbedingt lesen! Ich habe in den *Pyrenäen* einen Essay darüber geschrieben: über Musils Feststellung, die festgebappte Fliege übertreffe *als Sportler* selbst Laokoon.
La-*o*-ko-on, Hibiscus!
Ich hab doch gar nichts gesagt.
Wissen Sie, fragte Zwantulla, woran mich das erinnert?
Woran?
An Schostakowitschs letztes Streichquartett.
Puh, Streichquartette … was gehen uns die elenden Geigen an, wie Beethoven sinngemäß …
Mich dünkt, des gedachtest du schon.
Lassen Sie diese Wagnerei, Herr Doktor Zwantulla, ist durchaus abgeschmackt.
Warum so gereizt, Herr Professor Berger? Hier, ich gieße Ihnen ein Glasl ein, das beruhigt … Und nun sagen Sie, Herr Doktor Zwantler, was hat denn dieses Streichquartett mit Laokoon zu tun?
Nicht mit Laokoon, mit Fliegen. Man soll es so spielen, dass die Fliegen in der Luft tot herunterfallen.
Kann ich verstehen, hihi, Streichquartette finde ich auch langweilig … nicht so meins …
Gasser bestellte noch eine Karaffe. Er wollte wieder über

Musil sprechen. Ein anderes für ihn, Gasser, entscheidendes Werk sei Musils *Mensch ohne Charakter.*

Mensch ohne Charakter? Sie meinen wohl den *Mann ohne Eigenschaften*?

Nein, ich spreche vom *Mensch ohne Charakter*. Natürlich hat Musil auch ein Buch mit dem Titel *Der Mann ohne Eigenschaften* verfasst, ich spreche aber jetzt von seinem Werk *Ein Mensch ohne Charakter*.

Das gibts?

Na hört mal, ihr kennt wohl *Ein Mensch ohne Charakter*?!?

Dabei aßen sie Milzschnittensuppe, Blutnudeln, Plattln, Kutteln, Forelle venezianisch usw (nur Spaghetti alle vongole, nach denen Hibiscus gefragt hatte, gabs nicht), danach Scheiterhaufen, Zwantulla wollte am liebsten immer weiter essen, dazu jede Menge granatroten Wein, Lagrein, d. i. etwas Edleres als der Fusel vom Vormittag, Gasser wurde immer ausgelassener, auch Hibiscus lachte, selbst Perger schüttelte endgültig seine protestantische Verschnürung ab: Dieser fast schon italienische Kult ums Essen, nuschelte er zwar, ein Brot, eine Gurke, das reicht ... dazu ein Bier ... Aber dabei haute er ordentlich rein.

Gasser widersprach: Sagen Sie das nicht! Denkt an das, was euer größter Landsmann Luther übers Essen gesagt hat!

Martin Luther, Hibiscus!

Hab doch gar nichts gesagt.

Größter Landsmann? War das nicht Hölderlin? Oder Goethe?

Wie schon in Klamm fiel Zwantulla auf, dass Pergers

Tischmanieren nicht die besten war, er sprach mit vollem Mund u. kleckerte Milzschnittensuppe auf die gehäkelte Tischdecke; während sich Hibiscus, zur Überraschung des Kronenwirts, für die venezianische Forelle Fischbesteck erbeten hatte.
Übrigens haben Sie Recht, fuhr Gasser fort, es *ist* italienisch, genauer gesagt das Erbe der Unräter, die auf dem Brenner hockten und die Brosamen aufleckten, die von der Römer Tische fielen: samische Pfauen, phrygische Kraniche, Fasanenhirne, Flamingozungen, Papageienfischleber, Muränenmilch, Venusmuscheln, Seeigel, Krammetsvögel, ja sogar Lauch ... heute ziehen wir das freilich *alles* aus dem *Rind* ... Lauch nicht, das ist klar ... noch etwas?
Wollen wir noch Wein bestellen, hihi?
Gute Idee!
Wer geht?
Semper saudumm quaerens, Hibiscus, immer der, der fragt.
Sie tranken den Wein.
Und danach? Wie weiter? Eventuell ein kleiner Schnaps?
Gute Idee ... Kranewitter, d. i. Wacholderschnaps.
Und dann? Noch ein kleiner Schnaps, ein Schnäpschen, ein Schnäpslein, ein allerletztes Schnäpsli? Wie wär das?
Ist eine Idee ... Zirmila, d. i. Zirbelkieferlikör. Ah! Singulär! Süß bis zum Gehtnichtmehr, aber *gut*! – Schließlich fragten sie Perger, was er eigentlich in der schwarzen Tasche habe.
Das *Wohltemperierte Klavier*.
Wie, komplett?

Ja, von C-Dur bis h-Moll, er hatte nämlich unterwegs in einigen Fugen lesen wollen.
Dazu werden Sie aber keine Zeit finden!, prustete Gasser u. alle 4 brachen in schallendes Gelächter aus. Ist das ko-ko-komisch!, schrie Hibiscus, Perger hämmerte mit der Hand auf den Tisch, urkomisch, urkomisch!
Das Wohltemperierte Klavier!, kreischte Zwantulla.
Fu-fu-fugen!
*Un*fugen!, brüllte Gasser u. setzte noch einen drauf: Do san zwoa Teppn af a Brugge, sog dr oane: Geh loss ins epes dichtn! Sog do ondre: Ok. Fong dr oane on: Ich stehe auf der Brücke und schiffe in die Lücke.
Hihi, s-sehr gut!
Psst, ist ja noch gar nicht fertig!
Ja, Obacht, so gehts weiter: Sog dr ondre: Ich stehe auf der Brücke und stecke dir einen Zapfen in den Arsch. Sog dr oane: Obo des reimp sich net. Sog dr ondre: Obo es dichtet.
Kriegten sich nicht ein.
Sie hatten noch immer diesen süßen Zirmilageschmack im Mund, u. es war alles, alles gut. – Zwantulla stolperte zur Toilette hinab, eine kalter Schlauch. – Vor der Tür blendete es.
Puh. Ein Schock. Mal schattig, mal sonnig.
Wieder im Panda, der beim Einsteigen noch mehr gewackelt hatte u. noch enger war, Perger weiter vorn, Hibiscus u. Zwantulla hinten, waren sie mucksmäuschenstill. Erst als Gasser den Motor nicht anbekam, flüsterte Hibiscus bedrückt: Wahrscheinlich der Keilriemen ...
Verstehst du was von Motoren, Hibiscus?
Nein. Ist nicht so meins.

Dann kamen sie doch los, Gasser kicherte vor sich hin, schließlich sagte er: Wisst ihr, wer wir sind, wir vier?
Wer?
Die Bremer Stadtmusikanten!
Da platzte aus allen wieder das Lachen.
Ich bin der Esel!, schrie Perger. Durchaus der Esel!
Ich bin der Ha-ha-hahn!, schrie Hibiscus.
Ich die Katze!, schrie Zwantulla.
Und ich der Hund!, schrie Gasser, wischte sich mit einer Hand die Lachtränen aus den Augen u. kam fast von der Straße ab, der Hund! der Hund!
Etwas Besseres als den Tod finden wir überall!!!
Zwantulla kam der Gedanke, gemeinsam zu singen. Sollte er es vorschlagen? Aber was? Er kannte von Volksliedern höchstens Anfangszeilen u. keinerlei Schlager oder Rock- u. Pophits, sie konnten wohl schlecht die *Winterreise* grölen. Fremd bin ich eingestiegen, fremd steig ich wieder aus, oder was? Schade, schade. Was war mit einer vierstimmigen Fuge, der h-Moll-Fuge z.B., jeder eine Stimme, Hund Katze Esel Hahn? Je-jemand ein Bonbon?
Ja, geben Sie her!!!
Ananas!!!
Granatapfel!!!
Ich nicht, ich rauche!!! Aber warten Sie mal, haben Sie noch welche von diesen Paranüssen?
Je-je-jede Menge!!! Sie aßen sie auf, die leere Packung, von Hibiscus aus dem Fenster geworfen, wehte davon. Wie wä-wä-wärs, wollen wir was si-si-si-
Singen?!
Hihi!

Bloß nicht, das würde klingen wie eine gesengte Nachtigall. Aber warten Sie! Ich habe eine andere Idee!
Ja?
Die Instrumente eines Streichquartetts! Wir sind die vier Streichinstrumente! Ich bin der ...
Nein, Streichquartett ist doof, durchaus doof! Wie oft muss ich es noch sagen, was geht uns das elende Gegeige an, wie Beethoven ...
Was haben Sie bloß gegen Streichquartette, Herr Professor Berger? Gut, ist kein Klavier, aber ich hätte nie gedacht, dass ein klassischer Musiker etwas gegen Streichquartette ...
Von wegen. Seien wir ehrlich, Streichquartette klingen wie Ziehharmonikas, selbst die besten ... durchaus Ziehharmonikas ...
Finden Sie wirklich?
Durchaus ... naja ...
Gut, ist vielleicht der falsche Moment für diese Erörterung. Erörtern wir es später ... aber wieso denn *der*, lieber Herr Doktor Zwantler, im Streichquartett ist *die* Geige, *die* Bratsche, *das* Cello, aber doch nicht *der* ...
Ist doch leicht, *der* Kontrabass!
Ach, Hibiscus ... ich habe natürlich gemeint, *der* Primarius! Aber egal, meinetwegen kein Streichquartett, ich weiß noch etwas anderes ...
Was?
Die vier Sätze einer Symphonie!
Schon besser! Sehr gut! Sie habens raus! Aber wer ist welcher?
Das ist die Frage!
Lassen Sie mich versuchen ... unser Cicerone der Kopfsatz.

Ich durchaus der langsame Satz. Unser guter Hibiscus Menuett, vulgo Scherzo. Und Doktor Zwantulla ... das Finale! Haha! Aber was für eins, großes Finale oder unbeschwingter Kehraus?
Haha!!! Wa-wa-wahnsinn!!! Der hats raus!!! Ke-ke-kehraus!!! Was'n nun, Straßenfeger oder Stadtmusikant, wird man ganz wuschig bei so vielen Gedanken, ist ja ein richtiges Seminar hier!!! *Seminar*, du sagst es, wir *säen*!!! Schön, mal ein Tag unter Männern!!! Mal auf andere Gedanken kommen!!! – Im nächsten Dorf hielt Gasser abrupt am Straßenrand.
Kurze Pause.
Sie waren alle auf einmal ganz ruhig. Es war alles zu viel geworden.
Ja, machen wir eine kurze Pause.
Genau, nach dem Mittagessen muss man sich ausruhen, bevor man weiterfährt.
Was ist, machen wir eine Pause?
Puh.
Ich bin ganz durchgeschwitzt.
Ich auch.
Ich auch, wollen wir uns ein wenig die Beine vertreten? Sofort wurde er rot, aber niemand kommentierte den Fauxpas. Sie kletterten aus dem wackelnden Panda.
Die frische Luft tut gut, macht einen klaren Kopf.
Gasser holte seine Krücken aus dem Kofferraum, schraubte sie aus u. setzte sich mit Hibiscus zum Rauchen auf eine Bank vor der Kirche mit gotischem Turm. Hibiscus blinzelte in die Sonne: Am liebsten tät ich die Sonne schlagen ... haben Sie sich das schon mal vorgestellt, wie das wär, die Sonne zu schlagen?

Sie kicherten, keiner antwortete. Perger klemmte das schwarze Täschchen unter den Arm, um mit Zwantulla ein wenig durchs Dorf zu gehen, in dem einige Spaziergänger unterwegs waren, v.a. ältere Touristen in Kniebundhosen.
Netter Kerl, der Hibiscus, murmelte Perger nach einer Weile, wenn auch nicht gerade eine Leuchte, hoffentlich ist er nicht auch noch ... Sie wissen schon ...
Schwul?
Pst, sprechen Sie's nicht aus!
Ist doch nicht gefährlich, es zu sagen, ist ja nur ein Wort ... aber Sie haben Recht, wenn man so eng im Auto sitzt, Hüfte an Hüfte, das wäre schon äußerst unangenehm, wenn da einer ...
Und dann noch diese Bonbons! Zugegeben, Granatapfel, durchaus doll ... erst recht diese bombigen brasilianischen Kastanien, wie heißen die ... Aber das brauch ich eigentlich alles gar nicht, ein Stück Brot tuts auch, eine Gurke, eventuell ein Bier ... Woher übrigens dieser alberne Name? Nein, nicht Zwantulla, *Hibiscus*. Was, er heißt eigentlich Heinrich? Nach Hesse? Ja, ich kenns durchaus ... sehr bekanntes Buch ... las es vor Jahren ...
Sie kamen an einer Kneipp-Anlage vorbei, wo einheimische Kinder planschten. Sehnsüchtig betrachteten sie die Spielenden, misstrauisch sahen die Kinder zu ihnen herüber. Perger schlug vor zu kneippen, aber sie konnten sich nicht dazu entscheiden. Dabei wäre es vielleicht gut gewesen, der ständig kalten Füße wegen. Stattdessen schauten sie die Tiere in einem kleinen Streichelzoo an, neben der Kneipp-Anlage, ein paar Ziegen für die Touristen, ein Esel mit leidendem Blick.

Zwantulla gab Perger, der rauchen wollte, seine letzte Roth-Händle.
Danke. Brroo ... mein Gott, sind die stark ... na, ich werde einfach nicht inhalieren, dann gehts. Es tut wohl, einen Moment Ruhe zu finden, denn es arbeitet in mir ...
Ihr Magen?
Nein, das Rezital. Die Frage der Zugabe ... eventuell die Fuge aus der *Musica ricercata* von Ligeti, die wiedergefundenen zwölf Töne, das würde durchaus passen, denken Sie an Bachs quasi zwölftönige h-Moll-Fuge, die ich ja zuvor spielen werde ... neben Schubert und Schönberg, dem Nucleus des Rezitals ... aber das wäre wiederum zu mechanistisch gedacht, befriedigt mich nicht, ich komme da nicht weiter ... als wären meine Gedanken verhakt wie Laokoon ... und dann ist da ja auch noch die h-Moll-Sonate von Liszt, der Gipfel des Rezitals ... die *Notations* von Pierre Boulez, das wäre eine Möglichkeit ...
Als Zugabe?
Sie haben Recht ... mein lieber Freund ...
Sie schwiegen eine Weile. Dann fasste Zwantulla sich ein Herz u. fragte, was ihn eigentlich beschäftigte: Sagen Sie mal, Herr Perger ...
Ja, lieber Freund?
Wissen Sie eigentlich, wieso Professor Kumm uns eingeladen hat?
Wieso?
Weshalb.
Warum?
Wozu er uns eingeladen hat, zu welchem Zweck, aus welchem Grund. Ist doch nicht schwer zu verstehen, diese Frage.

Weshalb so gereizt? Atmen Sie die gute Luft ein! Rauchen Sie! Brauchen Sie Feuer? Ach, Sie haben ja keine mehr, Sie gaben mir Ihre letzte, nochmals danke ... was sollte der Grund sein, jemanden einzuladen? Warum laden *Sie* jemanden ein?
(Ich lade niemand ein.)
Sympathie, nicht wahr, Interesse, Geselligkeit ... menschliche Regungen. Sprich das Humane.
Meinen Sie?
Naja, durchaus auch um seine Hütte herzuzeigen, logisch, sein Bergidyll. Unter uns, mein Fall ist das nicht, ich bin nicht so ein Bergfex wie Mahler oder Strauss ...
... Strauss, puh ...
... gut gesagt, Herr Doktor Zwantulla, sogar sehr gut, und noch weniger interessiert mich übrigens diese elende Zaubitzerkomposition, über die Sie gestern mit Kumm sprachen. Zaubitzer war schon immer ein Spinner, ich werde garantiert nicht nach Toblach fahren ... aber in erster Linie lud er doch wohl ein, um uns, die er schätzt, etwas Gutes zu tun.
Etwas Gutes?
Deshalb hat er ja auch diese Rundfahrt organisiert. Damit wir etwas sehen vom Land. Nicht immer nur das Gleiche, das, was alle sehen.
Meinen Sie wirklich? Was ist eigentlich unser Ziel?
Na, einfach eine Rundfahrt. Ist doch schön, mal ein Tag unter Männern, mal auf andere Gedanken kommen ... Man muss sich nur darauf einlassen, ich hab nochmal darüber nachgedacht ... die Dinge positiv sehen und optimistisch angehen, sonst gerät man nur in den dunklen Teil des Waldes ... es ist immer leicht zu mäkeln, wenn man

partout mäkeln will, das öde Schattendorf, die angebliche Madonna unter den Schwarzen, die lächerlichen Erdpyramiden, der Reinfall mit dem angeblichen Kafka-Haus, aber das können wir ja wohl kaum Professor Kumm ankreiden. Und der Tag ist ja noch lang.
Keine Hintergedanken?
Was für Hintergedanken?
Ich meine ... irgendwas im Hintergrund ... ich weiß nicht so genau, irgendein Zusammenhang, irgendwelche Fäden ...
Fäden?
Ja.
Sie sprechen durchaus in tironischen Noten.
?
Wissen Sie, Herr Doktor Zwantulla, mein lieber Freund, bei allem Respekt, mir ist das schon öfter aufgefallen, mir scheint, dass Sie in ganz alltäglichen Vorkommnissen Zusammenhänge wittern, die es nicht gibt. Deshalb nehmen Sie auch Zaubitzers raunendes Affenschaffen zu ernst. Also, nochmals, bei allem Respekt, aber es ist dies durchaus ein Zeichen von Doofheit. Zusammenhänge zu wittern, wo keine sind, das ist wie Aberglaube. Und ich dachte immer, Sie hätten hier als Einziger Licht am Fahrrad. Ich meine das nicht persönlich, nur allgemein. Vielleicht kommt es von Ihren überaus starken Zigaretten. Brroo. Ich drehe die Frage einmal um: Warum sind denn *wir* gekommen?
Was?
Ich, um die Bergluft zu genießen und übers nächste Rezital nachzudenken. Und Sie?
Hm. Was sollte er antworten? Weil ich übergewichtig bin.

Weil ich überarbeitet bin. Weil ich die Frau nicht mehr anrufe, die ich ... liebe? Weil in den letzten Monaten Bekannte und Kollegen wie Fliegen gestorben sind. Deshalb bin ich zu Kumm gefahren, den ich nicht leiden kann. Deshalb werde ich zu Praetorius fahren, den ich noch weniger leiden kann. Deshalb werde ich zur Zaubitzer-Uraufführung fahren, die mich nur leidlich interessiert. Ist das eine gute Antwort? Hm.
Hm, gut gesagt. Aber lassen wir die Spekulationen. Etwas anderes sollte uns erheblich größere Sorge bereiten ...
Was?
Gassers Alkoholpegel. Wir müssen ihn weiterhin am Trinken hindern, so gut es geht. Sonst sind alle Gedanken über das nächste Rezital müßig.
Sie meinen ...
Spreche ich etwa auch in tironischen Noten? Sonst wird es kein nächstes Rezital geben! Cicerone, wenn ich das schon höre ... Sie wissen so gut wie ich, welch schlimmes Ende es mit Cicero genommen hat.
Puh, die Rostra auf dem Forum Romanum ...
Genau.
Sie spazierten weiter. Perger rauchte, ohne zu inhalieren. Das Dorf war nicht klein, einige Läden, Lebensmittel, Souvenirs, auch am Sonntag geöffnet, vielleicht wegen der Touristen; oder wegen eines Feiertags, wer weiß, in katholischen Gegenden ist ja immer irgendwas. Zwantulla ging in einen Tabakladen / Tabacchi, wo es Roth-Händle gab, 3 Packungen für sagenhaft günstige 8000 Lire. Der knubblige Händler, der einen Widderkopf auf blauer Schürze trug, schaute ihn undurchsichtig an, während er

ihm mit behaarten Händen die Roth-Händle reichte, u. HB für Perger.
Als er wieder rauskam, war Perger verschwunden, stattdessen stand da eine Kuh mit sehr großen Augen u. ließ einen Fladen auf die Dorfstraße fallen. Tagtraumblitz von *Alpensinfonie*, wollte mal komponieren wie ... Es stellte sich aber heraus, dass Perger nicht in eine Kuh verwandelt worden war, sondern die Kuh wurde von einem sommersprossigen Jungen mit einem Stock vorangetrieben, während Perger aus einem anderen Geschäft heraustrat, kreidebleich.
Was ist denn mit Ihnen?
Perlen für die Toten.
?
Sie zeigte mir Perlen für die Toten.
Wer? Was?
Wer wohl? Die Verkäuferin in der Greißlerei.
Zwantulla schaute das Geschäft an, einen gewöhnlichen Krämerladen mit Schreibheften, Postkarten mit Bergen u. gotischen Kirchen, Hosenträgern mit Tiroler Adler, Spielzeugautos u. geräucherten Würsten im Schaufenster. Was nur hatte Perger darin so verstört? Möglicherweise hatte er selbst zu viel intus.
Er konnte ihn nicht fragen, denn Perger taumelte schon Richtung Panda. Gasser u. Hibiscus kamen dem Erbleichten besorgt entgegen, was ist los?
Perger sagte nichts. Eine grüne Ape mit gebündeltem Holz auf der Pritsche flitzte durchs Dorf.
Erst später, als sie wieder unterwegs waren, Zwantulla die Knie im Vordersitz, Hüfte an Hüfte mit Hibiscus, rückte Perger mit der Sprache raus: Er hatte sich in dem Laden

umgesehen, um vielleicht seinen Kindern in Hannover etwas mitzubringen (wie viele haben Sie eigentlich? vier), u. am Verkaufstresen auf eine Schale gezeigt, die mit glänzenden Kügelchen in allen erdenklichen Farben gefüllt war, u. gefragt, wofür die seien, da hatte die Verkäuferin geantwortet: Das sind Perlen für die Toten. Da war er erbleicht u. hatte den Laden verlassen.
Perlen für die Toten? Das hat sie gesagt?
Ja, sie sagte Perlen für die Toten. Was soll das heißen, Grabbeigaben für die Reise ins Jenseits oder was? Sind solche Grabbeigaben hierzulande üblich? Uralter unrätischer Brauch?
Schmarrn, wo denkt ihr hin ... Sie waren eine Weile alle still, Hibiscus gab ihnen schweigend Feuer, sie rauchten, Gasser (Gauloise) u. Perger (HB) aschten in den Aschenbecher, Zwantulla (Roth-Händle) u. Hibiscus (Camel) in Hibiscus' Hand, der Panda rollte ungebremst bergab, der Rosenkranz schaukelte, da lachte Gasser plötzlich hell auf u. rief: Perlen für die *Torten*!
Was?
Sie hat gewiss gesagt Perlen für die Torten, im Dialekt *für die Toatn*, und Ihre germanischen Lauscher haben verstanden für die Toten. Versteht ihr? Torten, nicht Toten.
Ach so, sagte Perger u. lachte doof, aber die Blässe verschwand nicht aus seinem Gesicht, auch nicht, als Hibiscus ihm ein Granatapfelbonbon gab, um seine Ruhe u. Entspannung war es endgültig geschehen, nur einmal kicherte er, als Gasser wieder mit Witzen begann: Sog a Sarnarin zi iahrn Monn: I hon mr iatz an Panda viermolvier gekaft. Drau dr Monn: Na se geaht net, mir hom jo lei a Garasch dreimoldrei.

Also, den versteh ich nicht.
Ich auch nicht, sagte Perger. Aber er hatte doch gekichert?
Es ist ganz einfach, erklärte Gasser. Es gibt ein Panda-Modell, das viermalvier heißt. Und die Garage ist dreimaldrei Meter groß. Aber viermalvier heißt ja nicht Meter, der Panda ist ja ein Kleinwagen.
Ah, hihi. Zu eng also!
Der Panda?
Die Garage!
Und Sahnerin?, fragte Zwantulla. Eine Milchbäuerin? Oder Sennerin?
Nein, Sarnerin, aus dem Sarntal, das geht von Bozen weg, die Sarner sind für die Südtiroler, was für euch die Ostfriesen sind.
Unsre größten Landsleute! Verstehe. Sehr gut. – Im Panda war es jetzt brütend heiß. Sie hatten eine weitere Packung Paranüsse aus Hibiscus' Hosentasche geleert. Auf einer Seite wurde Zwantulla von Hibiscus eingequetscht, bzw er quetschte Hibiscus ein, wie man zugeben musste, auf der anderen Seite sah er zum Fenster raus u., indem er den Kopf senkte (weil das Pandadach so niedrig war), hoch, die Sonne lief aus, kein Wunder, dass sie in dieser Blechkiste geröstet wurden. Heidenschreck: Die Sonne saugte sie ein! Alles verbrennt zu schwarzen Krümeln! Oder noch schlimmer! – Es war nur 1 Paniksekunde. Um sich abzulenken, schaute er wieder zu Hibiscus, der ihn jetzt an Rameaus Hühnchen erinnerte mit seinem Wuschelkopf, der aus dem Arafatfetzen ragte; hatte ja selbst gerufen, er sei der Ha-ha-hahn ... Gasser kurbelte das Seitenfenster runter, Hibiscus verrenkte sich, um die Asche aus seiner Hand vom Fahrtwind verwehen zu

lassen, Gasser hustete, weil wegen Hibiscus' Ungeschick bzw der Enge die Asche wieder zu ihnen hereingeweht wurde, kurbelte das Fenster schnell wieder zu u. rief: Musik!

Was?

Ist Musik. Ach so, Gasser meinte die Asche. Kennt ihr nicht den berühmten Satz von Ingeborg Bachmann?

Von wem?

Na hör mal, Hibiscus, du wirst doch wohl Ingeborg Bachmann kennen?

Natürlich kenn ich sie, aber ... wer ist sie, eine Musikerin?

Eine Schriftstellerin. Sie ist in Rom beim Rauchen verbrannt.

Ach du Scheiße.

Hat sich sozusagen das ganz große Aschekreuz auf die Stirn gezeichnet.

Aber welcher Satz?

Was aber ist Musik? Was ist sie, über der dein Geist zusammensinkt, ausgebrannt und verascht von so viel Feuern, die an ihn gelegt wurden. Was ist dieses Entzücken und dieses Erschrecken, das ihm noch einmal bereitet wird?

Verarscht? Das hat sie geschrieben? Der Geist wird über der Musik vom Feuer verarscht, und dann ist sie beim Rauchen verbrannt?

Ver*ascht*, Hibiscus, Asche.

Ach so. Das passt ja noch besser. Ich hatte verstanden ver*arscht*. Lustig, nicht? Wie, und sowas kennen Sie auswendig?

Ich kenne Ingeborg Bachmann in- und auswendig, sagte Gasser. Eine große Schriftstellerin!

Alles?
Was?
Auswendig.
Ja, alles.
Sagten Sie nicht vorhin, Frauen könnten sich nicht konzentrieren? Wie kann eine Frau da eine große Schriftstellerin sein?
Konzentrieren, das habe ich nicht behauptet, ich sagte, Frauen sind keine Grüblerinnen. Sie grübeln nicht, sondern sie empfinden.
Ah! Sie disputierten literarische Fragen, als Hibiscus ihnen Zigaretten anzündete, erwähnte Gasser *Das Mädchen mit den Schwefelhölzern.* Fiat lux! Ah, das berühmte Märchen von Bechstein!, rief Perger.
Willst du die Streichhölzer nicht lieber aus dem Fenster werfen, Hibiscus?, fragte Gasser.
Immer in die volle Schachtel zurück, sagte Perger, muss das sein? Was, wenn eins noch glimmt?
Nicht? Gut, wie du willst ... Dann erwähnte er Jerofejews *Reise nach Petuschki,* ein haarsträubendes Buch über einen Säufer, in dem es heißt: *Alle tranken, den Kopf nach hinten geworfen, wie Pianisten,* sowie einen amerikanischen Roman, dessen Autor u. Titel er vergessen hatte, *Im Glas* o. ä., jedenfalls handele er von einem heruntergekommenen Kerl, der sich, statt zum *Tristan* zu gehen, zu Tode säuft. *Delirium is a disease of the night.*
Gut, dass jetzt Tag ist, hihi!
Es müsste eher *Im Eimer* heißen!
Dann sind wir im Eimer. Haha. Alles im Eimer.
Ist ja schön und gut, aber nun im Ernst, *ich* werfe meinen

Kopf im Konzert nicht in den Nacken, durchaus nicht. Ist ja das Letzte.
Stimmt, ich habe Sie oft im Konzert gesehen ...
Hoffentlich auch gehört, Herr Doktor Zwantulla!
... natürlich, gehört und gesehen, Sie tun das nicht, den Kopf in den Nacken, nicht mal bei Liszt.
Bei Liszt schon gar nicht! Was für ein Unfug!
Gut, der eine säuft sich also zu Tode, statt zum *Tristan* zu gehen, und der andere?
Welcher andere?
Der andere Säufer, in dem anderen Buch, mit den Pianisten. Geht der wenigstens zum *Tristan*?
Nein, dem wird der Hals durchgestochen.
Ach herrje, auch das noch.
Ist ja wie bei Kafka.
War Kafka auch ein Säufer?
Schmarrn, der war ein Abstinenzler, das weiß doch jedes Kind. Darum ist er ja auch an Tuberkulose gestorben.
Reise zu Petruschka, Im Glas, nie gehört, alle Achtung, Gasser kannte sich wirklich aus. Aber mir fällt auch was ein: *Die Legende vom heiligen Trinker,* von Joseph Roth.
Über Roth weiß ich nur, dass er in Rom vom Blitz erschlagen wurde.
Aber nein, das war ein Ast, kein Blitz, und es war auch nicht Rom, sondern Paris, und außerdem nicht Roth, sondern Horváth.
Ach so, und ich dachte immer, Roth hätte die *Legende vom heiligen Trinker* geschrieben, man lernt nie aus.
Worum gehts'n in der *Legende vom eiligen Trinker*?
Vom *heiligen*, Hibiscus, nicht *eiligen*.

Eilig, so ein Schmarrn, das wär ja was ... wie heißt es so schön bei Jerofejew: *Und ich trank unverzüglich.*
Stimmt, das ist gut gesagt ... ich habs leider nicht gelesen. Horváth, meine ich. Beziehungsweise Roth. Jerofejew natürlich auch nicht. Aber Sie bestimmt, Herr Doktor Gasser?
Roth? Natürlich. Geht um einen heruntergekommenen Kerl, der sich auf den Weg zu Gott machen will, aber immer kommt ihm was dazwischen, und deshalb trinkt er.
Trinkt? Nichts als trinken?
Natürlich nicht, was denkt ihr, auch essen, huren ... und Sie, Herr Doktor Zwantler?
?
Was lesen Sie derzeit?
Moby Dick.
Was, im Ernst?
Hihi!
Haha! *Moby Dick* in den Alpen!
Ein Kinderbuch, hihi ...
Das ist doch kein Kinderbuch, belehrte sie Gasser, muss ich euch das wirklich erklären? Sogar ein ausgesprochenes Männerbuch, es kommen nur Männer darin vor.
Puh, ist ja furchtbar, das wär nicht meins.
Und natürlich ein Schiff und der Wal. Und wo sind Sie gerade, Herr Doktor Zwantler?
Beim ersten Satz.
Haha! Hihi!
Lacht nicht, der erste Satz ist der beste. Der Rest des Buchs ist auch sehr gut. Allerdings nicht so gut wie der erste Satz.
Naja, ein paar Sätze hab ich natürlich schon weitergele-

sen, oder zumindest überflogen, aber, ehrlich gesagt, ich lese nicht gern, oder zumindest nicht viel, Lesen irritiert mich.
Sie meinen, es *verstört* Sie?
Ja, oder sagen wir genauer, es wirft mich aus der Bahn.
Es *greift* Sie also *an*. Das verstehe ich sehr gut. Es *attackiert* Sie.
Sagen wir, es macht mich konfus, es konsterniert mich ...
Ah! Literatur! Höchste der Künste!
... meinetwegen greift es mich auch an und attackiert mich, aber ehrlich gesagt, naja, langweilt es mich. Eigentlich ist es das, Lesen langweilt mich.
Versteh ich, hihi, ist nicht so meins ... langweilt mich zu Tode ...
Mich nicht.
Mich auch nicht. Ist ja das Letzte.
Ohne Bücher wäre das Leben ein Irrtum.
Mm? Es heißt doch, ohne *Katzen* wäre das Leben ein Irrtum ...
Nein, ohne *Bücher*. Daheim habe ich eine riesige Bibliothek, wenn ich nur an die denke, bin ich schon glücklich.
Was heißt riesig? Wie viele Bücher?
Hab nie gezählt, sicher einige tausend.
Tausend?, rief Hibiscus.
Freilich. Na gut, etwas anderes ... nicht nur Literatur ... *Philosophie*, interessiert ihr euch für Philosophie? Sie bestimmt, Herr Doktor Zwantler, oder?
Im Grunde nicht sehr ... es sei denn Musikphilosophie, natürlich, Schopenhauer ...
... euer größter Landsmann ...
... auch Nietzsche ... E. T. A. Hoffmann, Schlegel, Tieck ...

nicht zu vergessen Wackenroder, Musik als Sprache des Herzens, doch immer nur negativ formuliert, unendlich, unaussprechlich, unmittelbar ...
Musikphilosophie, puh. Daran erkennt man, dass Sie kein Musiker sind.
Finden Sie, Herr Professor Berger? Keine Musikphilosophie? Nicht mal Adorno?
PUH! Durchaus nicht Adorno.
Und du, Hibiscus? Was ist mit dir?
Adorno?
Philosophie allgemein.
Ist nicht so meins.
Rechtsphilosophie?
Nein, langweilig.
Recht so, Hibiscus! Ich verstehe genau, was du meinst. *Unbewusst* philosophieren, daran erkennt man den *wahren* Philosophen. Dein Kopf ist philosophischer als so mancher Kopf, der sich vom Fach wähnt. Ein philosophischer Wuschelkopf bist du. Auch was du über Literatur gesagt hast, war sehr tiefsinnig. Du hast völlig Recht, zu viele Buchstaben töten ... ergreifst direkt den Geist! Aber nicht jedem ist das vergönnt. Übrigens, da Sie Nietzsche erwähnten, Herr Doktor Zwantler, mal etwas zum Nachgrübeln: Habt ihr eigentlich je überlegt, was Zarathustra zehn Jahre lang in der Wüste getrieben hat?
Nein. Ich meine, zumindest in letzter Zeit habe ich nicht darüber nachgedacht ... ich ...
Was meint ihr denn? Was würdet ihr denn machen?
Sie meinen doch nicht ...
Doch. Genau das. Wüste ... weit und breit keine Frau ... ein gesunder Mann ...

Gesund, naja. Da fällt mir ein, wussten Sie schon, dass Nietzsche aus ebendiesem Grund mit Wagner gebrochen hat? Weil Wagner der Ansicht war, Nietzsche würde sich die Nerven zerrütten durch sein ewiges ... Handanlegen ... er hat das in Briefen an Gott und die Welt verbreitet, das hat Nietzsche auf die Palme gebracht ...
Auf die Palme, gut gesagt. Die berühmte Gehirnerweichung, was? Vielleicht hat Wagner nicht Unrecht gehabt. Aber lassen wir das. Ich sehe am Gesicht meines Beifahrers, dass ihm das Thema nicht schmeckt. Verstehe ich vollkommen, Herr Professor Berger. Mal sehen, was gibt es noch für Themen ... vielleicht *bildende Kunst* ...
Bloß nicht.
Ist nicht so ...
Nicht mal Architektur? Die Baukunst?
Nein.
Jetzt hab ichs. *Filme,* was ist damit?
Filme, puh.
Interessiert sich wirklich keiner von euch für Filme? Kein Cineast? Heute Morgen habe ich *Eraserhead* erwähnt, die beiden da hinten kannten ihn nicht, haben Sie diesen Film gesehen, Herr Professor Berger?
Nein.
Nie davon gehört?
Nein.
Es ist wirklich ein inspiriertes Werk.
Puh, Inspiration.
Und du magst nur Filme mit großen Autos, oder, Hibiscus? Aber was ist mit Ihnen, Herr Doktor Zwantler? Sie machen sich wirklich gar nichts aus Filmen?
Naja, Bresson vielleicht, Bergman ...

Oje, Pfarrerskind, ich verstehe ... Bresson geht ja noch, aber Bergman, oje ...
Die Bergman kenn ich, die ist hübsch, aber Bressaud, nie gehört, ist das nicht ein Käse? So ein ganz weicher?
Ach, Hibiscus!
Bresson ist ein Franzose, aber kein Käse, gibt zum Beispiel einen Film von ihm, der von einem Esel handelt.
Die Bremer Stadtmusikanten!
Haha, fangen Sie nicht wieder an, ich halts nicht aus!
Aber nein, es geht um das Martyrium eines Esels.
Bei Eseln geht es doch immer um Martyrien. Auch in den Bremer Stadtmusikanten.
Hihi ...
Ich sags ja immer, Bildung. Alles andere ist ein Schmarrn. Es ist gut, wenn man mit gebildeten Menschen unterwegs ist. Da vergeht die Fahrt wie im Fluge, usw. – Auf Dauer war es wirklich ungemütlich mit Hibiscus an der Hüfte u. den Knien im Vordersitz, eng, dazu Muskelkater, der scheuernde Cordbezug, aber schließlich dämmerte Zwantulla trotz Beklemmung, Hitze, Aschestaub, Rausch, Völlegefühl, Gliederschmerzen, Seekrankheit, kalter Füße, Steißweh, Angst vor dem Verbrennen weg: Kinn auf der Brust, die Halswirbel ziepten, als wär ihm der Nacken geplatzt. Durch Hibiscus' törichte Bemerkung über das *Kinderbuch* war ihm wieder in den Sinn gekommen, was er völlig vergessen hatte, nämlich dass er als Kind in Meinbach bereits *Moby Dick* gelesen hatte bzw sicherlich eher irgendwas in der Art von *Die Jagd nach dem weißen Wal* oder dgl., d.h. eine verstümmelte Kinder- oder Jugendversion, denn er hatte als Kind schon ungern gelesen, erst recht dicke Bücher; er sah sich in seinem Kinderzimmer,

als wäre es gerade eben gewesen, sah den Buchumschlag vor sich, einen knubbligen verärgerten Walfisch; in diesem Mittelbewusstsein fiel er in Halbschlaf u. hatte dort keine Beine mehr, der Muskelkater war zum Phantomschmerz geworden. Wohin fuhren sie. Dann Ganzschlaf, aber sehr unruhig, schlafloser Schlaf: er träumte kariertes Zeug, sah am Strand einen Steinway stehen, der den Kopf senkte u. Fischreste fraß, die Hufe des Steinways steckten in Kabeljauköpfen, die Milch des Steinways schmeckte nach Fisch; dann im Meer schwimmende gefleckte Kühe, zweifellos aus Helikoptern geworfen, u. da war Musik von Bach, aber nicht die h-Moll-Fuge, sondern das immer weiter laufende h-Moll-Präludium, das er als Ohrwurm hatte, aber nur die Linke, das Achtelband, der walking bass. Wohin fuhren sie.
Als er wieder aufwachte, hörte er ein **Brummen** im Panda, das er in den letzten Wochen in W-Berlin schon mehrfach gehört hatte, ein anhaltendes Keuchen. Er saß allein im Panda, alles war eng, die Knie im Vordersitz taten ihm weh, Füße kalt, Kopf heiß, die Sonne schien ihm durchs Glas ins Gesicht, er spürte Hitzepickel u. kam sich ausgetrocknet vor, trotz durchgeschwitztem Hemd, die Haut v. a. um die Augen herum schien ihm zum Zerreißen gespannt, aber das war es nicht, Spannen u. Reißen kam nicht infrage, sondern wie trockenes rissiges Laub. Er hatte ein ähnliches Gefühl einmal zuhause gehabt, in seiner von einer großen Kastanie verschatteten Charlottenburger Wohnung, als er (der sonst nie badete), wahrscheinlich vom heißen Wasser benebelt, in der Badewanne eingeschlafen war u. nach nicht zu bestimmender Zeit zwar zum Glück nicht ertrunken, aber in kaltem Wasser aufgewacht war. Er begriff, dass nicht das

karierte Zeug, sondern dieses Brummen bzw Keuchen der **3. Traum** an diesem Tag war. Obwohl er wach war. Ein Traum ohne Bilder. Er erinnerte sich an die *Tödliche familiäre Krankheit* u. blinzelte vorsichtig, damit die trockene Haut unter dem nassen Hemd nicht riss. Aber blinzeln muss man, die Augen waren auch ausgetrocknet. Auch die Nase. Und die Ohren? Können Ohren vertrocknen? Ganz klar war es ein anhaltendes Keuchen, auch wenn es von fern an Tuckern oder Flattern / Trappeln / Prasseln / Knattern oder heftiges Summen oder Schleudern erinnerte, ganz klar war es jedenfalls das bekannte Brummen. War es bedrohlich? War es freundlich? Es war einfach da. Zuerst hatte er gedacht, es könnte ein Motorgeräusch vom Panda sein, aber es kam ganz klar von weiter weg. Ganz klar von draußen. Alles äußerst undeutlich. Der leere Beifahrersitz vor ihm war nach vorne geklappt, er beugte sich vor u. kurbelte (ächzend behutsam, um nicht zu zerreißen), der Panda wackelte dabei, das Seitenfenster runter, um zu hören, ob das Brummen bzw anhaltende Keuchen lauter würde. Oder, wer weiß, im Gegenteil sogar leiser? Das wär ja was. Was? Ein Ding. Aber weder noch, es blieb *exakt gleich*. Dafür jetzt laut u. deutlich bzw genauer gesagt leise u. undeutlich eine unsichtbare Blaskapelle, bzw wohl nicht (d.h. nur für ihn) unsichtbar, sondern hinter einem der umliegenden Häuser. Der Panda stand in einem Dorf. Vor einer Kirche mit *romanischem* Turm. Daneben ein Gasthaus. War das Brummen bzw anhaltende Keuchen eventuell ein Ober- oder Nebenton dieser Blaskapelle? Wohl kaum, es kam von weiter weg. Er schaute, so gut es aus dem Panda ging, zum Himmel, aber keinen Hubschrauber, wonach es ohnehin nicht klang. Dafür sah er einen Habicht, wo das

Dorf zu Ende war, über den Feldern, oder es war irgendein anderer Greifvogel, Bussard, Adler, was weiß ich. Ein Adler vielleicht nicht gerade. Das Hirn bumperte im Kopf, als würde der Greifvogel als Hubschrauber in seinem Kopf rotieren, er wünschte, er würde abstürzen. Da stürzte der Vogel ab. Einfach zur Erde geplumpst, weg war er. – Zwantulla wollte aussteigen, um die anderen zu suchen u. auch um dem anhaltenden Keuchen zu entrinnen, da stellte er fest, dass die Tür verschlossen war. Sie hatten ihn im Panda eingesperrt. Idioten. Oder war es Absicht, hatten sie es absichtlich in der Sonne geparkt? Nein, die Sonne war eben erst ums Haus herumgekommen. Ihm fiel ein, wovon er als Kind gelesen hatte (obwohl als Kind schon ungern), von einem durch einen Sturm verkehrten Kompass, demzufolge man nach Westen fuhr, während man nach Osten fuhr; sodass es schien, als hätte die Sonne sich verirrt. Aber das war ja Unsinn, sie fuhren ja ohne Kompass ... Idioten, sowas lässt sich doch ausrechnen, man sperrt doch keinen Menschen im Hochsommer in einem Kleinwagen ein. Der wird ja zum Toaster. Was nun? Sollte er sich etwa durch dieses schmale Fenster zwängen? Um die aufkommende Panik zu verscheuchen u. das Brummen bzw Keuchen zu übertönen, schaltete er das Autoradio an, in dem gerade die Nachrichten begannen, leider verstand er die Zeit nicht, vielleicht waren auch die Uhren durch einen Sturm verkehrt: Heute Morgen habe, so der Sprecher, der iranische Rundfunk bekanntgegeben, dass der Ayatollah Khomeini gestorben sei, politischer und geistlicher Führer der Islamischen Revolution, von seinen Anhängern wie ein Messias verehrt, als wiedergeborener zwölfter Imam, der sich nur von Wasser ernähre u. zu den Gläubigen spreche:

Ich bin gekommen, um Gerechtigkeit walten zu lassen, all die Erniedrigten, Geknechteten, Ausgebeuteten werden endgültig frei sein.
Da fiel auch ihm ein, wie er freikäme: Er zog den Verriegelungsknopf hoch, öffnete die Tür u. stieg aus. Die verkaterten Beinmuskeln rissen fast. – Der Greifvogel hatte sich bestimmt einfach auf eine Beute gestürzt, eine arme Maus o. ä. Aber es gibt ja so viele Mäuse, die Welt ist voller Mäuse. Wie kann da eine einzelne Maus verschont werden? Vielleicht auch ein Maulwurf oder eine Katze. Ein Huhn. Das Brummen blieb exakt gleich, dafür war die unsichtbare Blaskapelle noch leiser u. undeutlicher, d. h. lauter u. deutlicher geworden. Er sah sich um, es war sehr hell, er schaute zur Turmuhr hinauf, aber die hochstehende Sonne blendete ihn, sodass er nichts erkannte. Einige Leute gingen über den Dorfplatz, vor einem Haus saß eine Alte mit Kopftuch auf einer Bank, vor einem anderen beharkte eine Frau ihr Gemüsebeet. Er betrat das überfüllte u. verqualmte, auch schummrige Gasthaus *Vögele*. In einer Ecke oben stand ein Fernseher, der ein stummes Radrennen zeigte, er fragte sich, ob das Brummen von dem stummgestellten Fernseher kam – nein, es kam ja von draußen. Auf dem Fensterbrett ein ausgestopftes Käuzchen, unter dem Fensterbrett ein Heizkörper, der ihn misstrauisch machte, man konnte nicht hindurchschauen: Verbarg sich etwas dahinter? Der Ort, aus dem das Brummen kam? Er hörte seinen Namen. Er wurde von dort gerufen. Gleich würde es ihn am Arm von dort herüber reißen
Herr Doktor Zwantulla! Hören Sie uns nicht?!? Hier sitzen wir!

Er entdeckte in eine Ecke gequetscht die Gefährten bei Speck u. Käse, pfefferrotem Wein, Likör.
Wir sind schon beim Kaffeetrinken, sagte Gasser.
Corretto.
Genau, corretto, aber den Kaffee lassen wir weg.
Hihi.
Wir wollten Sie nicht aufwecken, Sie schliefen wie ein Säugling. In Pergers Stimme schwang ein Vorwurf mit. Er steckte sich Speck in den Mund u. leckte die Finger ab.
Stimmt, Sie waren völlig weg.
Dass man so fest schlafen kann!
Feste, feste!
Wie sie fallen.
Was?
Die Feste.
Ach so! Gadamer, was? Der berühmte Käsephilosoph! Haha!
Danke jedenfalls, dass Sie mich nicht geweckt haben. Ich kann den Schlaf gebrauchen, ich schlafe in letzter Zeit schlecht.
Das ist durchaus von Übel. Wer nicht schlafen kann, stirbt.
Ist das von Mama? Ein Aphorismus?
Manchen Menschen reichen aber auch drei oder vier Stunden. Wir haben Ihnen ein Glasl hingestellt, Herr Doktor Zwantler, ich gieße Ihnen ein, ein leichter St. Magdalener, probieren Sie!
Puh, keinen Wein bitte, ich glaub, ich bin dehydriert.
Dann haben Sie Recht, besser keinen Wein! Nicht wenn man dehydriert ist, dann ist Wein für die Nerven pu-

res Gift. Setzen Sie sich, ich bestell Ihnen ein Bier. Er winkte der Kellnerin.
Oder möchten Sie ein Bonbon?
Danke, ein Bier wird mir guttun. Und eine Roth-Händle, die weckt Tote. Bonbon nicht, igitt, ich kann mir gerade nichts Widerwärtigeres vorstellen. Aber vielleicht eine Paranuss. Irgendwie bin ich heute nicht ganz auf der Höhe.
Ich auch nicht, sagte Hibiscus, hihi.
Ich auch nicht, sagte Perger, ich glaub, ich hab ein Virus oder dergleichen.
Ei*nen*.
Wie bitte?
Es heißt *einen* Virus. *Der* Virus, nicht das.
Ach, Hibiscus ... aber ich will nicht mit Ihnen rechten, dazu bin ich wie gesagt durchaus nicht auf der Höhe. Vielleicht eine Erkältung, der Zugluft wegen, der Trockenheit im Auto ... ich nehm mal auch ein Bier, hab ich einen Brand, der Speck, der Käse, das Salz, ist das alles garstig, wunderschöne Tour, aber durchaus garstig ...
Von wegen Brand ... sehen Sie, hihi, ich vertrag sogar noch mehr! Er streute vorsichtig etwas Salz auf einen kleinen Löffel, legte den Kopf in den Nacken (wie ein Pianist) u. ließ sich Salz in den offenen Mund rieseln. Sehen Sie! Lecker!
Haha, du verrückter Kopf. Was du für Einfälle hast, wen willst du damit beeindrucken? Spielst du etwa darauf an, dass die Welt aus alkalischem Salz geschaffen wurde, wie euer größter Landsmann Karl Philipp Moritz geschrieben hat? Immerhin, kein Salzkorn daneben, nicht

schlecht! Das nenn ich Tischmanieren! Da fällt mir ein, wisst ihr, was jetzt gut wär?
Was?
Tequila!
Durchaus nicht ... garstig ...
Ich kannte mal einen, der hat sich immer Salz in den Kaffee gestreut.
Puh.
Ist ja krasser als unser junger Freund hier. Statt Zucker?
Ja.
Was ist aus ihm geworden?
Tot, Schlaganfall in der Oper. Während der Pause in der Toilette, bei *Parsifal*.
Oper ist nicht so meins. Überhaupt nicht.
Kann ich gut verstehen, Hibiscus, ich habs mal zu deinem Vater gesagt, meinem Freund, Opern sind für mich ein Schmarrn.
Durchaus, dann lieber Liszts Opernparaphrasen ...
Außer diese eine, die ist schön, die mit dem Hühnerfänger.
Hühnerfänger? Habicht?
Nein, Beethoven. Das kennen Sie doch bestimmt, pa-pa-pa ...
Ach so ... ach, Hibiscus. Papageno und Mamagena, was? Und ich dachte, er meint pa-pa-pa-pam. Aber wer fängt in der Fünften schon ein Huhn?
Nun hören Sie schon auf! Bitte! Alle! Garstig! Sie haben ja durchaus Recht, was Opern angeht, aber ... nicht nur das Salz, vor allem die trockene Luft, das ist das Grundübel, es kommt alles von der ungesunden elenden trockenen Luft im Auto, wie Heizungsluft, auch wenn

kein Winter ist, ja sogar Sommer. Der Sommer ist die einzige Jahreszeit, die noch schlimmer als der Winter ist ... vom Frühling natürlich abgesehen. Im Herbst lässt sichs aushalten. Aber jetzt ... und diese Höhensonne, die Höhe allgemein, man muss sich erst an die Höhe gewöhnen.
Und das Schlafen untertags, sagte Gasser, das böse Schlafen untertags. Es kommt übrigens vom Kaffee.
?
Sie haben doch im *Hirsch* Kaffee getrunken.
Richtig, Sie schliefen bei Tage, mein Freund, das ist ungesund. Ob es vom Kaffee kommt, weiß ich nicht, aber ... ich würde nicht sagen böse, aber durchaus ungesund. Selbst bei Schlafmangel. Es kommt von der Höhe. Die Höhe ist der Grund. Man muss aber nachts schlafen.
Ein Bier wirds schon richten, zum Wohl!
Und ein paar von diesen phantastischen Nüssen!
Gesundheit!!!! – Gasser war das blühende Leben. Zwantulla stellte, während er rauchte, Paranüsse knabberte, Bier trank, fest, dass das Brummen bzw anhaltende Keuchen verschwunden war, das Verschwinden aber hatte er nicht bemerkt. Unbemerkt verschwunden. Dafür hörte er erneut durch ein lautes Stimmengewirr Nachrichten aus einem Radio, das wohl hinter dem Tresen stand: Auf dem Platz des Himmlischen Friedens sei übereinstimmenden Berichten zufolge nach dem Massaker der vergangenen Nacht Ruhe eingekehrt, die Armee habe die Lage unter Kontrolle, in anderen Teilen von Peking komme es aber Gerüchten zufolge immer noch zu Gewalt.

Die anderen schienen nicht auf die Nachrichten zu achten. Er bemerkte wieder seine kalten Füße, er rieb die guten, aber für die Berge ungeeigneten Kalbslederschuhe aneinander, doch es nützte nicht viel.
Gasser hatte indes noch einen auf Lager: Do isch a Vampir in Wold. Kimp a Radlfohra, do Vampir saug ihn aus. Kimp noumo a Radlfohra vobei, den saug do Vampir a aus. Noar ischa gonz schwindlig van gonzn Bluat.
Was, das ist der Witz?
Er ist doch noch nicht fertig, jetzt spitzen Sie die Ohren: Kimp die Polizei und frog: Hom Sie epes getrunkn? Sog dr Vampir: Na, lei zwoa Radla.
Wahnsinn! Hihi! Ein echter Reißer! Da lachen sogar die Hühner!
Schließlich humpelte Gasser auf seinen Krücken zur Toilette. Sogleich wurde Perger hektisch u. schenkte Hibiscus bis zum Rand u. darüber ein, und Sie, Herr Doktor Zwantulla, gehts jetzt besser, auch Wein?
Muss es sein?
Es muss sein! Schwer gefasster Entschluss! Elende Streichquartette, ich sags ja! Elendes Trinken! Er forderte sie dennoch auf, schneller u. mehr zu trinken, Gasser sei ja bereits sturzbetrunken u. wolle jetzt sogar *auf den rechten Pass* hinauffahren!
Auf den rechten Pass?
Ja, das hat er gesagt, auf den rechten Pass. Da können wir unser Testament machen.
Perger begann selbst schon zu lallen, nuschelte noch stärker als sonst, verschleifte die Wortendungen. Auch seine Augen schienen noch kleiner geworden zu sein.
Oh, ihr habt schon ausgetrunken, sagte Gasser, als er

sich wieder zu ihnen setzte. Lässt sich trinken, dieser Wein, nicht? Bestellen wir noch eine Karaffe?
Gern, hihi.
Nicht doch, nicht doch, wir haben noch viel vor ...
Sie haben völlig Recht, Herr Professor Berger! Eine lange Fahrt, verschwenden wir keine Zeit mehr. Nicht versumpfen heißt die Parole. Hm, wohin jetzt? Herr Doktor Zwantler, gehts Ihnen besser? Also abgemacht, keinen Wein mehr, kein Versumpfen, wir trinken nur mehr eine Runde Schnaps zum Abschluss und dann sofort weiter!
Tequila?
Gibts hier nicht.
Enzian?
Puh, *zu* hantig! Lieber Marillenbrand!
Ja, nehmen wir Marillenbrand, viermal Marillenbrand! Aber nur einen ganz kleinen ... na, ein bisschen noch, bitte ... nicht übertreiben, ist schon richtig, aber auch nicht untertreiben ... ja, so ... danke ... Gesundheit!
Dann blieben sie aber doch hängen, sie hatten noch immer diesen fruchtigen Marillenbrandgeschmack im Mund, u. es war alles, alles gut.
Ein paar andere Gäste setzten sich zu ihnen, Gasser kannte sie oder nicht, auch der Vögelewirt kam dazu, ein Mann mit so buschigen Augenbrauen, dass Zwantulla im nächsten Moment die ganze Stirn aufplatzen u. überall Haare herausquellen sah; man stieß an, jemand stieß ein Glas um, einer erzählte, alle lachten, Zwantulla verstand, dass es um einen armen Tropf ging, der sich auf einer Obstwiese das Schienbein abgehackt hatte u. nun statt Geld einen Prozess wegen Versicherungs-

betrugs bekam. So ein Pechvogel! Dabei steht schon in der Bibel: *Ihr sollt ihm kein Bein zerbrechen.* – Dann zog einer, ein kahler Pensionist, Spielkarten hervor: Wie wärs? Watten?
Nein, zu kabbalistisch für die Fremden. Also Siebzehn und Vier ... aber nur *eine* Partie ...
Alle außer Perger spielten mit, Hibiscus gewann. – Zwantulla sputete sich zur Toilette hinab, eine nasse Kammer. – Draußen blendete die Sonne: Mal Schatten, mal Licht, ein Schock. Die Kirchturmuhr schlug 3 oder 4, Zwantulla kam beim Zählen nicht mit. – Sie stellten fest, dass die Reifen des Panda platt waren.
Aufgeschlitzt! Das schlägt dem Fass den Boden aus.
Jetzt sind wir gelackmeiert.
Nicht nur einer, alle vier, das setzt allem die Krone auf ... ungeheuerlich, wer kann das getan haben?
In der Stadt muss man immer mit sowas rechnen, aber hier in ... überall wäre das denkbar, aber nicht ... wo sind wir eigentlich?
Im Etschtal, bereits hinter Bozen.
Was, schon hinter Bozen?
Fast schon im Vinschgau. Sie erkennen es an den Apfelplantagen, wenn Sie aus dem Dorf hinausschauen. Und an den romanischen Kirchen. Da fällt mir glatt ein anderer Bibelvers ein: *Sie werden sehen, in welchen sie gestochen haben.*
Zum Glück war Hilfe zur Stelle, ein Kfz-Mechaniker, der beim Kartenspiel einige Runden lang mitgetan hatte, ließ sein Weinglas stehen. Der Länge nach aufgeschlitzt, bestätigte er, ein dicker Hund, wer tut denn sowas? Er holte Wagenheber, Werkzeug u. neue Reifen aus seiner

nahegelegenen Werkstatt. Hibiscus mit Zigarette hinterm Ohr u. ein älterer Mann aus dem Gasthaus u. sogar Gasser packten mit an, nur Perger u. Zwantulla standen als geistige Menschen doof bzw blöd daneben u. sahen rauchend zu, wie die anderen die Radbolzen lockerten u. den Panda anhoben.
Donnerwetter, durchaus beeindruckend, so eine Autoreparatur. So eine praktische Veranlagung. Und die frische Luft tut auch gut, man bekommt wieder einen klaren Kopf. Wenn nur diese Musik nicht wäre.
Welche Musik?
Hören Sie sie nicht? Dieser Humpahumpa-Unfug.
Da war sie wieder, die Blaskapelle, aus der Ferne, irgendwo außerhalb des Dorfs. Muss ein Fest sein, ist ja schrecklich.
Die Arbeit ging zackzack, schon tauschten sie den nächsten Reifen aus.
Mein Gott, sagte Perger nachdenklich, wenn wir da oben am Berg mit aufgeschlitzten Rädern ... am rechten Pass ... haarsträubend, da mag ich gar nicht dran denken ...
Was haben Sie eigentlich so lang auf der Toilette gemacht?
Durchfall, durchaus Durchfall. Perger schien zunächst gar nicht beleidigt, bis er die Unterstellung begriff (oder er spielte das Unschuldslamm u. hatte sich die Antwort schon zurechtgelegt, er sprach nämlich auf einmal wieder ganz klar, d. h. nur leicht nuschelnd), dann wurde er fuchsig: Moment mal, *Sie* pennten doch im Panda! Sie waren die ganze Zeit allein hier draußen! Da wäre es ja ein Leichtes gewesen ...

Sie starrten sich feindselig an, dann lachte Perger u. sagte: Meine Güte, was tun wir hier? Wir wollen uns nicht gegenseitig Unfug unterstellen, nicht wahr? Übrigens war Gasser auch allein auf der Toilette ... oder ein Dorfjungenstreich ...
Stimmt, es muss für Jugendliche in so einem Dorf unsäglich langweilig sein. Denken Sie nur, ein Dorf, wo Erwachsene sich das Schienbein abhacken, um die Versicherung zu betrügen.
Er schaute sich um, die Frau, die er vorhin im Gemüsebeet hatte arbeiten sehen, war nicht mehr da, aber die Alte mit dem Kopftuch saß noch auf ihrer Bank, die musste doch was gesehen haben? Sie hätte sogar Gelegenheit gehabt ... nein, so was Hahnbüchenes, die Kopftuchoma hatte ihnen bestimmt nicht die Reifen aufgeschlitzt. Aber warum sagte sie nichts, wenn sie etwas gesehen hatte? Oder schlief sie mit offenen Augen? War sie etwa blind?
Das war doch nicht in diesem Dorf.
?
Der Pechvogel, der sich das Schienbein abhackte. Armer Tropf. Es war in einem anderen Dorf, soweit ich verstand, man versteht die Leute hier ja so schlecht. Dieser fürchterliche Dialekt. Aber gesellig, durchaus gesellig. Wie auch immer, seien wir froh, dass wir neue Reifen bekommen, wenigstens etwas. Übrigens, was das Rezital angeht ...
Ja?
Da kam mir ein ganz neuer Gedanke. Das *Wohltemperierte Klavier*, wissen Sie, eins gibt es, das wagte, bei allen instruktiven und hellsichtigen und luziden und

konzisen Bemerkungen, noch keiner von uns auszusprechen ...
Ja?
Die Fugen.
Was ist mit den Fugen?
Die gehen einem durchaus auf den Senkel, seien wir ehrlich. Die Präludien, alle unendlich zu lieben, eins herrlicher als das andere ... und dazwischen all diese Fugen, die ewigen Fugen. Doch vielleicht ist eben das der gordische Knoten: Statt einer Auswahl von sechs Präludien und Fugen, wie gedacht, spiele ich alle zwölf Präludien und lasse die Fugen weg. Ich ersetze sie durch zwölf Stücke anderer Komponisten in den entsprechenden Tonarten. Was halten Sie davon?
Hm. Und was ist mit Schönberg? Dem Nucleus? Und den *Moments musicaux*? Der h-Moll-Sonate?
Lasse ich alles weg. Der gordische Knoten.
Er schaute Zwantulla erwartungsvoll an. Was wollte er von ihm? Sollte er Stücke anstelle der Fugen vorschlagen?
Ja, das wäre eine Möglichkeit. Nach dem G-Dur-Präludium *Von fremden Ländern und Menschen* ... in es-Moll der *Kobold* von Grieg ... zum C-Dur-Präludium würde das *Schnitterliedchen* von Schumann passen, gar nicht mal übel ... und nach dem h-Moll-Präludium der *Hasche-Mann*. Bleibt die Frage nach der Zugabe ...
Perger sah ihn entgeistert an. Einen langen Augenblick sagte er gar nichts, dann nuschelte er böse: Ich sprach durchaus nicht von Klavierunterricht ... ich überschätzte Sie wohl gehörig ...
Dann ging er zum Panda zurück, wo der Kfz-Mechani-

ker, nachdem die Reifen gewechselt waren, noch einen Blick unter die Motorhaube geworfen u. Öl nachgefüllt hatte. Er machte ein bedenkliches Gesicht.
Diese Karre bräuchte dringend eine Generalinspektion. Hat er überhaupt noch Collaudo?
Nein, ist abgelaufen.
Naja, erst mal könnt ihr weiter. Wenns bisher gutgegangen ist, habt ihr eh einen Schutzengel, also keine Sorge. Lasst euch nur nicht von den Carabinieri erwischen.
Vergelts Gott, ging ja schneller als gedacht! Was sind wir schuldig?
Wollt ihr mich beleidigen? Versprecht mir bloß, den Wagen alsbald in die Werkstatt zu bringen. Bei der Gelegenheit könnt ihr auch einen Zigarettenanzünder nachrüsten. Kann ich gar nicht glauben, dass ihr das noch nicht gemacht habt. Die Kabel liegen alle da, unter dem Radio, jede Menge Anschlüsse ... aber geht bloß nicht selbst ran, wenn ihr das falsche Kabel nehmt, ist der Panda nur noch was für den Verwerter.
?
Immer den Fachmann ranlassen. Gelernt ist gelernt, kein Problem mit dem richtigen Drehmomentschlüssel, aber wer wohl die Reifen aufgeschlitzt hat ... nicht dass das auch euer Schutzengel war, man weiß ja nie, es gibt mehr Dinge ... Himmel und Erde ... sowas haben wir hier noch nie erlebt, auf dem Land ... also, trinkt noch ein Glasl zur Entspannung und fahrt vorsichtig. Was ist eigentlich mit den Gurten passiert, wer hat die abgeschnitten?
Sie zwängten sich in den wackelnden Panda u. rollten wieder los. Im nächsten Dorf sahen sie, wo die Blasmu-

sik herkam: ein großes Fest auf der Wiese neben der Kirche mit romanischem Turm. Gasser hielt spontan, sie stiegen aus, um ein Glasl Weißwein zu trinken, im Stehen in der engen Menschenmenge in der Nachmittagssonne in der Blasmusik, die Hölle, heiß u. kalt zugleich. Ein besonders versoffener, rotnackiger Kerl, fast ein Halunke, gesellte sich zu ihnen u. entpuppte sich als der Bürgermeister des Dorfs, sie disputierten über Politik, genauer gesagt Weltpolitik, die Welle des Wandels, die derzeit durch den Ostblock walze, usw. Ungarn! Polen! Beeindruckend! Hysterische ... Verzeihung, *historische* Dimensionen! Darauf trinken wir noch ein Glasl, oder? Angesichts solcher historischen Ereignisse und solcher erlesenen Gäste (ihr seid gemeint!) nicht bloß Wein, sondern ... mal überlegen ... jetzt hab ichs: Schnaps!
Grandiose Idee, Schnaps, das passt am besten!
Gesundheit!
Dagegen China ... und dann auch noch Iran, mal sehen, was daraus wird ... fragt ihr euch das auch? Und das schreckliche Eisenbahnunglück in der Sowjetunion ... egal, trinken wir auch darauf, da kommt man auf andere Gedanken ... schön habt ihrs, mal ein Tag unter Männern!
Selbst Gasser schien, obwohl er hier Gott u. die Welt kannte, in Blasmusik u. Sonne Höllenqualen zu leiden, der Schnaps war nicht besonders, hatte zu lang in der Sonne gestanden; sodass Gasser sie flugs loseiste, alle waren froh, wieder im Panda zu sitzen.
Sie rollten wieder los. Sogar die Weingläser haben wir halbvoll stehenlassen, was für eine Verschwendung.
Naja, war nur Weißwein, und viel zu warm.

Apropos warm ... wie warm dieser Schnaps war. So ein Fusel.
Ja, hat geschmeckt wie Hundefell.
Kein Wunder, in der Sonne verdunstet nämlich der Alkohol.
Malt nicht gleich den Teufel an die Wand.
Jedenfalls wars die Hölle.
Na, wir sind ihr zum Glück entronnen, sagte Gasser u. überfuhr eine rote Ampel.
Vorsicht!
Zum Glück ist gerade keiner gekommen.
Vor allem kein Fußgänger.
Na, als Fußgänger sollte man sich schon vorsehen, wenn man eine Straße überquert.
Wie soll man das Rot auch erkennen, im Sonnenlicht? Warum steht hier überhaupt eine Ampel? Die hab ich hier noch nie gesehen. Unsere Dörfer haben normalerweise keine Ampeln. Unterführungen, Zebrastreifen, aber doch keine Ampeln, wer denkt sich so einen Schmarrn aus. – Zwantulla dachte an etwas Großartiges, Geniales, aber wie er es sagen wollte, kam nur Gelalle aus seinem Mund. Wie Moses auf dem Berg Horeb! So musste der sich gefühlt haben! – Gasser schmunzelte ihn via Rückspiegel an u. zeigte nach draußen: Schaut mal die Hänge an, alles abgeholzt. Äpfel und verbrannte Hänge, wie in Sizilien.
Wieso Sizilien, da wachsen doch keine Äpfel, da blühen die Zitronen.
Ja, aber die Hänge sind verbrannt.
Und das waren alles venezianische Neger?, fragte Perger spöttisch, jetzt lallte u. nuschelte er wieder (aber seinen

Ärger über Zwantullas Programmvorschläge schien er bereits vergessen zu haben, Haschemann, Kobold, sowas Blödes), undaswahnallswenezjanschenega
Die venezianischen Jäger?
Nein, *Neger*, nainéeeega
Die den Hinschgau abgevolzt ... Vinschgau abgeholzt haben? Gasser lallte ja auch, aber bei ihm war noch nicht alles vermengt. Während er redete, fummelte er mit der Rechten über Pergers Knien am Handschuhfach, was suchte er denn da? So kann man das auch nicht sagen ... dass es die Venezianer waren ... ich kenne da übrigens noch einen Jägerwitz, sehr komisch ...
Passen Sie auf!!!
O Gott!!!
Hihi, au weia!
Oschtia! Dieser Depp! Sind denn heut alle verrückt? Er hat doch gesehen, dass ich überhole!
Das war knapp.
Rast einfach auf uns zu ... Deppen gibts, die müsste man aus dem Verkehr ziehen.
Genau, nicht ein Depp, sondern tausende.
Haarsträubend, wie die fahren. Gaga zum Quadrat, veritable Vollidioten.
Und jetzt überholen uns noch diese Motorradfahrer!
Ja, die sind echt lebensmüde. Überholen viel zu eng!
Motorradfahrer ... wenn ich die schon sehe! Beziehungsweise *nicht* sehe, die sind ja kaum zu erkennen.
Vor allem in der dunklen Jahreszeit.
Scheren Sie doch mal aus, wenn der nächste überholt, zum Erschrecken, sonst lernen die's nie.
Hihi.

Noch schlimmer sind Fahrräder. Bei uns in Hannover zum Beispiel, puh, die kommen durchaus von überall.
Ja, da fällt einem oft vor Schreck die Zigarette aus der Hand.
Brandgefährlich ist das, hihi.
Na gut, jetzt sind es keine Fahrräder, und es ist nicht die dunkle Jahreszeit. Aber ansonsten habt ihr Recht. Schaut euch nur diese Motorräder an ... Deutsche natürlich! Eure Landsleute! Nehmts mir nicht krumm, aber seht die Kennzeichen, alles Münchner und Rosenheimer.
Und Celler! Schauen Sie, *C* heißt Celle.
Sagt man *Celler*?
Sagt man, Unfug, was soll das heißen, *man* ist doch Unfug, die Leute sind ja doof.
Genau, das Man sind die Leute, und die Leute sind deppert. Da hatte euer größter Landsmann Heidegger ganz Recht. Schaut nur, wie die fahren! Eure Landsleute!
Was können wir dafür?
Was wollen Sie, Hibiscus, er hat durchaus Recht. Das nehmen wir Ihnen überhaupt nicht krumm, lieber Herr Doktor Gasser, ganz im Gegenteil. Ganz ungebildet sind die, sowas von widerwärtig. Sie sprachen ja selbst vom Volk der Dichter und Denker ... sowas von lächerlich, bei d-Moll denken die ans Demolieren und bei *alle neun* ans Kegeln statt Beethoven. Geschweige dass die zu einem Klavierrezital gehen! Liszt ist denen eine Last, keine Lust.
Naja, gemach, ist hierzulande nicht unähnlich, der Mensch an sich ist ein Säugetier, das auf jedwede Bil-

dung pfeift. Meine Schüler, denen müsste man sie im Grunde einprügeln, die Liebe zur Bildung.
Mag sein, aber in Deutschland ist es am schlimmsten. So doof wie die Deutschen können die Tiroler gar nicht sein.
Ja, da haben Sie wohl nicht Unrecht, Herr Professor Berger. Ihr Deutsche seid die Weltmeister im Reisen, aber wer kennt noch Anton Reiser, euern größten Landsmann überhaupt?
Ich durchaus, aber ansonsten haben Sie Recht, keiner weiß, dass der zu Fuß nach Syrakus gegangen ist. Am wenigsten die Niedersachsen. Die sind am schlimmsten, die haben ein weißes Pferd im Wappen, das sagt doch alles, wer denkt da nicht an die Offenbarung des Johannes. Ich meine nicht nur die Niedersachsen in Hannover, meiner lieben Heimatstadt, und nicht nur die Radfahrer, die ärgern mich sowieso. *Alle!* Celle zum Beispiel ... es müsste Gummicelle heißen. Das sind wirklich die letzten Schweine, die schmeißen den Müll aus dem Fenster und rasen mit hundertachtzig über die Autobahn, Hauptsache sie kommen rechtzeitig zum Kegelverein, alles andere ist denen egal.
Sie meinen, die Celler scheißen sogar auf Beethoven?
Hihi.
Gut gesagt, und das ist sogar noch viel zu milde ausgedrückt.
Hihi. Wisst ihr, wer auch bescheuert ist?
Wer? Sags uns, Hibiscus!
Die Hessen.
Tja, kann schon sein, aber die Hessen sind jetzt durch-

aus nicht das Thema. Über die Bayern könnte man ja auch einiges sagen, die lesen nicht mal Horaz in der Schule, zu schweigen von den Badenern. Und was da hinter dem Eisernen Vorhang noch schlummert, das mag ich mir gar nicht ausmalen ... gleichwohl, darum geht es nicht, es sind die Deutschen generell. Die Italiener fahren durchaus vernünftiger.
Naja, sie haben auch nur diese kleinen Autos. Nicht solche großen Autos wie ihr. Könnten Sie mir mal das Handschuhfach öffnen? Da müssten noch Gauloises drin sein.
Achtung, da sind Carabinieri.
Ach, die interessieren sich doch nicht für uns, wir sind nur kleine Fische. Die Deutschen, die sollten sie sich vorknöpfen.
Die holen sie doch nie und nimmer ein mit ihren Carabinierikarren, sowas von lächerlich. – Sie hielten an einem Apfelverkauf neben der Straße u. tranken zur Beruhigung am Stehtisch einen Apfelschnaps.
Ah, jetzt geht es wieder besser, nicht?
Ja, herrlich!
Behaglich!
Hei-hei-heiß und froh!
Singulär! Und die frische Luft ... einen klaren Kopf ...
Gesundheit!
Hibiscus gab ihnen Feuer. Fiat lux. Danke, Prometheus.
Gut, dass wir neue Reifen haben, wer weiß, wie das vorhin mit den abgenutzten ausgegangen wäre, als dieser Idiot auf uns zugerast kam.
O ja, das wär haarig gewesen.
Puh.

Und wenn man dann noch bedenkt, dass sich da lauter Kabel unter dem Radio befinden, *freiliegende* Kabel ...
Das stellt man sich besser gar nicht erst vor.
Sie rauchten.
Zwantulla fragte sich, ob das Praetorius gewesen war, der sie fast von der Straße gewischt hätte, war das ein Bugatti gewesen?
War das ein Bugatti?
Keine Ahnung, geinanung
Keine Ahnung, hihi, Autos sind nicht so meins.
Ja, ein Bugatti. Phantastischer Wagen, nicht?
Aber Sie fahren einen Fiat Panda!
Naja, ist eben so.
Der hätte uns fast von der Straße gedrängt. Der hätte uns fast ausradiert.
Wenn man so einen Flitzer hat, lässt man ihn laufen, das kann man verstehen, nicht? Mal die Grenzen austesten. Wider den Staatsstachel löcken. Würdet ihr auch machen, etwa nicht?
Mm. Ist hier irgendwo das Dorf Tirol?
Ja, da oben am Hang.
Wo?
Da, rechts. Wo die beiden Burgen sind, die große und die kleine, und diese romanische Kirche.
Ist da auch die Villa Petőfi?
Was?
Die Villa Petőfi, da bin ich morgen eingeladen, bei Wilhelm Praetorius.
Praetorius? Wer ist das?
Mein Exmann.
? ? ?

Der Mann meiner Exfrau, meine ich.
Ach so! Haha! Hihi! Sie waren also mal verheiratet, Herr Doktor Zwantler? Wer hätte das gedacht?
Nur kurz, ist schon lang her, fast zwanzig Jahre. Sozusagen eine Jugendsünde. Eine einzige Katastrophe. Was ist nun mit der Villa Petőfi, kennen Sie die?
Nein.
Zu Praetorius? Ich überschätzte Sie wirklich, chüpaschäztiwiklch
Hihi, imm-imm-immerhin eine Vi-villa, bestimmt besser als Pa-pa-pa-pa-pa-pas Hütte.
Ja, ist bestimmt ein Anwesen. Jetzt haben wir uns alle wieder gefangen, oder? Sollen wir noch einen trinken?
Wäre eine Idee.
Genau, meine gute, treue Frau Schnaps, wie Beethoven sagte, meine schnell segelnde Fregatte!
Frau Schnaps?
Seine Haushälterin.
Beethovens Haushälterin hieß Frau Schnaps?
Nein, Holz.
Sießolsma
Stimmt, Sie haben Recht, jetzt fällts mir wieder ein, sie hieß Holzmann.
Fr-*frau* Holz*mann*, hihi, ist ja noch lustiger als Schnaps oder Fr-fr-fregatte.
Sie *hieß* Frau Holzmann, aber er *nannte* sie Frau Schnaps.
Zum Wohl! Gesundheit!
Sie schauten in die Ferne, hatten noch immer diesen hellen Apfelschnapsgeschmack im Mund, u. es war alles, alles gut.
Hm, mal überlegen, wohin jetzt?

Der Panda sprang erst nach ein paar Versuchen an. Dann alles voller Apfelplantagen, darüber verbrannte Hänge, die Zwantulla ebenso verschwammen wie die Berge. Später die Überreste einer niedergebrannten Scheune. Gasser palaverte von der Regenarmut im Vinschgau, gleiche Niederschlagsmenge wie Sizilien (kennt ihr Sizilien?), daher Bewässerungskanäle ... überall Wasser ... Wale ... Wale? Wovon faselt der? Und warf dabei die Kippen aus dem Fenster, gut, dass Hibiscus wenigstens die abgebrannten Hölzchen behielt. Konnte doch alles noch glimmen, in so einer trockenen Gegend! Zwantulla schaute in die endlosen Apfelplantagen, die Krüppelpflanzen erinnerten ihn schändlicherweise an Gasser, ein beschnittener Apfelbaum steuerte sie über die knochentrockenen Meere. Pfui! Wie kann man so feindselig denken! Da hätte er den Tod durch Unfall glatt verdient, ebenso dass Hibiscus' Hüfte ihn anschmirgelte, was konnte der arme Gasser dafür ... Später lauschte er ins Fahrtgeräusch, ob das Brummen wiederkehrte, aber keine Spur, nur das richtige Pandarauschen. Hatte das Brummen mit den kaputtgehenden Reifen zu tun gehabt? Wohin fuhren sie. Der Verkehr wurde immer dichter, schleichende Kolonne, ab u. an zischten tollkühne deutsche Motorräder mit schwarzen Ledergestalten vorbei. Wahnsinn, diese Motorräder, immer wieder, hihi ...
Was ist mit ihnen?
Wie diese Pferdebilder!
Welche Pferdebilder?
Kapieren Sie's nicht?
Nicht die Bohne.

Hibiscus wirds uns bestimmt gleich erklären, die apoplektischen Reiter von Rembrandt, wird er sagen, oder, Hibiscus?
Von wegen, apoplektisch, das kenn ich gar nicht.
Aber Rembrandt?
Das kenn ich natürlich, war zwar noch nie da, aber ist ja auch nur'n Kaff. – Dann ging überhaupt nichts mehr, Stillstand. Die Straßen sind einfach zu eng für den Verkehr. Untrschied zwischn an echtr Schlong und an Autoschlong?
Mm?
Die echte Schlong hot es Orschloch hintn, die Autoschlong hot es Orschloch vorn!
Wahnsinn! Ein echter Knaller!
Hihi, wenn wir das Arschloch erwischen, verdreschen wir es!
Da fällt mir auch was ein: Eine Schlange mit einer Krone?
?
Ein Bild von Cranach!
Hihi, Wahnsinn ... versteh ich nicht ...
Ach, ihr Lutherischen! – Schließlich löste der Stau sich auf. Später kroch ein Traktor mit Heu vor ihnen, dann ein Traktor mit einem Anhänger voll Holz, immerhin etwas schneller, aber als er an einer Abzweigung bremste, wäre Gasser fast reingekracht, ein Stamm auf dem Anhänger hatte sich gelöst u. ragte auf der Beifahrerseite bis dicht vor die Scheibe; an dem Stamm baumelte über der Motorhaube des Panda ein oranger Warnwimpel, der beinah gepfählte Perger lachte nur kaltblütig-doof. Wusste gar nicht, dass ein Traktor so schnell bremsen

kann, sagte Gasser. – Der Panda kam dann, ständig von angsteinflößend lauten u. scheinbar aus der Finsternis kommenden, d.h. pechschwarzen Motorrädern (im Sonnenschein) überholt, auf einmal nicht mehr weiter, genau in einer Kehre, sie wurden noch von einer flinken Ape mit Holz u. zwischen das Holz geklemmten Kanistern überholt, da stotterte der Panda u. spuckte auf der Stelle, u. Perger stöhnte: Wir werden noch alle absaufen, wiwernochallapsauffffffffffff...
Keine Panik!, singsangte Gasser, sog an der Gauloise u. zog mehrere Hebel.
Wir sind auch viel zu schwer, fluchte Hibiscus mit Seitenblick auf Zwantulla. – Aber dann schaffte der Panda es doch weiter bergan. Ah! Wie eine Gämse! Gasser verlor einfach nie die Ruhe. Geht a junges Tirola Paarl spaziern. Zoag dr Bursch af di Woade und sog: Des keart olls mein Voto! Segn'se, wie do Stiar a Kuah bespring. Fispot dr Bursch in Madl ins Oahr: Af des het i a Luscht. Sogs Madl: Tua lei, san wohl enkre Kiah.
Wahnsinn, wie witzig!
Ja, vor allem das Ende! – Plötzlich bretterte Gasser auf eine schottrige Haltefläche am Straßenrand, wo er, kaum dass sie direkt neben einem überdachten Kruzifix mit Maiskolben stehengeblieben waren, die Tür aufriss u. zum Kofferraum hüpfte, seine Krücken nahm u. fiebrig langschraubte, um sich hinter die nächste Lärche zu verziehen.
Auch Perger verzog sich stolpernd ins Gebüsch, er ließ sogar sein schwarzes Täschchen auf dem Beifahrersitz liegen.
Zwantulla erwog flüchtig, auch ins Gebüsch zu gehen u.

sich einen von der Palme zu wedeln, warum denn eigentlich nicht ... aber schon beim Gedanken daran bekam er kalte Füße, außerdem hatte er das Gefühl, nicht mehr gerade stehen zu können, darum blieb er mit Hibiscus Hüfte an Hüfte auf der Rückbank sitzen, sie rauchten, die Asche diesmal nicht in Hibiscus' Hand, sondern durch die offenen Türen nach draußen.
Hibiscus, der den ganzen Tag gekichert hatte, war bleich.
Ist Ihnen nicht gut, Hibiscus?
Doch, aber ... Er schaute das Kruzifix neben dem Panda an: Echt viele Holzjesusse hier, nicht?
Hm. Ziehts? Sollen wir die Türen zumachen?
Nein.
Müssen Sie auch mal?
Nein. Er maulte.
Haben Sie sich über das Gerede über Ihren Vater geärgert? Sie dürfen das nicht zu ernst nehmen, man ist unterwegs, guter Laune, trinkt ein Gläschen oder auch zwei, da löst sich die Zunge, ein Wort gibt das andere ... nicht alles für bare Münze nehmen ...
Mir doch egal, da lach ich doch mit über meinen bekloppten Vater, diesen Spinner. Der ist ja spießig. Und Mama mit ihren Aphorismen, die ist ja noch schlimmer. Da bin ich der erste, der sich totlacht.
Ach so? Was ist es dann?
Dass wir keine Frau hier haben.
Was?
Es wäre schön, wenn wir eine Frau dabeihätten, maulte er. Dann schaute er Zwantulla an: Außerdem sind Sie zu breit.

Was?!
Das Auto ist nicht zu eng, sondern Sie sind zu breit. Und dieser olle Klavierspieler ...
Was?
Na, Berger, das HB-Männchen, der geht in die Luft, dieser Müslifresser, der will uns alle betrunken machen.
Was soll das, wieso denn Müslifresser?
Na, er hat doch vom Waldsterben gequatscht, haben Sie's nicht gehört? Also ein Müslifresser. Der hat so zusammengekniffne Augen, als müsste er die ganze Zeit aufs Klo, wenn das nicht vom Müsli kommt ... Glauben Sie ihm etwa?
Dass der Wald stirbt?
Quatsch, dass er Klaviernoten in seiner Tasche hat.
Was denn sonst?
So was Naives! Sollen wir mal nachsehen?
Was?
Schauen Sie, da liegt die Tasche doch. Sehen wir nach, dann wissen wir Bescheid.
Na hören Sie mal!
Ist ja gut, ist ja gut, nicht so wichtig ... jetzt werden Sie nicht gleich pampig. Am schlimmsten ist, dass wir keine Frau hier haben. Wir könnten doch zumindest mal ... ist ja schön und gut, mal ein Tag unter Männern, aber ... wir haben ein paar Gläser getrunken, da könnten wir doch zumindest mal über Frauen *reden* ...
Was?
Über *Frauen* reden.
Was?
Was weiß ich, wie Männer es halt tun, Sie wissen schon, beispielsweise wie man einer geilen Frau kompromiss-

los seinen Prügel reintreibt, seinen knallharten Knüppel, wie man ...
Nein! Da hab ich keine Lust drauf!
Hören Sie mal, mich kotzt das dermaßen an, wir labern den lieben langen Tag supermegatiefsinnige Sachen, tiefsinniger gehts nicht, über Bücher, über Musik, über Kirche, Goethe hier, Beethoven dort, blabla, einfach alles, sogar Politik, nur über Frauen nie, ein einziges Mal haben wir angefangen mit Frauen, und was war, sofort hieß es wieder Nietzsche, Novalis, Goethe, unsre ganzen großen Landsmänner, blablabla ... und Herr Gasser sagt *wenn ihr mich fragt*, dabei hat ihn gar keiner gefragt, oder es heißt, Hölderlin hat in der Wüste gewichst, richtig eklig ist das, wenn man sich das vorstellt, so ein alter Mann ... aber wir reden nie über Frauen, beispielsweise wie man ...
Nein, keine Lust!
Da sagte Hibiscus nichts mehr, sondern wandte sich beleidigt ab, starrte in die hier nicht zu sehende Ferne, d. h. auf die nächste Fichte, u. schob sich ein Ananasbonbon in den Mund. Zwantulla spürte eine Irrsinnswut gegen dieses reine Kamel Hibiscus, den hohlen Wuschelkopf (von wegen Hühnchen), u. den Grund für seine Wut meinte er mitzuspüren, nämlich nicht Hibiscus' Unverschämtheit (trotzdem, zu breit, was fällt dem ein ...), sondern dass in dem Trottel Hibiscus alles in prachtvoller Blüte stand, was er selbst seit Jahrzehnten in sich unterdrückte, aber gern entfaltet u. ausgelebt hätte: kurz gesagt Stumpfsinn. Qualvoll unterdrückter Stumpfsinn, der raus u. blühen wollte. Haarsträubend. *S(t)umpfblüte*. Können wir nicht wenigstens mal das Radio anmachen?

Nein.
Dann kamen Perger aus dem Gebüsch u. Gasser hinter der Lärche hervor. Weiß der Himmel, was die da gemacht haben, die sind ja noch schlimmer als Hibiscus, dieses reine Kamel ... Gasser, diese Vogelscheuche von Altphilologe ... Perger, Müslifresser, das war schon ganz richtig, notgeil sah der aus mit seinem Zopf u. diesen verkniffnen Äuglein ... war wieder ganz blass, hatte sich eine Zigarette angezündet, hielt Abstand von Gasser.
Als sie im Panda saßen, roch Zwantulla, dass Perger, schwarzes Täschchen wieder auf den Knien, sich übergeben hatte.
Hm, wohin jetzt? Mal überlegen.
Gasser gab kräftig Gas, aber der Panda kam nicht von der Stelle.
Hibiscus schaute vorwurfsvoll Zwantulla an, der Panda hing im Schotter fest, der Motor jaulte (angsteinflößend laut), die Räder rotierten, Steinchen spritzten. Tückisch, ist ja wie eine Sandbank!
Wir sind aufgelaufen?
Eingesunken! Gasser versuchte es mehrmals.
Sollen wir schieben?
Wartet, ich probiers erstmal rückwärts.
Rückwärts? Passen Sie auf, der Abhang!
Da brauchen Sie sich doch nicht gleich in den Sitz zu krallen. Keine Panik. Klappt eh nicht, seht ihr, wir hängen verdammtnochmal fest.
Schließlich stiegen sie aus, der kotzbleiche Perger, der wütende Zwantulla u. der rallige Hibiscus, um anzuschieben.
Sie schieben überhaupt nicht richtig!, giftete Hibiscus

Perger an. Mit der Tasche in der Hand, wie soll man da schieben?!
Was hat das mit der Tasche zu tun?
Diese verdammte Tasche, wer weiß, was da drin ist!
Fingersätze! Was fällt Ihnen ... Fingersätze, die mir unendlich lieb und wertvoll ...
Von wegen Fingersätze, schieben sollen Sie!
Hibiscus, Sie sehen doch, dass es ihm nicht gut geht, kommen Sie, wir tun alle unser Bestes ...
Mir gehts hervorragend! Ich schiebe durchaus, wie können Sie behaupten ... was haben *Sie* überhaupt in Ihren Taschen, Sie Frettchen: Nüsse, Streichhölzer, Bonbons, was weiß ich noch alles ... Reißen wir uns zusammen, an der frischen Luft bekommt man einen klaren Kopf ... los, alle zusammen, das wäre doch gelacht ...
Endlich kamen sie aus dem Schotter, die 3 sprangen nacheinander in den anfahrenden Panda (erst Zwantulla, dann Hibiscus nach hinten, schließlich der japsende Perger auf den Beifahrersitz). Gut gemacht! Wenn man zusammenhält, schafft man alles! Imposante athletische Leistung, wie aufspringende Bobfahrer, nur bergauf! Apropos, wos isch die Steigerung vo imposant?
Was?
Steigerung vo imposant?
?
In Orsch Geröll. Ah, er schwenkte jetzt auf Scherzfragen um. Wie stirb man stondesgemäß? A Gärtna?
Ein Gärtner? Wie?
Beißt ins Gros!
Stimmt, der Gärtner beißt ins Gras, sehr gut.
Do Maura?

Wie?
Spring va dr Schippe.
Von der Schippe? Heißt das nicht, dass man gerade nicht stirbt? Wenn man nochmal von der Schippe springt?
Nein, bei uns bedeutet es, dass man stirbt. Und dr Koch?
Das ist leicht, der Koch gibt den Löffel ab.
Genau! Das sagt man überall. Essen ist universell ... gärtnern nicht, maurern nicht, aber essen ... conditio humana ... findet ihr nicht übrigens auch, dass es unduftet?
Was?
Stinkt.
Stimmt, es stinkt hier drin. (Hatte Gasser *unduftet* gesagt? Wo hatte er das schon mal gehört? War das auch von Ingeborg Bachmann?)
Vielleicht mal das Fenster öffnen?, schlug Hibiscus vor.
Nein, keinen Zug, sagte Perger, der Beifahrer, von dem es ja offenbar kam.
Nein, sagte auch Gasser entschieden, das auch wieder nicht! Nicht hier, wo die ganzen Giftwolken sind!
Giftwolken?
Wegen der Äpfel.
Sie kamen zwischen den Apfelplantagen, in denen Arbeiter in Schutzanzügen mit Sprühkanonen unterwegs waren, durch mehrere Dörfer mit romanischen Kirchtürmen u. durchweg beflaggten Häusern, vor den Hotels meist zerfledderte internationale Fahnenreihen, vor Wohn- u. Bauernhäusern nur der Südtiroler Adler. Wahnsinn, sagte der immer noch schlechtgelaunte Hibiscus, der eine weitere Packung Paranüsse geöffnet hatte (wie viele hatte

er noch in der Hosentasche?), wie bei den Nazis! Gasser drehte sich im Fahren um u. schaute beleidigt durch seine blaue Brille. Hast du Nazis gesagt?
Äpfel, Gas und Fahnen!, lümmelte Hibiscus. Was fiel dem denn ein? Ihren Fahrer u. Gastgeber so anzupöbeln?
Schauen Sie bitte nach vorne, bat Perger. Er sah wieder besser aus, sprach klarer, das Erbrechen schien ihm gutgetan zu haben, vielleicht auch das Rennen. (Dafür war Zwantulla jetzt dicht vorm Kotzen, wegen des Gestanks im Panda.)
Ach, wir fahren doch langsam, lachte Gasser, u. zu Hibiscus: Keine Sorge, wir Südtiroler sind bloß harmlose Nazis! Ein Glück, doch nicht beleidigt durch die dummdreiste Bemerkung. Aber durstig, lasst uns halten! Nur einen Moment! – Auch vor dem *Apfelbaum* war geflaggt. Warum ist hier denn überall geflaggt? Weshalb dieser Fahnenwahn?
Das ist nur heute. Heute ist doch der 4. Juni.
Ach so, der 4. Juni.
Der wievielte?
Vierte.
Tut mir leid, ich steh auf dem Schlauch ...
Der dritte Sonntag nach Pfingsten.
Wie bitte?
Der zweite Sonntag nach Fronleichnam.
Was'n nun, dritter Sonntag nach Pfingsten oder zweiter nach Fronleichnam?!?
Zehnter nach Ostern!
Haha!
Wie auch immer, wurden sie von Hibiscus unterbrochen (den überfordert eine theologische Diskussion wohl), Flaggen sind jedenfalls nicht so meins, ist mir viel zu national.

Aber Nazis, so ein Unfug, grummelte Perger, trotz Erbrechen u. Aufhellung immer noch murrköpfig.
Der *Apfelbaum* war überraschend leer. Wo waren all die Leute hin? Nur an einem Tisch, neben einem ausgestopften Murmeltier, saß ein Mann mit glasigem Blick u. trank Cognac aus einem dicken Schwenker. Zwantulla hörte ein leises, dumpf pochendes Geräusch, das er nicht zuordnen konnte, bis er erkannte, dass Perger angespannt mit seiner Zigarette auf die Tischplatte klopfte. Hier, wo es so leise war, hätte ein laufendes Radio unter Umständen gutgetan, aber es war nichts zu hören. An der Theke lehnten 2 schnippische junge Kellnerinnen mit großen Ohrringen, 1 blonde u. 1 schwarzhaarige, die sich gelangweilt kichernd anschauten. Als die Blonde eine Karaffe zinnoberroten Wein brachte, zwinkerte sie Hibiscus zu, aber der bemerkte es nicht, weil er maulte.
Do Turnr?
?
Wie stirb dr Turnr stondesgemäß?
Ach so. Keine Ahnung.
Vrreckt.
Haha!
Hihi!
Gesundheit!
Gesundheit!!!
Do Elektrika?
?
In sem trifft dr Schlog.
Na, das kann man leicht erraten. Den Elektriker trifft der Schlag, ist doch klar.
Habt ihr aber nicht erraten!
Stimmt.

Und, wandte Gasser sich an Hibiscus, gefallen sie dir?
Mir? Wer? Ach, dieser Holzkopf hatte die beiden Schönheiten überhaupt nicht wahrgenommen. Sie standen wieder aufreizend phlegmatisch an der Theke, tuschelten, schielten herüber. Zwantulla wurmte es, dass sie nicht ihn ansahen, sondern diesen möglicherweise jungfräulichen Trottel; wo doch *er* in letzter Zeit eine derartige Wirkung auf liebeshungrige Frauen hatte! Die Frauen *wurden* sogar erst liebeshungrig, wenn sie *ihn* sahen, er war immer gut angekommen bei den Frauen, aber was ihm in den letzten Monaten so passierte ... bei Jülide hatte er sich nicht mehr gemeldet, aber Bolleits belgische Witwe, natürlich etwas heikel so kurz nach der Beerdigung ihres Mannes, oder neulich die Blonde auf dem Zebrafell in Heiligensee ... das war doch nicht alles futsch? Ein verpuffter Liebeszauber bzw -fluch? Weil ihm schwindlig war, schloss er die Augen, da wurde ihm noch schwindliger: das Sexuelle! die Sphäre des Sexuellen ... ah! Puh! unsagbar mysteriös, unsäglich langweilig, er hatte den ganzen Tag nicht (kaum) daran gedacht ... dafür fiel ihm die Liebe ein, die Tränen wollten ihm herausschießen, bei geschlossenen Augen, die Liebe, die Liebe ... halt, welche Liebe?
Ach, ist das alles herrlich, rief Gasser, immer entspannter, während er ihnen aus einer weiteren Karaffe zinnoberrot einschenkte: Mal über die Stränge schlagen ... ganz ohne Frauen ... herrlich ...
Machen Sie das Glas ruhig noch voller. Tut gut, mal über die Schnur zu hauen. Durchaus randvoll.
Ja, randvoll.
Achtung, läuft ja über.
Macht nichts.
Auch ohne Bekannte Gassers am Tisch versumpften sie.

Sie entschieden sich, eine Partie Karten zu spielen, diesmal Skat, weil sie nur zu dritt waren, Perger wollte noch immer nicht mitspielen; Hibiscus gewann. Schließlich setzte sich aber doch wer zu ihnen, leider nicht die beiden hübschen Kellnerinnen, sondern der Cognactrinker mit dem glasigen Blick, der schon vor ihnen im *Apfelbaum* gesessen hatte. Zwantulla bemerkte, dass er eine Narbe am Hals hatte. Er stellte sich als irgendwie in Südtirol gestrandeter Pole heraus. Natürlich erwarteten sie, er werde zu ihnen über die alle Welt elektrisierenden Entwicklungen im Ostblock sprechen, aber von wegen, stattdessen schob er sein bauchiges Cognacglas auf dem Tisch hin u. her (welch wundervolle goldbraune Farbe (der Cognac (auch die Tischplatte))) u. ließ sich (endlich mal jemand, den man gut verstand) über den polnischen kränklichen homosexuellen katholischen ekstatischen Komponisten Szymanowski aus, der sein Meisterwerk, das *Stabat mater*, ein so zartes sanftes Schmerzensstück ohne Posaune, ohne Tuba, geschrieben habe, nachdem seine Nichte in einer Kirche vom herabstürzenden Kopf einer Heiligenfigur erschlagen worden sei. *So* leide, so sterbe der polnische Mensch!
Von einer Heiligenfigur erschlagen?
Nein, so wie das *Stabat mater* klingt: innig verenden. Ohne Schrei.
Gotisch oder romanisch?
Was?
Die Kirche, in der die Nichte erschlagen wurde.
Ach so. Keine Ahnung ... ich glaube, Barock.
Der hat Quatsch gelabert, sagte Hibiscus, als sie, nachdem Zwantulla zur Toilette hinabgetorkelt war, eine schattige Kemenate, den *Apfelbaum* verlassen hatten u.

vom Sinnenlicht geblendet zum Panda schwankten, *Stabat mater* ist in Wahrheit von einem Italiener. Das *weiß* ich nun *zufällig*, weil ichs mal in Bologna in einer Kirche gehört hab. Da gabs *Stamat bater* ... *Stabat mater*, und es war von einem Italiener. Definitiv *nicht* Schimanski. Perger u. Zwantulla schauten angewidert zu den umliegenden Bergen. Hört man ja schon, dass das kein Polnisch ist ... dass ich nicht lache ... *Stabat mater*, meine ich, das ist ja wohl ... Lateinisch, oder? War nicht so meins, eine Kommuni... millionin... mmili*to*nin wollte unbedingt hin. In die Kirche in Bologna. Ein paar zu viel hinter die Binde gekippt.
?
Na, dieser Pole. Der war doch sternhagelvoll. Schlimmer als ein Ungar. Habt ihr seinen trüben Blick bemerkt? Und die eklige Narbe am Hals?
Was hat das damit zu tun? Aber du hast Recht, *innig verenden*, habt ihr das gehört? Da weiß man gleich Bescheid.
Ja, Cognac.
Ist immer das gleiche Problem bei den Polen, sagte Gasser, überhaupt die Ostvölker, sie saufen zu viel. Das ist kein Trinken mehr, das ist pures Saufen. Wie das Fass der Danaiden, immer weiter reinkippen. Sie können einfach nicht aus ihrer Haut. Und warum?
Warum?
Keine Trinkkultur. Darum.
Sie fahren auch so schlecht Auto.
Stimmt, ein Glück, dass sie im Ostblock nur solche schrottigen Mühlen haben, damit können sie nicht viel Unheil anrichten.
Gut, dass sie hinter dem Eisernen Vorhang sind.
Ich bin mal in Moskau in einem Lada gefahren, das war ...

zum Fürchten! Erst in einem blauen, dann in einem grauen!
Klingt ja schrecklich. Aber noch schlimmer sind diese sturzsüchtigen Aeroflotmühlen, usw.
Der Panda sprang nicht an. Diesmal ist er wirklich abgesoffen! *Jetzt* sind wir am Arsch! – Dann sprang er doch an. Von wegen abgesoffen, vielmehr phä-no-me-nal, was in dieser Kiste steckt, genau wie Sie es vorhin ausgedrückt haben, Hibiscus! Nur schade, dass es keinen Zigarettenanzünder gibt! Da hatte Zwantulla die Kellnerinnen bereits komplett vergessen. Nur durch einen Zufall, nämlich eine Art herabrieselnden Schimmer (der Gnade?) erinnerte er sich dann doch wieder an sie, exakt im Moment einer Vollbremsung, u. konnte *zugleich* in die Zukunft blicken u. wusste, dass er sich Jahre später immer nur an diese Erinnerung erinnern würde, nie an die beiden Schönen selbst; zugleich hatte er eine 3fach gekrümmte Kindheitserinnerung. – Aber vor der Vollbremsung waren sie schon eine Weile weitergefahren, bergauf, bergab, Gasser ließ den Panda rollen so schnell es ging, um die nächste Steigung zu schaffen. Auf einmal: Nanu, was ist das denn?
?
Die Bremse ... verdammt ...
Was denn?
... kaputt ...
Was?!?
So legen Sie doch einen Gang ein!!! (*Was* meinte Perger? Voller Panik! Hat nicht mal einen Führerschein!)
Geht auch nicht! Jemand muss das Auto sabotiert haben!
Was?!?
Der, der schon die Reifen aufgeschlitzt hat! Der wars! Sie rasten in eine Kehre, wurden immer schneller.

Dachte ich mirs doch!, kreischte Perger. (Was?)
Jetzt ist Holland in Not!!!
Holland?
Ach, Hibiscus!!! Blöde Fragen bis ans Ende!!!
Und jetzt?!?
Alles aus!!!
Beruhigt euch, sagte Gasser in plötzlicher Seelenruhe u. verlangsamte, war nur ein Scherz.
Wahnsinn! Ich fall vom Baum! Du – kriegst – die – Tür – nicht – zu! Das wär ja ein Ei gewesen! Da haben Sie uns aber verkohlt! Sie Saukerl, hihi! – Nach dem Wachmacher alle wieder schläfrig. Zwantulla fragte sich, in wie vielen Gasthäusern sie seit heute Morgen gewesen waren, alle rappelvoll u. schummrig, er hatte den Überblick verloren, begann mehrmals im Stillen zu zählen, kam aber über 3 oder 4 nie hinaus, zählte er das *Jäger* mit, hatte er das *Vögele* vergessen, zählte er die *Sonne* mit, vergaß er das *Jäger* usw; allein heute; d. h. dann erst recht im ganzen Leben! Was ist schon ein Leben? Unübersichtlich, hatte der Uruguayer im *Tutti di Mare* in Venedig gesagt, wo er zur Uraufführung von Nonos *Prometeo* gewesen war: *Das Leben ist unübersichtlich,* so der Uruguayer in akzentfreiem Deutsch; das galt, erkannte Zwantulla jetzt klar u. deutlich, auch u. erst recht für *Gaststätten.* Eine unübersichtliche Zahl von Aufenthalten. Ebenso von Apfelplantagen ... gerauchten Zigaretten ... geleerten Gläsern ... der ganze heutige Tag unübersichtlich, aber auch übertrieben u. aufdringlich. Er ergänzte sich die Worte des Uruguayers: Das Leben ist *unübersichtlich, übertrieben, aufdringlich.* In einem Augenblick kam er sich wie Gott vor, im nächsten wie Schmutz. So die ganze Fahrt, einerseits hohl nebeneinanderher gurken, andererseits in die tiefsten

Tiefen schauen. Aus heiterem Himmel fiel ihm ein, wovon er als Kind gelesen hatte (obwohl er als Kind schon ungern gelesen hatte): dass die Irokesen zu Weihnachten einen weißen Hund strangulieren. Moment, feiern denn Irokesen Weihnachten? Wahrscheinlich eher zum Julfest. – Schließlich quälten sie sich Richtung Reschenpass (nicht rechten Pass!) hoch, der Panda hechelte, steckte aber nicht auf. Sie rauchten schweigend, die beiden hinten aschten in die Hand von Hibiscus, der weiter maulte u. die Asche nicht mehr aus dem Fenster schüttelte, sondern in der Hand behielt, er formte mit gekrümmten Fingern einen Trichter wie um etwas Wertvolles, Zerbrechliches; damit die Asche nicht aufwirbelte, aber das wäre nicht nötig gewesen in der stehenden Luft im Panda. Nur manchmal gab es einen leichten Luftzug, wenn Gasser das Fenster einen Spalt öffnete, um die Zigarettenstummel rauszuschnipsen, die sie ihm nach vorn reichten. Ihre Roth-Händle-Kippen werden noch Löcher in den Asphalt brennen, haha! Aber der Unduft im Panda blieb. Beifahrer Perger schaute mit resignierendem bzw konzentriertem Blick aus dem Fenster; auf jeden Fall geistig abwesend, ununterscheidbar, ob in höheren Gefilden oder rettungslos verloren. Sie wurden jetzt nicht mehr von schwarzen Motorrädern überholt, sondern überholten ihrerseits erst einen Geflügeltransport, auf dem ein riesiger lachender (!) Hahn prangte u. der so unmöglich breit war, dass der Panda ihn fast gestreift hätte, dann lange Linien von Rennradlern, sportliche ältere Männer, auch eine Frau, die sich mühelos hinaufquälten, während der Panda mühsam raufbrauste.
Typisch Italiener, mit dem Auto zum Briefkasten, aber mit dem Radl ins Hochgebirge.

Wir hätten sie fragen können, ob einer sich ans Auto hängen will.
Keine Chance. Wenn ich abbremse, schaffen wir die Steigung nicht. Außerdem, das sind doch Sportler, die wollen aus eigener Kraft hinankommen.
Das heißt *rauf*.
Bei uns *hinan*.
Aber nicht so eng überholen, bitte, sagte Perger.
Geht nicht anders auf diesen engen Straßen.
Ach so.
Gut, dass wir alle so entspannt sind, was? Stellt euch vor, wir hätten so einen Strindbergtypen an Bord ...
Wie kommen Sie denn jetzt auf Strindberg?
Na, so einen Strindbergtypen, wie es sie manchmal gibt ... so einen Paranoiker, der meint, die Feinde griffen ihn mit Höllenmaschinen an ... der würde uns gerade fehlen.
Ja, da können wir froh sein.
Heiß und froh.
Gut gesagt.
Wohin fuhren sie. Zwantulla sah, dass Perger nicht mehr rauchte, sondern die Finger knöchern u. explosiv zugleich bewegte (wohl was er gestern im Gespräch mit Kumm *spastisch* genannt hatte), er zuckte u. fingerte in die Luft u. auf die Tasche auf seinen Knien; d. h. offensichtlich Bach. (Ach ja, Bach? Aber die Finger liefen doch viel zu schnell, wer sollte da folgen?) Hibiscus seinerseits machte Muskelübungen. Er kreiste leicht mit den Schultern, spannte Oberarme u. Brust an, dass die Augäpfel aus den Höhlen quollen, alles im Körperkontakt mit Zwantulla, der schließlich begriff, dass es Hibiscus darum ging, Bauchmuskeln oder Beckenboden straffzuziehen. Sinnvoll, wenn man lange im Auto sitzt. Man sitzt sich den Hin-

tern wund wie in einem Konzert. Alles mit Asche in der nun geschlossenen Hand. – Mystik machte sich breit, eine herabrieselnde schimmernde Stimmung, die sich nach u. nach im Panda entfaltet hatte, unter bzw über bzw um sie herum im ganzen Panda, Perger fingerte u. wurde darüber allmählich schläfrig, Hibiscus maulte Bonbon um Bonbon lutschend u. wurde darüber schläfrig, Zwantulla war die Welt u. darüber er selbst unübersichtlich geworden bis abhandengekommen u. darüber wurde auch er schläfrig. Sogar die Knie fügten sich nun geschmeidig in den Vordersitz u. Hüfte in Hüfte. Die Cordrillen glätteten sich. Alles bewegte sich im Einklang, der Panda den Pass hinauf, Gassers Geschwätz, Pergers Finger, Hibiscus' Muskelkontraktionen, Zwantullas Erwartung. *Erwartung*, was für eine Erwartung? Eine ganz unklare, das Land schien sich irgendwie geebnet zu haben, obwohl es natürlich immer noch bergig war. Keine Äpfel mehr, zu hoch, jetzt hätte man gefahrlos lüften können. Aber es war, als führen sie, nachdem sie die ganze Zeit kopflos hin u. her geeiert waren, nun zu etwas ... Besonderem, einem Ziel. Ende. Der Nachmittagssonne entgegen bzw hinterher. Pergers Finger erlahmten, die Hände sanken auf die Tasche, das Kinn auf die Brust (das Gegenteil eines Pianisten (ein Gehenkter)), Hibiscus lächelte grundlos u. lutschte u. streckte den Brustkorb, Gasser sprach die ganze Zeit weiter: Primum vivere, deinde philosophare, usw, dies lehrten einen die Berge, auch heutzutage in der Ära des Massentourismus. Dr Pforra?

?

Wie stirb dr Pforra stondesgemäß?

Wie?

Segnet s'Zeitliche. Dr Spochtlfabrikant?

Spachtelfabrikant? Was soll das? Wie?
Krotzt o. Dr Schoffna?
Wie?
Lieg in di leschtn Ziege.
Ziege?
Züge, in den letzten Zügen. – Sie näherten sich einem riesigen Zelt, das auf einer vertrockneten Wiese stand, einer Zeltstadt, davor alles voller Menschen u. im verdorrten Gras parkender Autos, über dem Zelt im Wind der rote Adler u. die Fahnen Italiens, Österreichs, der Schweiz. Kühe, sagte Gasser. Was? Im Zelt. Kein Kuhzirkus, sondern eine Viehschau aus 3 Ländern.
Und dann besagte Vollbremsung:
Alle schreckten entsetzt auf, v. a. Perger. Aber diesmal war es kein Beinaheunfall, weit u. breit kein Hindernis, kein Abgrund; nur in der Nähe das Zelt. Zwantulla dicht vorm Kotzen u. sehr verwirrt, sollten sie jetzt diese Viehschau besichtigen? War das das Ende, auf das alles hinlief, die Kühe? Aber dieser Gedanke balancierte nur auf dem Äußeren seines Denkrades, auch der Brechreiz war nur außen, im Inneren des Rades befand sich medaillonartig das vergessene Bild der beiden Schönen im *Apfelbaum*, eben ausgelöscht, doch jetzt ihm klar vor Augen: die Blonde u. die Schwarzhaarige mit großen Ohrringen, wie sie an der Theke lehnten u. sich gelangweilt kichernd anschauten. Das Bild merzte, obwohl oder weil es zurückgekehrte Vergangenheit war, die Vergangenheit total aus, das war Zwantulla klar, warum auch immer, war das etwa etwas in der Art vom Schimmer der Gnade ... denn gleichzeitig bzw gleich zeitlos mit dem einfrierenden eingefrorenen Medaillonbild löste sich eine verschüttete Erinnerung an eine Erinnerung an eine Erinnerung aus seiner Kindheit:

Er übt Klavier im Musikzimmer des elterlichen Hauses in Meinbach, hat, statt die F-Dur-Invention zu spielen, lange in den Kasten des Blüthnerklaviers geschaut, wo das weiße Koboldköpfchen erscheint und Filzhämmerchen auf die Saiten hext; da erinnert er sich, wie er neulich mit einem Kameraden vom Schiller-Gymnasium, einem Jungen namens Norbert, dem Schimpfmann nachgegangen ist, einem verwirrten Mann, der Tag für Tag durch ihr Viertel und die Schopenhauergasse läuft. Sie sind ihm in sicherem Abstand durch mehrere Straßen gefolgt, bis sie ihn aus den Augen verloren haben. Sie können ihn nicht mehr sehen. Dann erst schauen sie sich um, wohin sie geraten sind, eine Gegend mit großen, murkeligen Neubauten für viele Menschen, und stellen fest, dass sie sich in einem Viertel von Meinbach befinden, in das sie nicht dürfen. Sie dürfen in den Wald, an den See, auf den Kegelberg; aber nicht hierher. – Mit etwas Glück haben sie den Weg zurückgefunden, und Norbert hat, bevor sie nach Hause gegangen sind, gesagt, sie sollten niemandem davon erzählen. Auf dem Heimweg hat er aber das Gefühl gehabt, dass er die fremde Gegend kannte, und am Abend ist ihm eingefallen, woher: Er ist ein kleines Kind, noch nicht in der Schule, da ist er der Mutter verlorengegangen. Er streift herum und findet nicht zurück. Es gibt keinen Schutzmann. Dann hat er eine freundliche Frau getroffen, die ihn mitgenommen hat. Wo er dann ist, sind Menschen und Decken und Wände, zwischen denen Schnüre gespannt sind, an denen Wäschestücke hängen, aber die Schnüre hängen in der Mitte durch, die ganze Wäsche ist in diese Mitte zusammengerutscht. Er sitzt auf einer Decke und hat eine Zeitschrift mit großen bunten Bildern. Vielleicht hat die Frau ihm die Zeitschrift gegeben. Er sieht Kinder spielen, weit entfernt, aber er traut sich nicht zu ihnen. Später ist sein Vater gekommen. Er sieht ihn, traut sich aber nicht vom Fleck. Der Vater, der sonst nie wütend ist, ist wütend, er streitet mit der Frau. – Dann ist er wieder zu Hause gewesen. Er hat nie gefragt, wo er da gewesen ist; oder er hat gefragt, aber die Antwort vergessen. – Der Schimmer wurde zerrissen, als sie standen u. Gasser, die Hand noch am Bremshebel, schrie: Mein Gott! Scheiße! Jetzt schlägts dreizehn! Beifahrerwechsel, kommt bitteschön ein anderer nach vorn? Ich brauche einen wachen Beifahrer.

Ich schlief nicht, protestierte der aufgeschreckte Perger, aber nur halbherzig, niemand achtete auf ihn.

Wir brauchen einen hellwachen Beifahrer, er muss den Wagen anhalten, wenn mir was zustößt.

?

Ist ja nicht sehr wahrscheinlich, bloß für den Fall der Fälle. – Es stellte sich dann heraus, dass Gasser es mit dem Herzen hatte. Auch das noch! Eine angeborene Herzschwäche, darum auch die blaue Brille. Wusstet ihrs nicht, hatte ichs denn nicht erzählt? Kein Grund zur Sorge, nichts Gravierendes, nur eben manchmal so ein intensives Augenflimmern, ist noch nie was passiert.

Gut, ich tät mich nach vorn setzen, sagte Hibiscus.

Nein, nicht du, da kommen wir ja vom Regen in die Traufe. Herr Doktor Zwantler, bitteschön! Auf den verlass ich mich.

Perger stieg murrend aus, mit der Tasche in der Hand, um mit Zwantulla die Plätze zu tauschen. Ich schlief durchaus nicht, ich dachte nur nach!

Schlafdenken, ne?, höhnte der abgewiesene Hibiscus von der Rückbank.

Wer nicht schlafen kann, der stirbt also, ja?, stichelte Zwantulla, während sie sich aneinander vorbeiquetschten. Er blieb einen Moment stehen, sog die Frischluft tief ein, das tat gut, bekommt man einen klaren Kopf (aber auch die mystisch-säuselnde Ahnung war verflogen, wie so manche zuvor), u. zündete sich eine Roth-Händle an. Von wegen, wer schläft, stirbt, sowas!
Im Auto aber doch, sagte Gasser u. erklärte seinem neuen Beifahrer, der froh war, nicht mehr auf der (seinetwegen) engen Rückbank zu sitzen, die Hebelvorrichtung: Lenke im (wie gesagt unwahrscheinlichen) Fall der Fälle den Wagen wenn irgend möglich lieber quer in die Wiese als gegen einen Baum oder in die Tiefe. Kannst du dir ja denken. – Anscheinend duzte er sie jetzt alle, vormittags hatte er nur Hibiscus geduzt. *Wenn* da Wiese *ist*. Falls nicht, bloß nicht in die Gegenfahrbahn, erst recht nicht, wenn ein Laster entgegenkommt. Und nicht ins Wasser, sonst sind wir erledigt, vor allem die auf den hinteren Sitzen ... wenigstens sind wir nicht angeschnallt, sonst ... das ist übrigens der Reschensee, an dem wir jetzt entlangfahren. Wir sind fast am Ziel.
Was ist das eigentlich? Unser Ziel?
Grauen.
Was? Was? Was?
Grauen, dahinter kommt nur noch die Schweiz.
Wir fahren ins Grauen? Und hinter dem Grauen kommt noch die Schweiz? Ist das auch ein Witz, oder wie?
Was soll das, wer am Steuer sitzt, sollte durchaus nicht solche Witze machen.
Aber nein, nicht ins Grauen. Nach Graun fahren wir, so heißt das Dorf.

Graun, wie der vergessene Komponist? 1982 habe ich *Montezuma* ... und wo ist Graun?
Da links vor uns.
Links? Da ist doch der See.
Ja, Graun ist im See.
Im See? Unter Wasser?
Ja.
Was hat das zu bedeuten?
Das war jetzt ein Witz, aber kein grauer, sondern ein schwarzer, d.h. ein Witz mit einem Quäntchen ἀλητεία.
Schaut mal dahinten, erkennt ihr, was das ist?
Da hinten?
Ja.
Nein. Oder ist das nicht ... ein Kirchturm?
Ja, ein Kirchturm.
Aber er ragt ja aus dem Wasser!
So ist es. Das ist die Kirche von Graun. Da fahren wir hin.
Dr Beomte?
Moment mal, die Kirche ist im Wasser? Was soll das? Untergegangen? Ein Stausee, oder wie?
Ja, natürlich, sieht man doch. Entschloft sonft.
Was?
Dr Beomte. Entschloft sonft. Dr Religiöse?
Wie?
Muss dron glabn. Dr Zohnorzt?
Ihm wird der Zahn gezogen? Das ist leicht!
Na, hintrlot a schmerzliche Lucke. Zahn gezogen, so ein Schmarrn. – Sie fuhren auf einen Parkplatz, wo einige glühende Autos in der Nachmittagssonne standen, auch Motorräder u. ein Pritschenwagen mit Kanistern, eingequetschten Spiritusflaschen u. Holz, wohl Schnittholz von Apfelbäumen; am oberen Ende des Parkplatzes ein

Imbisswagen mit der Aufschrift *American Grill d. Gasser Paul*, darüber hinter Bäumen ein nagelneues Dorf; am unteren Ende der schöne See, darin ein Kirchturm.
Ah, die frische Luft tut gut!
Genau, man bekommt wieder einen klaren Kopf, ich hatte nämlich etwas Kopfschmerzen.
Ich auch.
Der Parkplatz war, obwohl Sonntagnachmittag, nicht sehr voll, vielleicht weil es zwar schön, aber doch sehr windig war; u. es wurde bald Abend. – Perger ließ das schwarze Täschchen, diesmal anscheinend bewusst, im Panda liegen. Hibiscus klopfte endlich die Asche aus den Händen, hustete, weil sie im Wind verwirbelte u. er sie wieder einatmete, u. wusste dann beim Anblick des aus dem Wasser ragenden Kirchturms nichts Besseres bzw Dümmeres zu tun, als ein Kreuz zu schlagen. Nur eine Muskelübung. Fehlt noch, dass er sich das Aschekreuz auf die Stirn schmiert, aber dazu ist er wieder zu blöd. Sehen Sie, sagte er zu Zwantulla, die Uhr ... sie hat keine Zeiger. Die Zeit ist ausgelaufen.
Zwantulla schaute zur bereits tief stehenden Sonne, ob auch sie auslief: ja. Eine weite Luftwüste.
Hatte sich ihr Kompass verkehrt?
Wegen des Winds gelang es kaum, sich Zigaretten anzuzünden. Am Seeufer einige Touristen u. ein Pulk italienischer Radfahrer, eine Riesenhorde, auf den 1. Blick 1000 Berserker u. Vandalen, genau genommen 8 bis 10 ältere Männer u. 1 Frau mit offenem wehendem Haar. Aus dem Pulk kam ein braungebrannter Weißhaariger herüber, hielt ihnen eine Pocketkamera hin, um die Gruppe zu fotografieren, zuerst wandte er sich an Perger, der jedoch in Gedanken versunken auf den Boden starrend, unhör-

bar murmelnd, die Finger in spastischen Übersetzmanövern laufen lassend, auch beidhändig mit 4 u. 5 trillernd, ohne Italiener oder Wind zu beachten, weiterging. Dass er seine Finger immer noch so gut koordinieren konnte, u. Zwantulla hielt sich kaum auf den Beinen!
Statt Perger nahm Gasser die Kamera, hielt die Krücken links, Zigarette im Mundwinkel, u. knipste mit der wackelnden Rechten ritsch-ratsch-klick mehrmals Fahrräder u. Italiener, allesamt braungebrannte, lebensbejahend lächelnde u. lachende ältere Herren, sowie die Frau, Tochter vermutlich oder junge Ehefrau, eine mandeläugige Schönheit mit vollem Haar, im Hintergrund der türkis leuchtende See mit dem steinernen Kirchturm.
Das wird ein scheiß Foto, flüsterte Hibiscus, dem der Wind das Wuschelhaar verwirbelte, in solchem Wind zu fotografieren, das wird total verwackelt. Fehlt noch, dass er blitzt, dann kriegen sie alle tote Augen.
?
Rote Augen! Vom Blitz! Diese alten Minoltas kann man total vergessen.
Die Italiener bedankten sich, sie plauderten noch eine Weile miteinander, der braungebrannte Weißhaarige bot Gasser einen Apfel aus der Fahrradtasche an, den dieser ablehnte, dann sagte er der Frau etwas offenbar Charmantes, sie lachte. Zwantulla verstand nicht, worum es ging. Hibiscus, der es doch hätte verstehen müssen, da er in Bologna studierte, hörte nicht hin, u. Perger erst recht nicht, absorbiert von seinen Gedankengängen u. Fingerübungen oder groggy von Alkohol u. Sonne.
Die Zigaretten brannten im Wind schnell ab. Eine Eidechse huschte über den schottrigen Parkplatz u. verschwand unter dem Laster mit Apfelholz.

Bankiers aus der Lombardei, sagte Gasser, als sie sich verabschiedet hatten, sympathische Leute.
Und die Frau?, fragte Hibiscus. Sie haben eine Frau dabei. Sieht gut aus, Augen wie ... wie ...
... wie?
... wie eine Nuss.
Haha, was interessieren dich ihre Augen? Sie ist die Reiseleiterin. Von hier, aus dem Vinschgau, sie führt die Fahrradgruppe.
Ein Glück, dass sie dabei ist, sonst wäre es eine reine Männergruppe. Solche reinen Männergruppen haben immer etwas Abstoßendes.
Ja, bleich, Haarausfall, Übergewicht.
Aber meinen Sie nicht ...
... natürlich, vielleicht eine Prostituierte, kann sein. Möglicherweise beides, Reiseleiterin *und* Prostituierte, es bietet sich an, nicht? Zwei Fliegen mit einer Klappe. Putzfrau?
Was, Putzfrau ist sie auch noch?
Drei Fliegen!
Nein, wie stirb di Putzfrau stondesgemäß?
Ach so. Hihi. Haha.
Kehrt nie wieda!
Er führte die 3 Passagiere ans steinige Ufer, wo Zwantulla, malade u. besäuselt das Bergpanorama betrachtend, einen sanft ansteigenden bewaldeten Hang u. darüber enorme schneebedeckte Gipfel, aus Versehen Hibiscus anrempelte, der zu den Italienern zurückgeschaut hatte bzw zur Frau u. jetzt genervt eine Schnute zog, die Fäuste ballte, während Zwantulla erneut ein mystisches Nu erlebte: das herrliche Gefühl im Stolpern, ins Weltall zu stürzen bzw schweben, im freien Fall völlig schwerelos, kribbeln vom Bauch durch den ganzen Körper; erst nach Ablauf der Un-

endlichkeit versuchte er seinen Körperschwerpunkt auf die andere Seite zu verlagern u. verlor über dem Geröll endgültig das Gleichgewicht, sodass er auf den arglosen Perger plumpste, der zur Seite sprang u. ihm, war das zu fassen, einen Tritt gegens Schienbein versetzte, wobei er die Finger, wie Zwantulla im Sturz sah, weiter in der Luft bewegte. Der kickte u. klimperte zugleich, wie beim Orgeln!

Und schnauzte: Mein Gott, Zwantulla, passen Sie doch auf ...

Jetzt kriegen Sie sich mal ein, maulte Hibiscus Perger an u. half Zwantulla auf, war doch halb so schlimm! Hat ers'n mit Absicht gemacht? Der ist doch gefallen wie ne Bahnschranke!

Was hast du damit zu tun, du Frettchen? Sind denn hier alle durchgedreht? Er soll aufpassen, wo er hinläuft! Absicht oder nicht, mir durchaus wurscht!

Da haben Sie Recht, wandte Hibiscus sich verärgert an Zwantulla, den er immer noch an der Hand hielt, passen Sie doch auf, Sie rennen noch jemand um! Mit Ihrem Gewicht! Wenn Sie den unter sich begraben! Wenns ein Opa ist oder so ein Hänfling, der kann sich ja den Hals brechen. Egal ob mit oder ohne Absicht!

Er ließ Zwantulla los, hob drohend die Faust, senkte sie wieder.

Mannomann!, brummte Perger, im Arsch Geröll, was? Ich überschätzte Sie wirklich ...

Er wandte ihnen den Rücken zu, schaute übers Wasser. Sein Pferdeschwanz baumelte im Wind, erinnerte Zwantulla an den Rosenkranz. Jähzornig wie ein Hahn, ist ja beängstigend. Er konnte zwar Pergers Ärger verstehen, durchaus verstehen, er hatte ihn nicht nur von den Beinen, sondern v.a. aus seinen sicherlich tiefen Gedanken gerissen, durchaus verständlich, dass er ihn schlug u. trat; aber der Hibiscus, dem mal eine Ohrfeige zu verpassen, diesem Volltrottel … würdig u. gerecht wär das … Er rappelte sich auf. Vielleicht hatte es am ungeeigneten Schuhwerk gelegen, wie gestern auf der nicht endenden Wanderung mit Kumm u. heute Morgen in der rutschigen Küche in Klamm, er brauchte geeignetes Bergschuhwerk. Dann würde alles besser werden. Warum eigentlich alle so gereizt hier, er selbst, Perger, Hibiscus, schon Kumm auf der Hütte, dieser Ungemüt … lauter Wespen … nur ihr Cicerone Gasser blieb die ganze Zeit stocklustig, er schien nicht anders zu können u. auch gar nichts mitbekommen zu haben: Dr Gemüsehandla?

?

Schaug sich die Radieslan von untn un!

Da konnten alle wieder lachen, Wahnsinn! Hihi! Haha!

Gasser hielt ihnen ein Referat über den Reschensee, d.h. Zwantulla u. Hibiscus, denn Perger hing weiter eigenen Gedanken nach, stand abseits, ließ die Finger nur noch ganz leicht zuckend den Blick übers Wasser schweifen. Zwischen den Steinchen am Ufer kraxelte ein Krebslein, ein zerbrechliches Tier. Zwantulla fiel ein, wovon er als Kind gelesen hatte (obwohl als Kind schon ungern gelesen), von einem Berg in Portugal, auf dem sich ein See befinde, in dem die Schiffswracks der Ozeane an die Oberfläche stiegen; war das denn möglich, dass ihm heute so viel einfiel, wovon er als Kind so ungern gelesen hatte; oder war es alles aus demselben Buch? Er konnte nicht weiter darüber nachdenken, denn Gasser referierte: 163 Häuser der Orte Graun u. Reschen seien hier 1949/50 überflutet worden, darunter die sehr schönen Gasthäuser *Adler* u.

Traube. Wirklich sehr schöne Gasthäuser müssen das gewesen sein! Genauer gesagt, seien die Häuser alle vor bzw während der Überflutung, nämlich während unten schon das Wasser hineinlief, in die Luft gesprengt worden. Außer, wie schwerlich zu übersehen, der Kirchturm. Der Turm blieb stehen, das Kirchenschiff wurde gesprengt. Eine alte Frau, genannt *Schwarzes Trinali*, die mit ihren Hennen in ihrem Haus in die oberen Stockwerke gezogen war, während unten das Wasser stieg u. oben die Steine der gesprengten Häuser durchs Dach schlugen, habe man mit Gewalt aus ihrem Haus geschleppt, u. zwar durchs Fenster. Dies alles für 250 Mio kWh per anno, die Elektrizität seien die 30 Silberlinge der modernen Welt. Eine Kilowattstunde habe einen höheren Wert für die Menschheit als eine Greisin mit ihren Hennen, durchaus konsequent gedacht. Nicht nur einen höheren ökonomischen, sondern auch einen höheren ästhetischen Wert, frei nach Marinetti, dem Futurismusapostel, eine Kilowattstunde ist schöner als eine Greisin. Strom um jeden Preis!
Genau, Tschernobyl.
Ganz richtig, Hibiscus, dies ist unser Tiroler Tschernobyl, ohne Verstrahlung freilich, ein porentief reiner Super-GAU. Wir vergiften nur die Täler, mit Apfelpestiziden, pfui Spinne, diese Vinschger Äpfel, da kommt einem der Brei hoch, wir überschwemmen die EWG mit giftigen Äpfeln ... der fatale Obstbau, wird immer ärger ... na, das ist ein anderes Thema. Hier oben ist der italienische Stromkonzern Montecatini dahintergesteckt, ein Projekt der Faschisten, dem der Krieg einen Strich durch die Rechnung gemacht hatte u. das dann in Friedenszeiten nachgeholt wurde! Böse Kontinuitäten, für uns gabs ja keine Stunde Null, die gibt es überhaupt nie. Stunde Null, so ein

Schmarrn. Und noch tiefer dahinter ist die Schweiz gesteckt. Die Schweiz, da hinter den Bergen! Für die ist der Strom gewesen, nicht für die Italiener. Bekanntlich behandelt keiner seine Berge so krass wie die Schweizer, sie sprengen alles in die Luft, was ihnen im Weg ist. Da könnte ich euch was erzählen, ich kannte mal einen Schweizer, sehr gebildet übrigens, aber wir nannten ihn alle nur den *Blut-Egli* ... wollt ihr wissen warum, eine grässliche Geschichte ... du würdest sie wahrscheinlich eklig nennen, Hibiscus, und nicht zu Unrecht ... aber *sehr* spannend, soll ich euch die mal erzählen ... nein, das führt zu weit, ich schweife ab. Also, die Schweizer sind hinter dem Stromprojekt gesteckt. Und leider auch die Unbildung unserer Leute, nicht nur ihre faktische Ohnmacht, sondern ihre schmähliche Unbildung: Die Grauner sind nämlich zur Abwendung ihres Untergangs nicht vor Gericht gezogen, sondern vor den Papst. Man stelle sich vor! Da sieht man, was die Frömmigkeit dem Menschen beschert, sein Haus gesprengt, sein Dorf überflutet, ja nicht mal die Gasthäuser verschont, aber aus dem Wasser ragt ein Kirchturm. Aus *Denkmalschutz*, ist nämlich ein romanischer Turm. Abbild des menschlichen Lebens! Soll man lachen oder weinen?
Weinen, hihi.
Lachen! Unbedingt lachen! Dr Fechta? Spring ibr di Kling ... Sie standen eine Weile sprachlos am See u. ließen wie der abseits gebliebene Perger den Blick übers Wasser schweifen, schließlich brach Hibiscus das Schweigen: Der See lädt zum Schwimmen ein.
O ja, sagte Gasser, ich bin ihn schon oft durchschwommen, der ganzen Länge nach, sechs Kilometer.
Was, *Sie*? *Sechs* Kilometer? Wie das?

Mit einem Schutzanzug natürlich, Neopren, das Wasser wäre sonst viel zu kalt. Wir sind hier auf 1500 Meter ... ja, wir haben unseren Frieden gemacht. Frieden mit dem Untergang. Schaut mal, seht ihr in der Ferne den Windsurfer?
Tatsächlich! In dieser Höhe! Sind ja 1500 ... aber warum nicht, Wind ist ja da ...
Ja, jede Menge Wind.
Dann verstummten sie wieder, ließen sich den Wind um die Ohren pfeifen. – Schließlich murmelte Gasser in andächtigem Ton, den man ihm, dem Witzeerzähler, nicht zugetraut hätte: *Heilig! Heilig! bist du, Gott der Grüfte! Wir verehren dich mit Graun.*
Mit Graun? Ist das auch von Ingeborg Bachmann?
Natürlich nicht. Achtet doch auf den Trochäus. Schiller.
Im Ernst?
Ja, Schiller, euer größter Landsmann. Übrigens war das mit dem Schwimmen ein Jokus. Ich hab euch auf den Arm genommen. Habt ihrs nicht gemerkt? Ich kann gar nicht schwimmen, ihr könnt euch ja wohl denken weshalb ...
Ja, entschuldigen Sie, das war nicht sensibel von uns ...
... weil ich von einem Bergbauernhof stamme, wo soll man da schwimmen lernen? Etwa im Gebirgsbach? Und selbst wenn ichs könnte, wüsst ich was Besseres mit meiner Zeit anzufangen, als Seen zu durchschwimmen. Der Sportwahn ist auch eine dieser Heimatkrankheiten, wie die Frömmigkeit, der Sportwahn hierzulande hat mit Gesundheit so viel zu tun wie unsre Frömmigkeit mit Glauben. Ein Anschlag auf die Intelligenz und die Wahrheit ... Wahrheit, was ist das ... kommt, gehn wir ein Bier trinken.
Er zeigte auf den Imbisswagen am oberen Ende des Parkplatzes. Geht schon vor, ich muss mal austreten.

Er verzog sich zu einigen im Wind schwankenden Fichten am Ufer, Zwantulla u. Hibiscus gingen allein über den Parkplatz zum *American Grill d. Gasser Paul,* denn auch Perger blieb am See, wie versteinert am Wasser; seine Finger bewegten sich gar nicht mehr, er hatte sogar Handschuhe angezogen, schien in tiefstes Denken geglitten. Die Italiener mit ihren Rädern brachen auf, die Frau nunmehr mit festgestecktem Haar voran, der braungebrannte Weißhaarige winkte ihnen zum Abschied. Aber, sagte der zurückwinkende Hibiscus, was ist mit den Zeigern?
?
Die Zeiger, er hat gesagt, der Turm ist aus Denkmalschutz stehengeblieben, aber *wieso haben sie die Zeiger abgenommen?* Als Zwantulla auf seine Frage nicht einging, redete er weiter: ... der Krüppel lügt uns sowieso die Hucke voll ... dass sich die Balken in den Augen biegen, hihi ... den See durchschwommen, dass ich nicht lache, er hat selbst zugegeben, dass es gelogen war ... vielleicht wäre es sogar möglich mit einem Bein, ich will nichts sagen, vielleicht war es ja sogar gelogen, dass es ein Witz war, und er kann doch schwimmen ... im Ernst, ist ja nicht zum Lachen, sondern zum Kotzen, ich kenne keinen einzigen Italiener, der eine Kirche überfluten täte, vor allem so eine alte, das gibts gar nicht ... und *Schwarzes Tribunal* ... *Gott der Grüfte* ... Literatur ist nicht so meins, aber für dumm verkaufen lass ich mich nicht, denn so viel weiß ich aus der Schule, das ist garantiert nicht von Goethe!
Schiller.
Meinetwegen Schiller, aber das war doch auch gelogen, *Gott der Grüfte* ... glaub ich nie und nimmer, dass Schil-

ler mal hier oben an diesem See war, der meint wohl, er kann uns alles erzählen ... nicht mit mir ... nur mit den Schweizern hat er Recht, die sind schlimmer als die Franzosen.

Zwantulla hatte die ganze Zeit, auch als er antwortete, kaum hingehört, er suchte die
zarte
schimmernde Stimmung der
Gnade
die er zuvor
im Panda
gespürt
bzw empfunden hatte, fand sie jedoch nicht wieder, stattdessen nur die ausgelaufene Abendsonne u. die Luftwüste u. mittendrin sich selbst u. an seiner Seite Hibiscus, der jetzt die Kurve kratzte: ... abgesehen davon, von diesen ganzen ekligen Lügen, wen interessiert es schon, wenn irgendein beknacktes Dorf untergeht? Danach kräht kein Hahn. Es sind schon Städte untergegangen, und kein Hahn hat danach gekräht ... gesetzt den Fall, ein Meteorit tät in die Erde einschlagen ...

Schlüge ein.

... nein, er ist ja noch nicht eingeschlagen, aber gesetzt den Fall, er *täte* einschlagen und täte die ganze Erde in Brand setzen, das hätte vom Weltall aus betrachtet überhaupt keine Bedeutung, unser kleiner Planet, das merkt nicht mal der Nachbarplanet ... und so ein Bergdorf erstmal, ob das nun im See verschwindet oder nicht ... ob da irgendein einzelner Turm rausguckt oder nicht ... und dieses Dorf da oben, da tät ich am liebsten selbst einen Kometen reinschmeißen!

Was bist du nur für ein Arschloch.

Hibiscus blieb stehen u. sah Zwantulla entgeistert an, dann stieß er hervor: Pass auf, alter Sack!, machte einen Schritt auf ihn zu, aber statt auf ihn loszugehen, fasste er ihn überraschend sanft an der Schulter u. sagte: Krieg dich mal ein, ich lad dich zu einem Bier ein ... hat doch alles keinen Sinn, wo kommen wir da hin.
Was sollte das, waren sie jetzt aller per Du? Ach nein, er hatte ja angefangen mit dem Du, er ließ es geschehen. Wo kommen wir da hin. Er wäre besser zuhause geblieben.
Am *American Grill d. Gasser Paul* stand ein einziger Gast, ein Kerl wie ein Baumstamm bzw Schrank, mit Haaren bis auf die Schultern, jedoch strähnig, schütterer noch als Pergers Zopf u. vom Wind zerzaust; das kragenlose Hemd hing ihm über die Hose. Er schien kein Einheimischer zu sein, er trank Wasser, der Arme. Und rauchte Pfeife, eine Pfeife aus dunkel gemasertem Holz mit gebogenem Holm; ziemlich edel sah die aus, im Gegensatz zu seinem sonstigen Aufzug.
Müsst ihr noch Auto fahren?, fragte der Mann im Imbisswagen, vermutlich Paul Gasser, misstrauisch, als er sah, wie Zwantulla u. Hibiscus sich auf die Ablage stützten (wegen des Windes); doch als sie antworteten, dass sie einen einheimischen Fahrer dabeihätten, händigte er ihnen umstandslos 2 Dosen *Forst*-Bier aus.
Endlich mal etwas anderes als Wein!
Ja, dieser Wein hängt mir langsam zum Hals heraus. Um ehrlich zu sein, Wein ist sowieso nicht meins.
Beim Trinken betrachtete Zwantulla die Dose: wundersam goldgelb, mit einer weißen Krone wie das Bier selbst, eine eierförmige Sonne ging darüber auf, die im Herzen schwarz war u. über der der Name des Biers grün ver-

brannte, dabei wuchs im O ein ganzer Nadelwald; gar nicht krank sah der aus, von wegen Waldsterben, sondern gesund u. prächtig; diese Dose machte ihn schwindeln, das schwarze Herz im Sonnen-Ei, der verborgene gesunde Wald ... eine Dose, die den Verstand übersteigt ... Im Imbisswagen ein Kofferradio mit volkstümlicher Musik, sehr leise, fast sphärisch. Angsteinflößend laut! Zwantulla erinnerte sich plötzlich an ein Kofferradio, in dem verrauschter Beethoven lief, der Boogie-Woogie aus opus 111; es stand auf dem Küchentisch im zwölften Stock eines weißen Hochhauses in W-Berlin, zwischen einem Band Cocteau und einem zerfledderten *Doktor Faustus* (hatte er nie gelesen, diesen Mist), in der Wohnung eines morgens schon bekifften, erzkonservativen Hippies, Sekretärs im *Bund Freiheit der Wissenschaft*; Bolleit hatte Zwantulla dorthin gebracht, vor zehn oder zwölf Jahren, um sich einen toten Blauwal anzusehen, der eines Morgens auf der Mittelinsel des Rathenauplatzes gelegen hatte und dessen Hinterteil auf die Straße ragte, sodass die Fluke die Zufahrt vom Grunewald Richtung Stadtautobahn/ICC versperrte. Weil man zum Platz nicht mehr durchkam, hatte Bolleit ihn durch eine Seitenstraße zu diesem Bekannten geführt. Sie tranken schalen Kaffee und schauten auf den Walkadaver hinab, der von Polizei, Feuerwehr, Presse und weiter weg Hunderten Schaulustigen umringt war. Er wirkte kleiner, als Zwantulla sich einen Wal vorgestellt hatte. – Später war auch das Haus geräumt worden, weil man befürchtete, der tote Wal könnte durch Verwesungsgase explodieren; was zum Glück nicht geschah. Woher der Wal gekommen war und wie er überhaupt durch die DDR und auf den Rathenauplatz gelangt war, ließ sich nicht aufklären; der Kadaver wurde zerteilt und in der

Kremierungsanlage Spandau verbrannt, das Interesse an der Geschichte ebbte allmählich ab, weil nichts herauskam, die Sache blieb nur als lokale Anekdote in Erinnerung.
Auch Hähnchen?
?
Mögt ihr auch Hähnchen, ich hab heut Hähnchen am Grill. Schaut, da stecken sie.
Sie schauten die sich drehenden Grillhähnchen an u. dankten, sehen fabelhaft aus, so ... gegrillt, wir fahren aber wohl noch zum Abendessen, was? Was hat unser Cicerone eigentlich vor, weißt du das?
Wir könnten vielleicht eins teilen.
Gute Idee, jeder einen Schenkel, ehrlich gesagt hab ich Mordshunger.
Sie verschlangen das Hähnchen, bzw Zwantulla schlang, Hibiscus verspeiste den Schenkel mit Messer u. Gabel (aus Plastik), dazu tranken sie gierig bzw gesittet ihr *Forst*. Das Bier tut gut, nicht?
Etwas wässrig ist es allerdings. Erinnert an schalen Kaffee.
Wieso Kaffee? *Mais*, hihi, das ist Mais.
Im Bier?
Maisgritz, steht doch drauf. Lies das Kleingedruckte.
Igitt.
Sprecht nicht schlecht übers Wasser.
?
Der wassertrinkende Hüne hatte das gesagt. Er hob sein Glas, als wollte er ihnen zuprosten. Wisst ihr, wie gut das Wasser hierzulande schmeckt?
Nein, noch nicht probiert.
Es schmeckt ausgezeichnet. Man kann es nicht mit dem

Wasser anderswo vergleichen, es ist einzigartig. Mit dem Wasser anderswo hat es rein gar nichts zu tun, am wenigsten mit dem Wasser, das in der Stadt aus dem Hahn kommt.

Aus dem Hahn?

Ja. Hierzulande schmeckt das Leitungswasser wie das reinste Quellwasser.

Na, trinken würde ich es nicht gerade, aber (er schaute das Wasserglas an) ich muss zugeben, dass es wirklich sehr schön aussieht. Tatsächlich, es war kristallklar, es schien sogar zu schimmern, er hatte nie darauf geachtet, wie schön dieses Wasser war.

Woher kommt ihr?

West-Berlin. Bologna. Und Sie? Sind von hier? Heißen Sie auch Paul Gasser?

Der Wassertrinker u. der Imbiss-Gasser lachten. Har har! Hoho! Aber nein, das hört man doch, dass er nicht von hier ist!

Nennt mich Ivo.

Ivo? Aus dem Ostblock?

Nein, har har, aus Kärnten.

Wie, Sie sind Schweizer?

Aber nein, Hibiscus, das ist doch in Österreich. Wie kann man nur Österreich und die Schweiz verwechseln? Aber sagen Sie mal, Kärnten ... ist das nicht schlimm?

Wieso?

Was man so hört.

Nein, schlimm ist es nur, wenn die Deutschen einfallen. Nichts gegen euch persönlich, ihr seid in Ordnung, aber die Deutschen im Allgemeinen ...

Da haben Sie allerdings Recht. Gut ... Ivo also, und wie weiter? Mein Name ist Werner Zwantulla.

Koffin, aber Ivo reicht. Freut mich. Er nahm die Pfeife in die linke u. reichte Zwantulla die rechte Hand, an der, wie Zwantulla jetzt sah, nur 3 Finger waren, Zeige- u. Mittelfinger fehlten; ihm fiel der lange grüne Kratzer ein, den er vormittags am Berg gesehen hatte, die freigeschnittene Skifahrerschneise. Dann gab Ivo Koffin dem (wegen des Maisbiers?) immer beduselter wirkenden Hibiscus die Hand, Zwantulla schaute unauffällig hin, aber Hibiscus schien nicht aufzufallen, dass er eine Hand mit 3 Fingern schüttelte.
Ich nenne übrigens Südtirol trotzdem *mein Land*, fuhr Ivo Koffin fort, ich bin der Liebe wegen hergekommen, aber das ist lang her. Es ist mir zur Heimat geworden (zumindest hab ich das geglaubt). Mein halbes Leben lebe ich schon hier, zwanzig Jahre.
Das heißt, wenn er nicht gerade durch die Weltgeschichte reist, sagte der Imbiss-Gasser. Du musst acht bis zehn Jahre abrechnen, würd ich sagen. Grad hat er mir von Tansania erzählt.
Tansania? Ist da nicht Krieg?
Nein, sagte Ivo Koffin. Ihr meint eventuell Namibia.
Das kann sein.
Aber dort ist auch kein Krieg mehr.
Nicht? Und wie ist es dort?
In Namibia?
Nein, in Tansania.
Sehr schön. Und unser Land? Wie gefällt euch das?
Schön, vor allem ... vor allem ...
Was?
... na, die ... gibts doch nicht, jetzt hab ich glatt das Wort vergessen ... es liegt mir auf der Zunge ...
... die Hähnchen?

Nein, doch nicht die Hähnchen. Wieso denn Hähnchen. Die *Berge*, wollte ich sagen, ich meinte die Berge. Wie konnte mir nur dieses Wort entfallen.
Gräm dich nicht, kommt in den besten Familien vor. O ja, die Berge, die sind sehr schön. Ivo Koffin hatte das Wasserglas abgestellt u. die Pfeife wieder zwischen Ring- u. kleinen Finger gesteckt.
Hibiscus, der endlich mit dem Essen fertig war, legte sein Plastikbesteck ordentlich auf den Teller u. zog eine Packung Nüsse aus der Tasche: Möchtet ihr?
Sind das etwa Paranüsse?, fragte Ivo Koffin.
Ja, möchten Sie auch? Greifen Sie ruhig zu.
Bloß nicht. Da geh ich lieber mit dem Geigerzähler drüber. Er nahm einen Schluck Wasser, zog an der Pfeife. Sowieso faste ich heute.
? (Seltsamer Typ. Dieses Pfeifengeschmauche bzw -genuckel, wie ein Pfarrer bzw siebengescheiter Teenager, altfränkisch-existenzphilosophische Marotte, nie verstanden, was das soll.)
Seid ihr wegen der Feuer hier?, wechselte Ivo das Thema.
Welche Feuer?
Na, heute Nacht ... schau mal, Paul, sagte er dann zum Imbiss-Gasser u. deutete mit der Pfeife in die Luft, über Schöneben der Hubschrauber. Schon wieder! Die Wanderer sind heuer alle vom Leichtsinn infiziert.
Ja, diese Wanderer, hihi, am schlimmsten sind die Franzosen ...
Wir sehen diesen Hubschrauber immer wieder, sagte Zwantulla mit Nüssen im Mund, aber ist es überhaupt immer derselbe?
Nein, natürlich nicht. Es sind mehrere. Ein Rettungshubschrauber darf nämlich keine Leichen transportieren. Ist

ein Verunglückter tot, dann fliegt der Rettungshubschrauber fort, und es kommt der Leichenhubschrauber.
Viele Verunglückte heuer, ergänzte der Imbiss-Gasser, die Menschen werden immer leichtsinniger.
Ist es nicht gefährlich bei diesem Wind?
Wandern?
Nein, im Hubschrauber fliegen.
Aber nein, sagte der Imbiss-Gasser, dafür ist er doch da.
Auf einmal strahlte er übers ganze Gesicht: Na schaut mal an, hoher Besuch!
Paul, rief Koffin, alter Donnerer!
Ihr Cicerone Paul Gasser kam ihnen endlich nach: Du im heiligen Land Tirol!, rief er erfreut, nahm beide Krücken in die Linke u. umarmte Koffin: Wie, nicht auf Weltreise?
Nein ... das heißt in gewisser Weise doch, wie mans nimmt.
Was ist denn das für ein Haufen Knochen? Ihr habt ein Hähnchen gegessen? Wir fahren doch noch abendessen ... aber mir ein Forst, ja, das schon. Ein Bier tut jetzt gut. Koffin ließ sich das Wasserglas nachfüllen.
Gesundheit! Gesundheit! Habt ihr euch schon bekanntgemacht? Doktor Zwantler, bekannter Musikkritiker aus West-Berlin ... Hibiscus, Sohn meines alten Freundes Habakuk Kumm ... dann haben wir noch einen weltberühmten Pianisten dabei, Georg Berger, der ist am See geblieben ... und dies ist mein alter Freund Ivo Koffin, waschechter Tiroler honoris causa ... Gauloiserauchend bzw pfeifeschmauchend verwickelten Gasser u. Koffin sich in ein Gespräch, schlugen sich die Namen aller möglichen Leute u. Orte um die Ohren; es ging so schnell u. Koffin schien dermaßen naturalisiert, d. h. sprach wie Gasser in rasendem Tiroler Dialekt (oder was Zwantulla dafür hielt), dass kaum mitzukommen war; was Zwantulla aber

doch nach u. nach verstand, war, dass Gasser-der-Cicerone u. Ivo Koffin sich von diversen Kulturangelegenheiten kannten, Koffin schien seinerzeit auch mit den *Pyrenäen* zu tun gehabt zu haben, sie sprachen über gemeinsame cineastische Fahrten nach Innsbruck, Mailand, Wien, über Ausstellungs- u. Museumsbesuche im KHM, der Albertina, der Pinakothek Brera ... v. a. aber die schöne, schöne Literatur. Ah! Ivo habe, sagte Gasser zu den anderen, noch viel weitergespannte literarische Interessen als er selbst (har har, du meinst wohl wahllosere, Paul), im Ernst, er hat ein Faible auch für *einschlägige Literatur*, die mir ein Buch mit sieben Siegeln ist. Zwantulla fragte sich, was das zu bedeuten hatte, wollte er damit sagen, dass Koffin ein Pornodealer oder dgl war? Oder meinte er etwas anderes? Eventuell Lyrik? Dann schien es, wieder schwer verständlich, um Watten zu gehen sowie Würste, *ganze Würste* (oder *Ganz-* oder gar *Ganswürste*?), vielleicht hatte Zwantulla etwas missverstanden; schließlich ging es um Koffins Weltenbummelei, jedes Jahr monatelang in fernen Ländern, sie sprachen von Mexiko, Bolivien, Indien, Papua-Neuguinea. Donnerwetter. Zwantulla war es immer großartig vorgekommen, einmal in Mexiko gewesen zu sein (wo er die Uraufführung eines Werks von Zaubitzer, der *Gefiederten Schlange*, im Palacio de Bellas Artes besucht u. sich danach einige Tage auf der Isla Mujeres mit 2 amerikanischen Studentinnen vergnügt hatte), aber Koffin schien als Reisender aus anderem Holz geschnitzt; schließlich kamen sie darauf, warum Koffin sich auch jetzt *in gewisser Weise, wie mans nimmt* auf Weltreise befinde: Seine hiesige Frau hatte ihn heute früh vor die Tür gesetzt. Der Imbiss-Gasser nickte wissend, Koffin hatte ihm anscheinend schon alles erzählt, Gasser-dem-Ciceronen klappte aber die Kinnlade herunter. Das ist ja ein richtiger Schicksalsschlag, Ivo ... und da stehst du so gelassen und unerschütterlich, du warst immer ein Jünger Epikurs, trotzdem ...

Har har, aus Epikur mach ich mir nichts, ich glaub eher an den Philosophen Eukalyptos, von dem die einschlägige Literatur berichtet.

Eukalyptos? Was schreibt der?

Der Mensch ist Herr über alle Geschöpfe, über Tiere, Fische und Vögel. Und was sein Wille erstrebt, das erreicht er.

Wo er Recht hat, hat er Recht ... puh, Wille. – Gasser-der-Cicerone forderte Koffin auf, alles zu erzählen, nicht über Eukalyptos, sondern über den Schicksalsschlag, der ihn getroffen habe. Da hub Ivo Koffin zu einem Sermon an, der Zwantulla zu diesem Zeitpunkt, an diesem Ort, in diesem Zustand zu viel war, aber was soll man tun? Um Hibiscus stand es noch viel schlimmer, der starrte seit geraumer Zeit nur noch Löcher in die Luft, denkt wohl über Eukalyptos nach.

Lost!

?

Sprich hochdeutsch, Ivo. Denk an unsere Gäste. Sie sind aus Deutschland, *lost* verstehen sie nicht.

Gut. Hört zu! Nachdem meine Frau mich heute Morgen vor die Tür gesetzt hat, habe ich gespürt, dass ein besonderer Tag ist.

Naja, ist wohl ein besonderer Tag, wenn einen die Frau rauswirft.

Nein, das ist doch nichts Besonderes, jeden Tag werden tausende und tausende Männer von ihren Frauen rausgeworfen. Ich meine etwas anderes. Hört zu! Ich bin zu meinem Wagen gegangen (er zeigte auf einen geräumigen braunen Mercedes-Kombi, der neben dem Imbiss stand), aber bevor ich eingestiegen bin, habe ich noch einen Blick über die Berge geworfen, wo eben die Sonne aufgegangen ist. Und da habe ich auf einer Lärche eine Eule sitzen sehen.

Eine Eule hat eine Lerche gefangen?

Nein, eine Lärche mit ä, und die Eule ist daraufgesessen, auf einem Lärchenast. Notabene: in hellem Tageslicht, direkt vor unserem Haus. Das ist doch schon mal etwas Besonderes.

Wohl wahr. Aber warum hat sie dich eigentlich rausgeworfen?

Meine Frau?

Wer sonst, etwa die Eule? Natürlich deine Frau.

Ach, da ist einiges zusammengekommen.

Ich verstehe. Ja, ihr habt euch eigentlich immer schon angekotzt, seit wir uns kennen.

Übertreib nicht. Wir haben uns eigentlich immer recht ordentlich verstanden, jeder hat dem anderen seine Freiheit gelassen. Es hat auch keinen besonderen Grund gegeben. Wir sind beide frühzeitig auf gewesen, wie meistens, auch wenn es bei Kafka heißt, *das frühe Aufstehen macht einen ganz blödsinnig, der Mensch muss seinen Schlaf haben ...*

So ein Schmarrn, Kafka hin oder her, der frühe Vogel fängt den Wurm, da beißt die Maus keinen Faden ab, nicht, Zwantler? Ist natürlich von Vorteil, wenn man mit drei bis vier Stunden Schlaf auskommt. Wir sind selbst in aller Herrgottsfrühe aufgebrochen, sonst wären wir nie so weit gekommen.

Tja, Kafka hat viel geschrieben, wenn der Tag lang gewesen ist. Am schlimmsten, wenn er früh aufgestanden ist.

Trotzdem, nichts gegen Kafka. Zugegeben, ein Eukalyptos war er nicht. Aber selbst im mir liebsten aller Bücher heißt es: *Das Schlimmste vom Tage ist immer die Frühe.* Nein, das ist nicht Kafka, auch nicht Eukalyptos, vielleicht komme ich später noch darauf zu sprechen, vorerst tut es nichts zur Sache … aber ich habe diese Abschweifung selbst verschuldet, eigentlich ging es mir nur darum, dass wir heute frühzeitig aufgestanden sind, ich habe oder besser gesagt hätte einiges zu erledigen gehabt. Aber dann sind wir noch vor Sonnenaufgang in Streit geraten. Ihr kennt das …

Einer dieser Tage?

Gut gesagt. Eins kommt zum anderen, man weiß gar nicht, worum es eigentlich am Anfang gegangen ist, auf einmal sagt man etwas, von dem man schon, während man es sagt, weiß, dass man es besser nicht sagen würde; und gleich darauf *hat* man etwas gesagt, was man besser nicht gesagt *hätte*. Dann kann man pfeifen auf Musil, es ist nichts mehr mit Wirklichkeitssinn und Möglichkeitssinn, dann ist inzwischen die Sonne aufgegangen und es gibt nur noch den *Unmöglichkeitssinn*.

Einer dieser Tage, du hast Recht …

Verdammter Unmöglichkeitssinn!

Verdammte selbstverschuldete Abschweifung … ich hab eigentlich auf ganz etwas anderes hinausgewollt. Die Eule auf der Lärche. Hört zu! Also, erstens die Eule, wie gesagt. Ist einfach bei hellem Tageslicht auf diesem Lärchenast gesessen. Dann bin ich, weil ich nun ohnehin schon draußen gewesen bin, zu einem nahegelegenen Bauernhof gefahren, wo ich etwas abzuholen gehabt habe.

Was denn?

Einen Kalbskopf.

Ah!
Gut gesagt.
Wie bereitest du ihn zu? Sauer oder gebacken?
Sauer, in warmer Fleischsuppe. Aber darum geht es nicht. Hört zu! Ich bin erst ein bisschen ziellos durch die Gegend gefahren, erstens weil ich den Rauswurf verdauen gemusst hab und mir den Unmöglichkeitssinn vom Leib schütteln, und zweitens wegen dieser Eule, über die ich mich so gewundert hab. Es ist dann schon mitten am Vormittag gewesen, als ich an dem Bauernhof, wo ich etwas (den Kalbskopf) abzuholen gehabt habe, angelangt bin, und wie ich eben ausgestiegen bin, hab ich eine Nachtigall singen gehört.
Es war die Nachtigall und nicht die Lärche!
Haha! Nachtigall, ick hör dir trapsen.
Har har. *Schône sanc diu nahtegal*, wie es in Walther von der Vogelweides Gedicht *Unter den Linden* heißt.
Was, Walther von der Vogelweide hat ein Gedicht *Unter den Linden* geschrieben?
Nicht zu verwechseln mit dem *Lindenbaum* von Schubert!
Ah! Die *Winterreise*!
Der.
Was?
Der Linden, das Gedicht heißt *Unter der Linden*. Aber du hast Recht, Walther von der Vogelweide war ein Südtiroler.
Das weiß jedes Kind. Aber darum geht es nicht. Lenkt mich nicht ab. Hört zu! Notabene: Erst habe ich eine Eule in der Morgensonne sitzen sehen, und dann habe ich eine Nachtigall am hellen Tag singen hören.
Also eine Tagtigall, hoho. (Wahnsinn, hierzulande ist sogar der Imbissmann geistreich.)

Ja, aber jetzt unterbrecht mich nicht andauernd. Das ist ein Monolog, kein Multilog.
Multilog kann man nicht sagen. Wenn überhaupt, dann Polylog, aber Multilog, das ist Lateinisch und Griechisch durcheinandergemischt.
Na und, man sagt doch auch Automobil.
Genau, ein Hendiadyoin.
Nein, Zwantler, ein Hendiadyoin ist etwas anderes. Was ist eigentlich mit dir los, Hibiscus? Weißt *du*, was ein Hendiadyoin ist? Ich verrats dir, ein Hähnchen durch zwei geteilt. Warum sagst du eigentlich gar nichts mehr?
Hih… (Der pfeift ja aus dem letzten Loch.)
Lenkt mich nicht ab. Hier geht es um etwas anderes. Hört zu! Nachdem ich diese beiden Dinge erlebt habe, erst die Eule, dann die Nachtigall, die eine Tagtigall gewesen ist, bin ich ins Grübeln gekommen, ob der Philosoph Eukalyptos möglicherweise Unrecht gehabt hat, als er geschrieben hat, dass der Mensch die Tiere beherrsche, wie der Onkel gern seinen Neffen vorliest, und ich habe mich gefragt, ob ich möglicherweise spinne. Ich habe mich gefragt, ob es möglicherweise nicht am Unmöglichkeitssinn liegt, sondern an meiner Entgiftung. Ich entgifte meinen Körper nämlich gerade, faste, trinke nur Wasser. Allein aufs Pfeifeschmauchen verzichte ich nicht, ein Laster muss auch der gesunde Mensch haben. Ich habe mich also gefragt, ob die Entgiftung mich vergiftet hat und ich deswegen spinne. Ich faste häufig zwischen zwei Reisen, es ist also eigentlich nichts Besonderes, aber wer weiß.
Genau, es gibt mehr Dinge zwischen Himmel und Erde, als unsere Schulweisheit sich träumen lässt.
Du sagst es, Zwantler.

Verdammte Schulweisheit!
Ganz genau, aber hört weiter zu. Ich habe also beschlossen, ein bissl mit dem Auto (er zeigte wieder auf den braunen Kombi) durch die Gegend zu fahren und dabei penibel darauf zu achten, ob ich spinne. Meine Erfahrung ist nämlich, dass man nie so deutlich spürt, ob man spinnt, wie auf einer längeren Autofahrt. Ich bin also den ganzen Tag durch die Gegend gefahren.
Allein?
Ja. Den ganzen Tag, immer wohin die Räder gerollt sind. Auf der Brennerautobahn, immer an unseren schönen rostigen Leitplanken entlang. Dann ab von den Hauptstrecken, hinauf in ein einsames, schattiges Bergdorf. Aber auch da bin ich nicht ausgestiegen, sondern gewendet und wieder runtergefahren. Heran an Bergbauernhöfe, weg von Bergbauernhöfen, egal ob ein Hund gebellt hat oder nicht. Und wieder ins Tal und die Landstraße entlang und durch Dörfer, vorbei an Kapellen, vorbei an Volksfesten, vorbei an Gasthäusern ... und schließlich immer geradeaus ... *wenn man stur geradeaus fährt, muss man ja irgendwo landen*, wie es in der einschlägigen Literatur heißt. Nur einmal hab ich angehalten, um an einem Brunnen Wasser zu trinken, und dann noch einmal, um eine Anhalterin mitzunehmen, eine Studentin aus Trient, die nach Meran gewollt hat, war das eine Schönheit, lockiges blondes Haar wie eine Florentinerin auf einem Bild von Botticelli (Flackern in Hibiscus' Augen), ich hab ihren großen Tramperrucksack in den Kofferraum gepackt, wo noch der Kalbskopf gelegen ist, den ich schon fast vergessen gehabt hab, und dann bin ich noch einmal angehalten, um sie herauszulassen (Flackern erlosch), an der Pferderennbahn von Meran, wo sie hingewollt hat, weil sie dort

einen Freund treffen wollte, ich bin eigens nach Meran hineingefahren, um sie dorthin zu bringen, aber auch da bin ich nicht ausgestiegen, sondern hab sie aussteigen lassen und bin wieder aus Meran hinausgefahren und weitergefahren, einfach wohin die Räder gerollt sind … in die entgegengesetzte Richtung, bis Toblach, wo dieses schaurigschöne Grandhotel steht, in dem Gustav Mahler geurlaubt hat und wo sie jetzt auch Konzerte veranstalten, dort hab ich überlegt, ob ich weiterfahr in die Dolomiten hinein (ihr wisst, dass man dort überall versteinerte Muscheln und Meeresbewohner findet, weil sie in der Vorzeit in einem tropischen Meer voller Vulkane und Atolle gelegen sind? Magisch, sich vorzustellen, welche gigantischen Urtiere einst über diesen Gipfeln geschwommen sind … aber das wird mein Freund, euer Cicerone, euch ja alles erzählt haben), ob ich also weiterfahr nach Cortina d'Ampezzo oder sogar noch weiter bis nach Venetien und möglicherweise Venedig, wo ich gute Freunde habe, die in der Nähe vom Arsenal wohnen, in einem schönen, wenn auch verfallenen Admiralspalazzo, der früher mal rot gewesen sein muss, erdbeerrot, eigentlich habe ich überall Freunde, aber dann hab ichs mir anders überlegt und bin nicht in die Dolomiten gefahren, sondern wieder umgewendet, ich weiß nicht zum wievieltsten Mal heute, und wieder in die entgegengesetzte Richtung gefahren, weiter, immer weiter. Stur geradeaus.
Gar nicht mehr angehalten? Nicht mal kurz?
Kein Anhalten, kein Luftschöpfen. Nicht mal das Fenster geöffnet.
Nicht mal Radio gehört?
Kein Radio, bloß keine Nachrichten.

Aber Kassetten?
Ja, Kassetten natürlich schon. Eine Bob-Dylan-Kassette nach der anderen. Aber nicht angehalten, nicht das Fenster geöffnet, sondern immer weiter, bis ich am Reschensee gelandet und ausgestiegen bin, weil ich solchen Durst gehabt hab. Tja, und alles Weitere wisst ihr.
Ja, dann haben Sie uns getroffen. Aber sagen Sie, wirklich den ganzen Tag allein in diesem riesigen Auto? Ich kann das gar nicht fassen. Abgesehen von der Studentin, meine ich ... und Bob Dylan ... ist das nicht furchtbar? Gruselig? Fängt man da nicht automatisch an, Gespenster zu sehen?
Nein, überhaupt nicht. Es ist an sich sehr beruhigend. Kommt man mal zum Nachdenken. Je länger ich herumgefahren bin, desto fremder ist mir nämlich meine Frau vorgekommen, trotz der zwanzig Jahre, oder gerade deswegen. Wir haben uns, wie du weißt, Paul, immer alle Freiheit gelassen, wir haben ja keine Kinder, ich bin immer einige Monate daheim gewesen, dann bin ich einige Monate auf Reisen gegangen, sie ist immer daheim geblieben und hat ihre Bilder gemalt. Ich habe sie am Anfang sogar mitnehmen wollen, aber das hat sie nie gewollt. Und dann bin ich immer wieder zurückgekommen, und es ist immer alles gut so gewesen. Aber wie ich heute rumgefahren bin, habe ich gemerkt, dass sie mir in Wahrheit jedesmal fremder geworden ist, ohne dass ich es gemerkt habe. Ich habe mich bei ihr schon lange nicht mehr zuhause gefühlt, ohne dass ich es mir eingestanden hab. Zuhause fühle ich mich nur in der Ferne, in der Fremde, in jedem unbekannten Land, in das ich reise. Dagegen dieses Land, in das ich vor zwanzig Jahren gekommen bin, der Liebe wegen, und das mir zur Heimat geworden ist ... heute ist

mir, wie ich den ganzen Tag rumgefahren bin, bewusst geworden, wie fremd mir dieses Land geworden ist, je länger ich gefahren bin, desto fremder. Also habe ich die Heimat angesehen wie eine Fremde.
Puh.
Aber dann hättest du dich doch wiederum zuhause fühlen müssen? Wenn dir alles fremd war?
Wirtshausphilosophie, lass deine Sophistereien, Paul! Zum Wohl, trinkt nur ... nein, ich bleib beim Wasser ... also, um meinen Gedanken fortzuspinnen: ich fühle mich nur in der Ferne zuhause, und natürlich in Büchern.
Ah! Bücher! Gesundheit!
Gewisse Bücher sind immer mit mir unterwegs. Zum Beispiel denke ich immer, wenn ich lange auf Landstraßen unterwegs bin, an das Buch *20 000 Meilen unter einem Wohnwagen. Lebenserinnerungen einer alten Wanze,* das aus der einschlägigen Literatur bekannt ist. Ich habe natürlich auch, weil ich immer wieder an die Eule und die Nachtigall denken gemusst hab, an *Die Amsel* von Robert Musil denken müssen. Aber dieser Gedanke hat mich auch nicht weitergebracht.
Nein, Musil bringt einen nie weiter. Ist auch ein miserabler Stilist.
Genau. Deshalb habe ich lieber an mein Lieblingsbuch gedacht, übrigens ebenfalls von einem Kärntner (denn Musil war ein Kärntner, wie jeder weiß), oder genauer gesagt, von einer Kärntner*in.*
Ingeborg Bachmann!
Bei diesem Namen wachte Hibiscus aus seiner Apathie auf, wenn auch bloß um zusammenzuzucken: *Bachmann?* Die in Venedig von einem Eichenstamm erschlagen wurde?

Nein, nicht Bachmann. Christine Lavant.
Die wurde von einem Eichenstamm erschlagen? Aber wer ist sie überhaupt?
Nein, von einem Schlaganfall ... ich meine, sie ist an einem Schlaganfall gestorben. Nichts Besonderes. Was ich sagen wollte, ist, dass die Lavant diejenige Kärntnerin ist, von der mein Lieblingsbuch stammt. Mein Vademecum, aber alles im Kopf. Es heißt *Das Kind*, kennt ihr es?
Gasser-der-Cicerone kannte das Vademecum natürlich, hatte offenbar schon häufig mit Koffin darüber gesprochen, aber der Imbiss-Gasser u. Zwantulla hatten noch nie davon gehört.
Das ist kein Wunder, sie ist nur in Kärnten und Großbritannien berühmt. In Kärnten und Großbritannien kennt sie allerdings jeder Mensch, auch der Bauarbeiter und die Fabrikarbeiterin. Fragt nur, wenn ihr da seid. Bob Dylan hören und dabei an Lavant denken, die ideale Kombination. Nanu, was ist denn mit dir, warum schaust du so bestürzt?
Hibiscus war komplett von der Rolle: Ein Buch über ein Kind?!? Wieso'n das?!?
Na, ihr wisst doch, was man über Kinder sagt.
Dass in ihnen die einzige Unsterblichkeit liegt, wie Brahms gesagt hat? (Keine Ahnung, wieso er jetzt noch Brahms ins Spiel brachte, irgendwie war ihm das eingefallen.)
Har har, Brahms, *dieser Musiker der Unbefriedigten, speziell der Frau*, wie es bei einer gewissen steirischen Schriftstellerin heißt ... nein, das meine ich nicht.
Sondern?
Dass sie Betrunkenen ähneln.
Weil sie einen Schutzengel haben?

Nein, das Kind und der Betrunkene ähneln einander, weil sie die Wahrheit verkünden. Den Unmündigen wird es offenbar werden, wie die Lavant schreibt.
Wie, das ist von der Lavant? Aber ... was ist Wahrheit?
Wahrscheinlich ist die Ewigkeit in der Nacht noch größer wie bei Tag ...
Warum?
... weil da ja auch die Geister alle drin Platz haben müssen.
Was?
Schreibt die Lavant. Im *Kind*. Daran habe ich während meiner Fahrt denken müssen. Zugegeben, nicht Wahrheit, sondern Wahrscheinlichkeit, dem Kind und dem Betrunkenen wird die Wahrscheinlichkeit offenbar, und sie verkünden das Offenbare ...
Siehst du, Ivo, wie ichs gesagt habe, allein in so einem riesigen Auto, und dann den ganzen Tag nichts essen und trinken, außer Wasser, was alles nur noch schlimmer macht (Wasser auf nüchternen Magen!), da fängt man schon bei Tag an, Gespenster zu sehen. Weißt du was, fahr mit uns gemeinsam zum Abendessen. Du steigst in dein Auto und fährst uns einfach nach, wie wär das?
Aber Ivo Koffin lehnte entschieden ab. Gasser-der-Cicerone versuchte, ihn zu überreden, aber er wehrte ab.
Aber wohin fährst du jetzt? Nach Hause kannst du ja nicht. Wo wirst du heute Nacht bleiben? Du willst doch nicht etwa in deinem Wagen schlafen? Wenn du willst, kannst du bei mir übernachten.
Nein, danke, ich werde beim Außergasser übernachten.
Gasser verschlug es für einen Moment die Sprache. Dann fragte er: *Außer*gasser?
Ja.
Der Außergasser? Im Schloss?

Ja. Ist ja nur für eine Nacht, dann sieht man weiter. Wahrscheinlich geh ich bald wieder auf Reisen. Damit verabschiedete Koffin sich von ihnen. Er steckte die Pfeife in den Mundwinkel u. ging zu seinem Wagen; dieser stämmige Mann hatte, stellte Zwantulla erstaunt fest, einen eigentümlich watschelnden Gang. Dann stieg er in seinen tatsächlich sehr großen, braunen Mercedes-Kombi, der jedoch zunächst nicht anzuspringen schien; schließlich setzte er sich aber in Bewegung u. fuhr schaukelnd davon.
Sie sahen ihm lange nach.
Sie waren sehr nachdenklich.
Am liebsten hätten sie disputiert, aber ihnen fehlten die Worte.
Schließlich seufzte der Imbiss-Gasser u. sagte: Er kann einem leidtun.
Das ist nicht nötig, antwortete Gasser-der-Cicerone, ich kenne ihn gut, er ist ein starker Charakter.
Trotzdem, selten so kariertes Krafl gehört. Aber wie gehts deiner Frau, Paul? Und den Kindern?
Den Umständen entsprechend gut.
Wie, Gasser war verheiratet? Hatte eine Familie? Da hätten sie sich das ganze Misstrauen gegen ihren Ciceronen sparen können, ein Familienvater war er ... Sag mal, Gasser, das wussten wir gar nicht, dass du Frau und Kinder hast. Wir wussten von deiner riesigen Bibliothek, aber das hast du uns nicht erzählt, dabei fahren wir schon den ganzen Tag zusammen ... Langstreckenschwimmer, Familienvater, da kommen ja die erstaunlichsten Dinge raus ... ach nein, Langstreckenschwimmer war ja ein Witz ... und Familienvater, das auch?
Was?
Ein Witz?

Nein, natürlich nicht, ich habe fünf Kinder. (War er beleidigt? Weil es klang, als zöge man seine Männlichkeit in Zweifel? Er war ja nicht kastriert wie Uranus ... nein, er lächelte.) Ist doch keine Kunst. Hat Professor Berger eigentlich Kinder?
Ja, vier, hat er doch vorhin gesagt.
Stimmt, er wollte ihnen Geschenke kaufen, aber die Perlen für die Toten sind ihm dazwischengekommen.
Torten.
Ich erst eins.
?
Kind.
Was, Hibiscus, du hast ein Kind?
Ja, einen Sohn, in Bologna.
Sogar einen Sohn! Dein Erstgeborner! Donnerwetter! Hab ichs doch heute Morgen schon geahnt, darum stehen dir die Haare zu Berge. Hoffentlich hat er keinen Radiergummikopf ... Schmarrn beiseite, verändert doch den ganzen Menschen, Vater zu werden. Wie alt?
Zwei Monate, aber wieso Radiergummi?
Zwei Monate? Und da bist du allein im Urlaub und nicht daheim bei Frau und Kind?
Gerade deshalb, hihi.
Ach so! Haha! Hoho! Kann man verstehen!
Kann man verstehen, aber unmöglich ist es doch.
Allerdings, unmöglich.
Genau, hihi, ich bin unmöglich. Ist auch nicht meine Frau, nur Freundin. Dann schaute er Zwantulla an: Und du, wie viele Kinder hast'n du?
Keins. Soweit ich weiß.
Wieder haha, hihi, hoho. Soweit er weiß! Der hat gut reden! Versteht das Leben zu genießen!

Aber verheiratet war er mal, hat er vorhin erzählt.
Eben, *war* er!
Vertan, sprach der Hahn, sagte der Imbiss-Gasser, und stieg von der Ente. Nix vertan, sprach die Ente, sagte Gasser-der-Cicerone, Alimente, Alimente! Wahnsinn!!
Wo steckt er eigentlich?
Wer?
Unser Pianist. Professor Berger, wo steckt er?
Der verläuft sich sogar in einer Telefonzelle!
Immer noch am See, hat wohl Wurzeln geschlagen.
Da klangen aus dem Dorf oberhalb des Parkplatzes Glocken herüber, das 6-Uhr-Läuten. Der Pritschenwagen mit dem Apfelschnitt brauste an ihnen vorbei.
Jetzt müssen sie sich aber sputen!, sagte Gasser-der-Cicerone. Auf Windesflügeln! Obs heute Nacht regnen wird?
Niemals, sagte der Imbiss-Gasser, das Wetter hält sich. Bei uns gibt es sowieso fast keinen Niederschlag, nur Wind, immer Wind, u. zu Zwantulla u. Hibiscus: Wusstet ihr, dass es im Vinschgau weniger regnet als auf Sizilien?
Ja, sagte Zwantulla.
Nein, sagte Hibiscus.
Gut für die Feuer! Aber auch gefährlich! Mögt ihr noch ein Bier? Aufs Haus, wenn mein Freund nun schon mal zu Besuch kommt, der alte Gauner! Gesundheit! Lang lebe Paul Gasser! Und ihr auch! Ja, wir leben! Verdammter Wind, verdammtes Leben! Gesundheit! – Schließlich wollten sie, um nicht zu versumpfen, weiter, nach doppeltem Kamillenschnaps zum Abschied: Auf *einem* Bein kann man schließlich nicht stehen. Wahnsinn!!! Das aus Gassers Mund! Er schreckt vor keinem Witz zurück!
Sie standen eine Weile vor dem Imbiss, blickten über den Parkplatz zum See, hatten noch immer diesen honiggol-

denen Kamillenschnapsgeschmack im Mund, u. es war alles, alles gut.
Da fasste Zwantulla sich ein Herz u. fragte Gasser, wer denn dieser Außergasser sei, zu dem Koffin wollte u. dessen Name Gasser erschreckt zu haben schien. Gasser wirkte aber jetzt nicht mehr erschrocken; Außergasser sei ein gemeinsamer Bekannter von ihnen, sie träfen sich in regelmäßigen Abständen bei ihm zum Watten, mit einem wechselnden 4. Spieler. Es sei nur etwas abgelegen.
Was?
Das Schloss von Außergasser. Wir sollten jetzt übrigens auch weiter.
Zwantulla erbot sich, den abgängigen Pianisten zu holen. Auf dem Weg über den Parkplatz geriet er mit schweren schwankenden Beinen wieder in eine eigenartige Stimmung, nichts Gnadenschimmerartiges diesmal, sondern innere Raserei, als würde ihm mit steinernen Händen der Bauch aufgezogen. Wie schön es wäre, sich qualvoll zu winden, in die Knie zu gehen. Da machte er eine merkwürdige Erfahrung: Obwohl er sich vom Imbisswagen entfernte, hörte er klar u. deutlich die Nachrichten aus dem Kofferradio: Beim Begräbnis des Ayatollah Khomeini, das nach islamischem Recht binnen 24 Stunden stattfinden müsse, sei es zu tumultartigen Szenen mit vielen Toten u. Verletzten gekommen, Khomeinis Anhänger hätten das Leichentuch zerrissen, sodass der Leichnam herausgefallen sei u. schließlich mit einem Hubschrauber aus der Innenstadt habe herausgebracht werden müssen. – Am See, im Wind, hörte er dann nichts mehr. Er stellte sich schweigend ans Ufer neben Perger, der den Waldhang am anderen Ufer anschaute, lächelnd trotz Zigarette zwischen den Lippen. Dann wandte er sich Zwan-

tulla zu, noch immer lächelnd, aber wie versteinert, keinerlei Regung, kein krampfartiges Luftklimpern mehr, die behandschuhten Hände steif hinabragend; auch keinerlei Aggression mehr. Zwantulla stellte sich vor, ins Wasser zu gehen. Plötzlich dachte er an Jülide. Vielleicht lag es am steinernen Kirchturm, der da aus dem Wasser ragte u. ihn (obwohl ein katholischer Kirchturm (gewesen)) an Bachkantaten erinnerte, Bachkantaten erinnerten ihn an Jülide. O du schöne, Bach liebende Alevitin mit Rehaugen u. Leopardentanga. Wieder wollüstig-weinerlich, wieder bereute er, dass er sich so lange nicht bei ihr gemeldet hatte, geschweige denn ihr seine kleine Reise angekündigt. Stattdessen all die anderen Frauen, so eine Eselei. Gut, sie waren zu verlockend, Frauen überhaupt, da hatte Hibiscus schon Recht ... aber nicht wie der, jetzt nicht an den denken ... er hätte Jülide hierher mitnehmen können, warum eigentlich nicht? War doch schön hier. Die Berge. Ihr würde das gefallen. Mit ihr wäre alles erträglich. Ach, so eine wundervolle Frau, schön u. sanft, auch gut im Bett, ach, sie so zu vergessen, was hatte er sich bloß dabei gedacht? Bzw nicht gedacht. Wohin fuhren sie, er wäre lieber zuhause geblieben. Wenn er wieder in W-Berlin war, würde er sofort, usw. Im Sinnieren bemerkte er, dass die Uhr am Kirchturm im See sehr wohl die Zeit anzeigte: irgendwo zwischen 12 u. 13. Groß u. deutlich! Clare e. distincte! Das macht die Sonne. Von wegen verflossene bzw ausgelaufene Zeit! Exakt drölf. Dann schaute Perger ihn an u. sagte leise: Chaps.

?

Chaps!

Was haben Sie?

Diezugabe.

(Discopappe?) ... ach so, *die Zugabe*, fürs Rezital, er nuschelte wirklich zu sehr, erst recht mit Zigarette im Mund u. versteinert. Und was?
Wie bitte?
Die Zugabe, was?
Zur Antwort eine Silbenkaskade, *Lacathédralenglotie* mehrmals *Lacathédralenglotie* bis er die Zigarette rausnahm u. endlich zu verstehen war: ***La cathédrale engloutie***. Ah! Aus den *Préludes* von Debussy! Nix Ligeti! Auch nicht Beethoven, denn auch die letzten sechs Bagatellen erwog ich ... und schon gar nicht die *Notations* von Boulez, dieser kompositorische Stunde-Null-Unfug, die Geschichte kennt keine Stunde Null, erst recht nicht die Musikgeschichte ... als Zugabe also ... auch nicht den *Unstern* von Liszt ... nix da. Und Schönberg werde ich zweimal spielen. Das wird was werden! Doll! Mal sehen, mal sehen ... wird durchaus was werden! – Damit stand das Programm fürs Rezital also fest, keine Rede mehr von gordischem Knoten u. 12 Präludien usw, sondern:

J. S. Bach: *6 Präludien & Fugen aus dem ‹Wohltemperierten Klavier›* (h-Moll, cis-Moll, es-/dis-Moll, g-Moll, b-Moll, As-Dur)
Schönberg: *6 kleine Klavierstücke*
Schubert: *6 Moments musicaux*
Schönberg: *6 kleine Klavierstücke* encore, in umgekehrter Reihenfolge
------ *Pause* ------
Liszt: *Sonate h-Moll*
Zugabe: Debussy, *La cathédrale engloutie*

Zwantulla schwieg. War das nicht ein komplett schwachsinniges Programm? 2mal Schönberg, u. dann noch umgedreht! Da konnte er ja gleich Schubert im Krebs spielen! Vielleicht doch besser Boulez oder Beethoven oder Ligeti? Er wiederholte es sich:

J. S. Bach: *6 Präludien & Fugen aus dem ‹Wohltemperierten Klavier›* (h-Moll, cis-Moll, es-/dis-Moll, g-Moll, b-Moll, As-Dur)
Schönberg: *6 kleine Klavierstücke*
Schubert: *6 Moments musicaux*
Schönberg: *6 kleine Klavierstücke* encore, in umgekehrter Reihenfolge
------ *Pause* ------
Liszt: *Sonate h-Moll*
Zugabe: Debussy, *La cathédrale engloutie*

Komplett schwachsinnig. Trotzdem was sagen ... Und wenn eine zweite Zugabe verlangt wird?
Perger schüttelte, statt zu antworten, bloß stumm den Kopf; aber diesmal schien er vor Glück zu schweigen. Nicht weit entfernt ging der Windsurfer an Land, an ebender Stelle, wo vorhin der kleine Krebs gekraxelt war. Der Krebs hatte sich in den Surfer verwandelt, Schale in Neopren, Scheren in Brett u. Segel. War das auch eine Fugentechnik: Umkehrung, Krebs, Umkehrung des Krebses, Windsurfer? Ob Schwachsinn oder nicht, jedenfalls grandios, dass bei Perger offenbar im Lauf der Fahrt in an- u. abschwellender Todesangst auch das Denken in Wallung gekommen war, mit dem Resultat eines wenn auch möglicherweise schwachsinnigen Rezitalprogramms. Die Todesangst hatte seine Gedanken gelockert! Nun allerdings

begann er schon wieder, übers *Wohltemperierte Klavier* zu salbadern. Zwantulla erinnerte sich beim Anblick des Kirchturms im See an ein Klavierrezital des mittlerweile verstorbenen französischen Pianisten Lebœuf, den er vor etwa 10 Jahren in einem Café am Theodor-Heuss-Platz hatte interviewen sollen, was daran gescheitert war, dass Lebœuf von brillantem Intellekt, aber wortkarg war u. zudem kaum Deutsch konnte; umso beredter sein Bach: gläserner Klang, schwerelos u. unirdisch, da Lebœuf Teller unters Klavier hatte stellen lassen, um jede Vibration im Saal zu vermeiden. Was für ein Gegensatz zum schwafelnden pedalseligen bassdröhnenden Perger. Auf dem Weg zum Panda machte Zwantulla den Fehler, Lebœuf zu erwähnen, was Perger erkennbar stank, auch wenn er Lebœuf einen durchaus bedeutenden Pianisten nannte.
Schon befürchtete Zwantulla einen erneuten Wutanfall, doch Perger blieb überraschend stehen u. fasste ihn sanft an die Schulter: Noch was, mein lieber Freund ... wegen vorhin, du weißt schon. Wir können uns doch hier nicht prügeln! Die Leute haben ja sogar geschaut. Wir sind alle durchaus nervös, sitzen im selben Boot ... es geht um unser aller Leben und Gesundheit. Er blickte ihm in die Augen u. streichelte ihm fast die Schulter, dann nuschelte er, kaum mehr hörbar: Der Mensch muss sich vor Aggressivität in Acht nehmen. Aggressivität führt den Menschen in den dunklen Teil des Waldes.
Dunklen Teil des Waldes?
Psst! Ja, den dunklen Teil ... wo nichts, nichts gut ist ... Dann wieder etwas deutlicher: Also, reiß dich zusammen, ja? ... reiß dich zusammen und rauche ... Er ging weiter zum Panda, wo Gasser u. Hibiscus warteten.
Zwantulla schlurfte mit schweren schwankenden Beinen

nach, auf einmal war ihm alles klar, der Perger war ein Psychopath ... nicht nur jähzornig, glasklarer Dachschaden, ein Fall für die Gummicelle ... wenn dem die Sicherung durchbrannte, gute Nacht. Wie hatte er die ganze Zeit diesen Ausdruck von Fanatismus u. Wahnsinn übersehen können? Jetzt liegt alles offen zutage ... deshalb die ewig wiederkehrende h-Moll-Sonate ... er hatte es all die Jahre nicht begriffen, nicht mal vorhin bei dem Wutanfall, wo er ihn unfassbarerweise getreten hatte ... erst jetzt, in Anbetracht dieses jüngsten Heranschleimens, erkannte er, dass dieser ranschmeißerisch-einschmeichelnd-zopftragende Lisztpianist (Spezialiszt) ein Psychopath war.
Na, wo wart ihr?
Hör mal, Hibiscus, wir mögens durchaus nicht, wenn du *Na* zu uns sagst ... puh, durchaus eng hier hinten! Dann leutselig zu Gasser: Was macht die Pumpe?
Alles bestens, keine Sorge, haha.
Ein Glück, dass er lachte, aber das war ja eine Unverschämtheit, wenn nicht psychopathisch, so zumindest paranoid, den ganzen Tag hatte er sie mit seiner Paranoia kirre gemacht, dabei fuhr Gasser doch gut, wie ein Weltmeister-Senner, hatte Hibiscus ganz richtig gesagt, u. von wegen Herzfehler, Gasser brauste zielstrebig vom Parkplatz. Wirklich eine phantastische, majestätische Kiste, dieser Panda. Zigarettenanzünder hin oder her. Frottierender Cord schnurz. Beengung wurst. Eine Eidechse huschte zur Seite, ebenso eine Touristin am Zebrastreifen. Der Rosenkranz schaukelte. – Andererseits, die Sonne war viel größer geworden u. stand beunruhigend tief, blendete sehr. Mal schattig, mal sonnig. Gleich würde sie hinter den Bergen auf die Schweiz fallen, dann würde die Schweiz verbrennen. Das hatte sie davon. Eventuell würde auch der

Panda vom Feuer überflutet. Aber Gasser kannte das Land wie seine Westentasche. Wie seine eigene Wohnung. Nur wegen Pergers Paranoia hatten sie den ganzen Tag bechern müssen, mit dem Ergebnis, dass sie am Ende alle doppelt u. 3fach so viel gebechert hatten, wie sie normalerweise selbst bei bester bzw trübster Stimmung gebechert hätten, u. ihnen allen bzw ihm, Zwantulla (Zwantler?), schlecht war, zum Kotzen, erst recht in diesen ganzen elenden Kehren. Wenn ihm der Perger (Berger?) jetzt in den Nacken kotzte. Trotzdem besser vorne zu sitzen. Zum Glück hatte der sich vorhin schon leergekotzt. Übrigens roch hier was, aber was anderes. Gasser fuhr schneller u. risikofreudiger denn je, keine Spur mehr von mühsamem Hinaufschleichen, der Panda schnurrte wie eine ... Achtung! die Katze!
Keine Sorgen, Katzen haben sieben Leben.
Hihi! Hühner auch?
Haha, die haben doch nicht mal eins, wenn mans genau nimmt. Dr Autohandlr?
?
Kimp untr di Radlan! Dr Automechanikr?
?
Macht ein schlechtes Geschäft?
Schmarrn! Schmiert o! Dr Onwolt?
Schmiert auch ab?
Schmarrn, steht vorn Jüngschtn Gericht!
Schmiern, Schmarrn, ich versteh gar nichts mehr ... ach so! Haha! Hihi! Wahnsinn! Wie viele haben Sie denn noch auf Lager?!
Du!
Was?
Du wollen wir sagen, du! Unendlich viele, keine Sorge, unendlich, das Thema ist unerschöpflich, dito seine sprachli-

chen Ausformungen! Für nichts auf der Welt gibts so viele Symptome ... entschuldigt ... *Synonyme*, meine ich, wie fürs Sterben, außer fürs Pimpern, natürlich, um nichts anderes geht es in aller Kunst, von der Antike bis zu Ingeborg Bachmann ... *Sterben* und *Pimpern* ...

Pimpern, jetzt wirds interessant, hihi!

Auch im *Wohltemperierten Klavier*?! Perger war der Geduldsfaden gerissen.

Mit Kunst meine ich ja nur die Dichtkunst, als höchste der Künste ... aber es gilt *natürlich* auch für die Musik. Was sind denn Intervalle und Harmonik anderes als Pimpern von Tönen? Dissonanz und Auflösung anderes als Sterben?

Was soll das jetzt, kaum redet man übers Pimpern, da heißt es gleich wieder Intervall, Dissonanz ...

Also, lieber Freund, lieber Fahrer ... höchste der Künste, dazu will ich durchaus nichts sagen, ich könnte glatt ... die Wand könnt ich ... haarsträubend ... schwillt mir der Kamm ... über die Hutschnur ... bei allem Respekt, musiktheoretisch sind Sie ... bist du in der Gegend von Schopenhauer stehengeblieben, durchaus im Generalbasszeitalter ... Schopenhauer war ja schon ... der war gestern schon von gestern ... Rossini und Mozart, da platzt mir ... keine Kuhhaut geht das ... Perger gab sich einen leutseligen Klang, aber man merkte, dass er außer sich war. Kein Wunder, gerade noch in tiefsten Tiefen gedacht, jetzt oberflächlichstem Gefasel ausgesetzt, u. dann noch auf der Rückbank eingequetscht. Aber er war nicht einfach nur sauer ... ein Psychopath! Es war klar u. deutlich, nur deshalb hatte er Pianist werden können, nur ein wahnsinniger bzw behinderter (oder wahnsinniger *u.* behinderter) Mensch kann es zum Pianisten bringen, es beginnt mit der ruinierten Kindheit u. endet mit den arthritischen Fingern. Andererseits, führt nicht jeder Lebensweg von früher Verzweiflung zu spätem Wracktum? Gedanke über Gedanke! Gruß von Hilde, der blöden Aphorismuskuh! – Gasser merkte nichts, ließ seine Worte weiter sprudeln: Würdest du denn sagen, dass irgendeine Musik, die später kam, überhaupt der Rede wert ist? Er schielte allwissend in den Rückspiegel: Nach ... *Bach*?

(Auch das noch! Bachmystizismus! Sogar im katholischen Tirol!)

Perger rollte, ohne etwas zu sagen, mit den Augen u. drehte den Kopf zur Seite, was Hibiscus neben ihm missverstand, sodass er antwortete: Musik ist nicht so meins, aber ... Er war jedoch zu betrunken, um den Satz zu vollenden, murmelte nur noch: ... Bach ... Gasser schaute immer noch erwartungsvoll in den Rückspiegel.

Na, Hibiscus, bei dir gehts wohl gerade ein bissl den Bach runter, oder?

Achtung!!!

Ruhig Blut, wir haben alles im Griff ... Zio fungo, oschtia, Jesses, heute sind wirklich viele Deppen unterwegs. Herzjesutag, jedes Jahr das Gleiche.

Herzjesutag?

Aber ja, dritter Sonntag nach Pfingsten.

Ja?

Zweiter Sonntag nach Fronleichnam, Herzjesutag, wusstet ihr das nicht? Das weiß doch jeder. Richtig, ihr seid ja alle aus Lutherland ... darum wird das Holz auf die Berge gebracht.

Fahren wir auch auf einen Berg?

Nein, zum Abendessen. Aber es ist noch nicht so spät, wir haben noch Zeit ...

Dann könnten Sie doch etwas langsamer fahren!, fing Per-

ger schon wieder an, allmählich ging er allen auf die Nerven.
Du!
Was?
Wir duzen uns.
Ach so ... könntest du bitte langsamer fahren ...
Nein. Wir wollen die Zeit doch nutzen, nicht versumpfen, wir fahren zu einer schönen Aussicht.
Hauptsache, Sie schauen jetzt nach vorne ... du!
Keine Sorge, ich kenn das Land ja wie meine Westentasche ... *jede* Kehre, es ist, wie wenn man nachts in seiner dunklen Wohnung ins Badezimmer torkelt, ihr versteht was ich meine, das letzte Glas war eins zu viel, man hats schon vorher gewusst, aber der Wein war zu gut, einfach zu gut ... dieser saugute depperte verhängnisvolle erlösende herrliche samtrote Wein ... jetzt findet man seinen Weg, ohne recht zu wissen wie ... man findet ihn immer ... haha, blinden Auges sehend ...
Wie die Hühner!
Genau! Du sagst es, Hibiscus! Von wegen den Bach runtergehen, wenigstens einer, der mich versteht.
Ich versteh dich doch auch, lenkte Perger ein. Der vollzog ja mehr Schwenks, als der Panda Kehren durchbrauste. Wohin fuhren sie. Schöne Aussicht. Also, mal klar denken: Es will Abend werden, das ist die Lage: ein schrottreifer Kleinwagen im Gebirge mit einem psychopathischen Pianisten, einem geistesschwachen Professorensohn, einem fetten Frauenschwarm, einem Krüppel am Steuer. 3 Dünne, 1 Dicker. Die Väter von 10 Kindern, nur er hatte keins.
Sagt mal, was riecht hier eigentlich so komisch?
Öl, nicht wahr?
Ja, verbranntes Öl.

Na, für heute wirds gehen, kümmre mich morgen darum. –
Schließlich kamen sie zur verheißenen Aussicht, ziemlich steil gelegenes Plateau. Der Parkplatz war schon fast leer, aber Gasser hielt flott auf den Hang zu, dabei nach hinten gedreht zu Hibiscus, dem er etwas über Bologna im Mittelalter erzählte, den Ursprung der Geschlechtertürme.
He, nun brems mal, sagte Perger.
Ja, mach ich ja schon.
He!
HE!!!
...
... puh.
Bist du wahnsinnig?!?
Willst du uns alle umbringen?!?
Puh. Ist ja gut. Entschuldigt. Ist ja gut. Puh. Bremshebel und Gashebel verwechselt, ist doch nicht so schlimm, ist euch das noch nie passiert?
Natürlich ist das schlimm. Im Hochgebirge!
Puh, puh, puh.
Ist ja gut, ich hab mich doch entschuldigt, ist ja nichts passiert, wir stehen ja. Wenigstens kein Blechschaden ...
Aber diesmal war Gasser selbst erbleicht. Von wegen dunkle Wohnung ...
Da kreischte Perger: O Gott, was ist denn mit Hibiscus?!?
Gasser u. Zwantulla rissen die Köpfe herum: dunkelblau angelaufen. Ein Bonbon! Er hat ein Bonbon verschluckt! Hau ihm auf den Rücken, Berger! Forte, forte! Hau, hau! Ogottogottogott, gurgelte Perger, Hibiscus beugte sich vor so weit es ging, gottseidank nicht angeschnallt, ein gelbes Bonbon schoss raus, blieb an Gassers Kopfstütze kleben, er röchelte u. hustete, angsteinflößend laut.
Als sie ausstiegen, schlotterten ihnen die Beine bzw das

Bein. Zitternd nahm Gasser seine Krücken aus dem Kofferraum, Perger zog die Handschuhe aus, ließ sie auf dem Rücksitz liegen, das schwarze Täschchen hielt er weiter fest umklammert, Hibiscus fuhr sich wieder u. wieder durch den verwirbelten Lockenkopf u. nahm vorsichtig, als wärs ein Säugling, seinen großen, schlottrigen Armeerucksack heraus, den er während der ganzen Fahrt nicht angerührt hatte. Was wollte er damit? Aber er weinte ja, er weinte!
Doch keiner sagte etwas, keiner tröstete.
Zwantulla bemerkte einen Tropfen in seiner Hose, das hatte noch gefehlt; die Beine sackten ihm weg, aber diesmal stellte sich kein mystisches Gefühl von freiem Fall ein, nix Weltall, einfach nur Hinplumpsen. Hibiscus wollte sich eine Zigarette anzünden, aber seine Hand zitterte, er verfehlte mit der Streichholzflamme das Ziel, dann löschte der Wind sie, er weinte noch mehr.
Stell dich nicht so doof an, sagte Perger, ist ja nicht mit anzusehen, ach, ich mach das für dich, halt mal die Tasche ... durchaus nicht schwer, eine Zigarette anzuzünden ... nein, lass mal, ich klemm mir die Tasche lieber untern Arm ... alles muss man selber ... so, guckst du, ich zünd sie für dich an, diese doofe Zigar... au!!
Puh.
Ich glaub, wir brauchen alle einen Schnaps, sagte Gasser, nachdem er Hibiscus die Zigarette angezündet hatte. Er setzte sich bei geöffneter Tür in den Panda, auf den Beifahrersitz, u. begann, im Handschuhfach zu kramen. Perger lutschte am verbrannten Zeigefinger. Hibiscus schniefte, inhalierte, wischte sich die Tränen ab, allen pfiff der Wind ins Gesicht.
Da watschelte ein Bär auf sie zu, ein großer brauner Bär

mit einer Pfeife im Mundwinkel, er hatte im Kombi am Rand des ansonsten leeren Parkplatzes gesessen. Aber Zwantulla nahm ihn nur im Augenwinkel wahr, er schaute ein großes hölzernes Kruzifix an, das am Abgrund aufragte, der Gekreuzigte kehrte der schönen Aussicht den Rücken zu, die Seite des Herrn war zerstochen, doch kein Bein zerbrochen, damit die Schrift erfüllt würde; unterhalb der durchnagelten Füße ein Schild mit der eingeschnitzten Inschrift:

Weib, was habe ich mit dir zu schaffen?
Joh 2,4

Stabat mater, dachte Zwantulla, sich am Pfahl abstützend, Golgatha, wie das wohl gewesen ist: mit dem Rücken zur Aussicht oder mit dem Blick zur Aussicht? Aussicht worauf, auf Jerusalem? (Wohin blickte Er, wenn nicht auf Jerusalem? Auf den Panda, wo der Rosenkranz jetzt reglos am Rückspiegel hing, Er blickte vom Kreuz auf den Rosenkranz u. wunderte sich.) Wer war auf die Idee gekommen, ausgerechnet diesen Bibelvers am Kruzifix anzubringen, so was Schräges, irgendein misogyner Witzbold, welcher Teufel hatte den geritten?
Ob er Hunger gehabt hat?
?
Unser Herrgott, als er am Kreuz hing, sagte Ivo Koffin. Es steht auch von allein, har har, du brauchst es nicht festzuhalten. Dann wandte sich Koffin an alle: Flott seid ihr herangerauscht, äußerst flott! Da habt ihrs wohl eilig, ja?
Gasser, der sich wieder vom Beifahrersitz hochstemmte: Haha, ein Versehen, Gas und Bremse verwechselt ...
Hab mich sogar verschluckt, hihi.

Ja, ist mir auch schon passiert. Verschluckt nicht, aber aus Versehen aufs Gas, das schon, ist zum Glück gutgegangen. Keine Panik, es geht ja meistens gut. Aber einen Schreck bekommt man, oder? Einen Heidenschreck! Euer Freund hält sich ja am Herrgott fest wie der Pauli ba die Kruckn. Und der Dürre lutscht am Zeigefinger, was ist dir denn passiert? Haben sie dir draufgehauen? Finger verbrannt? Bist du der Pianist, von dem sie geredet haben? Grüß dich ... übrigens sterben mehr Menschen durch Verschlucken als durch Autounfälle, habt ihrs gewusst?
Wirklich?
Einmal ist jemand an einem Wurstzipfel erstickt.
Puh.
Verdammte Wurstzipfel!
Nehmt einen Schluck, sagte Gasser u. hielt ihnen einen Flachmann hin. Den hatte er also im Handschuhfach gesucht. Es war doch schlimmer mit ihm, als sie vermutet hatten! Aber jetzt kam geistiger Trost gerade recht, Zwantulla nahm einen großen herrlichen Schluck u. gab den Flachmann ohne Nachdenken Ivo Koffin, der ihn sofort an Perger weiterreichte. Perger starrte die Hand mit den 3 Fingern an; natürlich, er kannte Koffin noch nicht, er hatte ja unten am See gestanden, während sie sich am *American Grill* kennengelernt hatten. Aber so brauchte er doch auch nicht zu glotzen, da gibt es wirklich Aufregenderes zwischen Himmel u. Erde als 2 fehlende Finger, unhöflich ist es zudem. – Endlich nahm er den gesengten Finger aus dem Mund u. ergriff den Flachmann: Ah! die Rettung!
Grappa vom Blauburgunder, sagte Gasser.
Gesundheit!
Ihr seid auch meine Rettung. Ich bin hier gestrandet, der Kombi hat den Geist aufgegeben.

Was? Der Mercedes?
Leider wahr, er kommt nicht mehr von der Stelle.
Ist eben kein Panda.
Da habt ihr Recht, har har, ich pfeif auf diesen Mercedes. Aber es passt ins Bild dieses Tages, dass er den Geist aufgibt, ich hab schon heute früh gespürt, dass etwas Besonderes ...
Naja, ein Mercedes, der liegenbleibt, ist doch nichts Besonderes, täglich bleiben tausende Mercedesse liegen.
Was, die Pulle ist schon wieder da? Geht ja schneller rum als ein falscher Fünfziger.
He, Berger, lass uns auch was übrig!
Während der Flachmann kreiste, bot Gasser Koffin an, dass sie ihn mitnehmen u. zum Außergasser bringen könnten; diesmal nahm Koffin, der den Flachmann stets weiterreichte u. stattdessen an der Pfeife zog, das Angebot an, im lädierten Kombi hier oben wollte er wohl doch nicht übernachten.
Also, wenn ihr ausreichend Platz habt ... gern.
Platz haben wir mehr als genug, sagte Perger. Ausgerechnet! Aber Perger u. Koffin schienen sich überaus sympathisch zu sein, von dem Schreck, den Perger zuerst gehabt hatte, war nichts mehr zu spüren.
Hibiscus dagegen meinte, in Koffin dringen zu müssen, ob das, was er vom Fasten erzählt habe, wirklich wahr sei: den ganzen Tag nichts gegessen, nichts getrunken?
Nur Wasser.
Wahnsinn. Das ist doch richtig gefährlich. Kein Essen, nur Wasser trinken ... ohne Pause fahren ...
Jetzt fährt er ja nicht mehr, der Mercedes ist ja kaputt.
Verdammte Mercedesse!
Aber ganz Unrecht hat er nicht.

Ich?
Nein, nicht du, Hibiscus ... Herr Koffin ... Ivo ... zu fasten. Wenn man überlegt, was man im Lauf eines Tages zu sich nimmt ... durchaus widerlich, schon rein vom Gewicht her, eine Gurke würde dem menschlichen Körper durchaus genügen, ein Bier ...
Sie nickten, waren sich einig: Phantastisch, dieses Fasten, es wär zwar nicht so meins, für mich persönlich ein Schmarrn, durchaus das Letzte, aber ... *im Prinzip phantastisch.* – Der Flachmann ging reihum, nur Koffin gab ihn gleich weiter. Ruhe u. Frieden breiteten sich in ihnen u. um sie aus, totale Harmonie, sie blickten übers weite Tal: da unten der kleine See, darin der winzige Kirchturm, am Ufer ein Mensch, nicht mal ein Tüpfel. Über den Bergen der entflammte Himmel.
Sie hatten noch immer diesen ätherisch-beerigen Blauburgundergeschmack im Mund, u. es war alles, alles gut.
Schönes Abendrot, sagte Ivo Koffin.
Wa-wa-wahnsinn, diese Fa-fa-farbe!
Zwantulla erinnerte sich an das sich schlängelnde Bächlein im Hochmoor, das er gestern bei der Wanderung bzw dem Spaziergang mit Kumm erstiegen hatte, Ringel u. Arabesken, ein unüberschaubar geordnetes Muster, 1 einzige gerade Linie, nur scheinbar gekrümmt; ebendas meinte er jetzt auch im schönen Tal zu erkennen bzw nicht zu erkennen, offen lagen nur die Bäche, die in den See flossen. Er schaute aber gar nicht richtig hin, weil er solche Angst hatte abzustürzen, also blickte er ganz nach oben, zum Himmel. You might fall off from earth one day. Das hatte einmal jemand zu ihm gesagt. Wo? In Venedig. Wer? Nicht der Uruguayer im Fischrestaurant, der hatte ja perfekt Deutsch gesprochen. Ein Afrikaner, den er in Canna-

regio kennengelernt hatte, am Abend vor Nonos *Prometeo*. Er hatte dann nachts auf einem Boot zwischen lauter Afrikanern gesessen. Er ließ das Kruzifix los u. ging ein paar Schritte zur Seite, er brauchte Ruhe, Ruhe u. Roth-Händle. Im Beiseitegehen blickte er zu dem braunen Kombi hinüber, u. ihm fiel wieder etwas ein, wovon er als Kind ungern gelesen hatte: dass die Südsee-Insulaner ihre toten Krieger bestatten, indem sie sie in Kanus legen u. aufs offene Meer treiben lassen, zu den Sternen, die sie für ferne Inseln halten, denn am Horizont fließen Meer u. Himmel in eins, die Milchstraße ist eine schäumende Brandung. Dass er daran in Venedig, inmitten der Afrikaner, zwischen Meer u. Sternenhimmel, nicht gedacht hatte ... Er wandte sich wieder der schönen Aussicht zu. Nicht in die Tiefe schauen, nicht in die Höhe: d. h. am besten geradeaus ins Weite. Der Panoramablick tatsächlich beeindruckend. Sehr schön. Er wäre besser zuhause geblieben. Die hohen Berge zackten weiß in den flammenden Himmel, als wollten sie ihn zerschneiden, die flacheren erinnerten ihn an Männerglatzen, der Wald als Haarkranz, der an der Baumgrenze endet. Jeder Gipfel mit Kreuz verschandelt. Er fasste sich auf den eigenen Schädel, ob da auch ein Kreuz draufstand.
Juckts?, fragte Gasser, der ihm nachgekommen war. Kommt von der Höhensonne. Du brauchst für die nächsten Tage unbedingt eine Kopfbedeckung. Vielleicht auch eine Sonnenbrille.
Zwantulla sagte nichts, den Kopf anzufassen hatte weh getan.
Gasser stellte sich neben ihn u. blickte auch ins Weite.
Gibst du mir vom roten Tod, Zwantler?
?
Eine von deinen Roth-Händle, ich brauch was Stärkeres.

War schon ein Mordsschreck gerade eben ... Er zeigte zum Kruzifix: Von Zeit zu Zeit sieht man den Alten gern, oder ... vergelts Gott ... brroo, Deiflskraut ist das. Gut! Gut! ... Große Übersicht, wie?

?

Große Übersicht. Die Aussicht von hier, alles liegt jetzt unter uns.

Ja, alles unter uns.

Und über uns.

Stimmt, auch über uns.

Wird man de- und wehmütig, wie der Kater Murr schreibt, euer größter Landsmann. Leibnizsche Ordnung! Wenn man so eine Aussicht hat, ist sie plötzlich wieder da, als wäre sie nie verschwunden gewesen, zuunterst die Steine, zuoberst Gott, dazwischen wir, der Mensch ... ob Heiliger oder Schächer, egal, ist eh ein Hendiadyoin ... gleichsam ein Sandwich ... Leibniz, zum Heulen ...

Mm.

Vergessen wir auch nicht Meister Eckhart: *Erde entgeht nicht dem Himmel.*

Ja.

Hast Recht, Zwantler, lass uns schweigen. Das muss man können, schweigen, kann nicht jeder. Berger zum Beispiel, dein Landsmann, der redet mir zu viel ... mäandert richtig, schlimmer als ein Franzose, wie ein Wasserfall ... er würde beispielsweise nie und nimmer sagen: kann nicht jeder, sondern stattdessen: *Es kann dies nicht jeder*, völlig unnötig aufgeblasen und aufgebläht ... besser schweigend die Aussicht genießen. Schöne Aussicht, oder?

Ja, diese Weite, gar keine Enge.

Eben, ich sags doch. Einfach die Aussicht genießen, ist das denn so schwer? Was schwätze ich gleich von leibnizscher

Ordnung und Meister Eckhart? Man wirkt intelligenter, wenn man schweigt, geheimnisvoller … wie ein Mann, der immerzu an das denkt, worüber man schweigen muss, wie Wittgenstein in Satz Sieben schreibt. Naja, vielleicht nicht das, worüber man schweigen muss, aber zumindest, was er lieber nicht sagt … stattdessen drei Pünktchen, ansonsten eine stilistische Todsünde, die übrigens Musil oft begangen hat, dieser kreuzmiserable Stilist, findest du nicht, denk an die *Vereinigungen* … schauen und schweigen also, de- und wehmütig schweigen. Schweigen ist so wichtig.

Sie schwiegen.

Schweigen *und rauchen*, sagte Gasser nach einer Weile, es gibt nichts Besseres. Im Rauchen steckt, wenn mans bedenkt, mehr De- und Wehmut als in allen anderen Tätigkeiten unter der Sonne. Si tacuisses … primum fumare, deinde vivere … non fumum ex fulgore sed ex fumo dare lucem … ah …

Da tauchte über einem der kahlen Schädel wieder der stumme Vogel auf, ein winziger Hubschrauber. Ist das der Rettungshubschrauber oder der für die Leichen?

Was?

Der Hubschrauber.

Welcher Hubschrauber?

Na, da hinten, über den Bergen.

Wo denn?

Da!

Wo?

Da!

Ich sehe ihn nicht. Tut mir leid, ich sehe nichts.

Da, er ist doch nicht zu übersehen, wie er leuchtet, der kleine orange Fleck!

Tut mir leid. Nein.
Zwantulla konnte es nicht fassen. Der war doch ... oder bildete *er* sich den Hubschrauber nur ein? Nein, keineswegs. Was er sich einbildete, war, dass aus dem Hubschrauber gleich eine Milchkuh herausfallen würde, wie ein Steinway ins Meer, *das* war Einbildung, der Unterschied war klar u. deutlich, clare e. distincte, wie Leibniz geschrieben hatte (oder Pascal?), der Hubschrauber war vorhanden. Flog. Wie konnte Gasser ihn nicht sehen?
Aber der Habicht!, rief Gasser, siehst du den Habicht in der Luft? Da unten, hoch in der Luft. Sehr interessanter Vogel.
Das ist ein Habicht?
Freilich. Ein Habicht. Man liebt ihn nicht, niemand, aber hochinteressant.
Woran erkennt man, dass es ein Habicht ist? Nicht ein Bussard oder Adler oder so?
Na hör mal, machst du Witze, schau dir doch den Schwanz an. Einen langen geraden Schwanz hat der Habicht, der Bussard hat einen halbrunden, wie ein Fächer. Und Adler, na dazu sag ich mal gar nichts ... außerdem ist der Habicht ganz grau, schiefergrau.
Farbenblind?
Was? Na hör mal ... zugegeben, orange fällt mir schwer, aber ...
Nein, der Habicht, ist der farbenblind? Ornithologie ist doch dein Steckenpferd, also weißt du es bestimmt, sind Habichte farbenblind?
Ach so. Nein, absolut nicht. Wie kommst du auf solchen Schmarrn? Vögel haben sogar einen Farbrezeptor mehr als Menschen. Das weiß doch jedes Kind. Vögel sehen mehr als wir Menschen! Der Mensch kann alles, aber alles nur

durchschnittlich, der Mensch ist das *mittlere Wesen* ... alte leibnizsche Ordnung, da ist sie wieder ...
Ja, der Homo-mensura-Satz ...
Schmarrn, homo mensura bedeutet etwas anderes, Protagoras, nicht Leibniz, das Credo des Relativisten. Greifvögel sehen sogar ultraviolettes Licht. Mäuse-Urin. Wusstest du, dass der Urin von Mäusen ultraviolett leuchtet? Für die, die es sehen können! Der Mensch kanns nicht. Der Habicht kanns, am ultravioletten Leuchten des Urins erkennen die Jäger aus der Luft, wo die Mäuse sind.
?
Sic!
Und ich dachte immer, Habichte wären farbenblind.
Immer?
Naja, ich hab nicht ständig daran gedacht, aber ...
Wie kommst du auf diesen Schmarrn?
Professor Kumm hats erzählt.
Da lachte Gasser. Kumm! Mein guter alter Freund Kumm! Eine Schwatznase vor dem Herrn, Schwafler, Schwadroneur! Faselhans!
Es stimmt also nicht?
Wenn ich dirs sage, Zwantler. Der Kumm hat doch keine Ahnung von Vögeln. Von Musik vielleicht, aber nicht von Vögeln. Weder von Literatur noch von Vögeln, den beiden wichtigsten Angelegenheiten unter der Sonne. Er ist mein Freund, aber ich kann gut verstehen, dass sein Sohn ihn hasst.
Ihn hasst? Hibiscus?
Hast dus nicht bemerkt?
Weil er nichts von Vögeln versteht?
Nein, doch nicht deswegen. So ein Schmarrn. Da müsste man ja quasi alle Menschen hassen, kaum ein Mensch versteht et-

was von Vögeln. Wobei, freilich, man *könnte* alle Menschen hassen ... nur um seiner selbst willen *sollte* man es nicht ... Homo mensura, murmelte Zwantulla. Dann schwiegen sie wieder. Schwiegen, rauchten, blickten in die Weite.

Große Übersicht:

1.
2.
3.
4.
5.
6.
7.
8.
9.
10.
11.
12.

Mehr bekam er in diesem Moment nicht zusammen; weder in der Verknappung noch im Ausufern, weder im Aphorismus noch im Wuchern kam man – wer? – der Sache – welcher? – näher; ach war das traurig; was war traurig? Alles, ach, alles! *Traurig*, dieses feine kleine Wort traf es ganz genau, es gab kein genaueres Wort für das alles als dieses feine kleine: traurig, traurig ... dazu die Liebe, die Liebe, plötzlich liebte er alles u. jeden, jedes Geschöpf dieser Welt, jede Kuh, jede Maus, sogar jeden Habicht. Auch jeden Menschen. Die armen Menschen! Denn noch größer als alle Liebe war sein Mitleid ... auch mit seinen Gefährten, dem armen einbeinigen Ciceronen ... ach, dieses Mitleid, Mitleid ... Schließlich durchbrach Gasser das traurige, liebevolle, mitleidige Schweigen: Kennst du diesen Zwiespalt? Diese depperte Ambivalenz? Dass man nicht weiß,

ist es die Angst vor dem Tod oder der Wunsch nach dem Tod?
?
Verstehst du mich nicht?
Vor dem Tod, nach dem Tod, ich kapier gar nichts mehr ...
Ach, Zwantler ... du Lamm ... du Sufi ... sei froh, keine Familie zu haben, da bist du nicht so einsam. Beneidenswert, so ruhig und arglos wie du dahinzuleben ... Leibniz oder Protagoras ist dir einerlei, obwohl du gebildet bist, man spürt es gleich, wenn man dich sieht, auf den ersten Blick sieht mans, in aller Seelenruhe träumst du dich dem Abgrund entgegen, de- und wehmütig ... diesem entsetzlichen Abgrund ... du denkst, ich spotte? Nein, ich bewundere und beneide dich. Du Lamm, du Sufi ...
(Sufi, Mystiker? Oder *Suffi*, was meinte er?) Zwantulla fürchtete, gleich würde Gasser ihn abküssen, aber sie wurden gestört bzw gerettet, die anderen gesellten sich in ausgelassenster Stimmung zu ihnen, Koffin drückte Gasser den Flachmann in die Hand, der kippte gierig den letzten Schluck runter: Gesundheit! Leer! Er wollte den leeren Flachmann einstecken, aber dann überlegte er es sich anders u. warf ihn in die Tiefe.
Har har, Paul, alter Bildungshuber, wie der alte Zecher bei Goethe!
Scherben bringen Glück, hihi.
Der Flachmann ist aber nicht aus Glas, Hibiscus, der ist aus Zinn.
Hihi, dann rostet er halt, Rost bringt auch Glück.
Haha, du legst die Schnabulatur nie beiseite, oder? Du bist und bleibst der philosophischste Wuschelkopf von uns allen ... nur rostet Zinn nicht.
Übrigens ... lustiger Zufall, ich hab auch was dabei. Perger

öffnete die schwarze Tasche, in der tatsächlich Noten zu sehen waren, wenn auch nicht zu erkennen, ob das *Wohltemperierte Klavier*, u. zog eine Flasche Wermut heraus.
Na, was sagt ihr dazu? Vorhin in der Greißlerei gekauft!
Wo die Perlen für die Toten waren?
To*r*ten.
Ja, ja ...
Ja, da.
Ich dachte, du wärst vor Schreck rausgerannt?
Bin ich auch, aber erst hab ich noch diese Flasche gekauft.
Haha! Er hat es faustisch hinter den Ohren ... faustdick, meine ich! Gut gemacht!
Sie ließen sie herumgehen, Koffin reichte sie gleich weiter an Hibiscus.
Pa-pa-paar Nüsse dazu? Er zog eine weitere Packung aus der Hosentasche.
Ja bitte!
Ja bitte!
Ja bitte!
Paranüsse? Nein danke. Da setz ich lieber die Kappe mit den kleinen Uran-Knöpfchen auf.
(???? – Egal.) Phantastischer Wermut! Singulär! Gesundheit! Dr Sponnr?
?
Isch wek vom Fenschtr. Dr Gynäkologe?
?
Scheidet dahin. Dolly Buster?
Was?
Dolly Buster?
?
Nippelt o. Wahnsinn, Wahnsinn, Wahnsinn

hi
hi
ha ha ha ha ha
hi
hi
hi
hi
hi

Wahn-sinn!!! Gesundheit!!!

– Als Zwantulla wieder zu sich kam, sprachen die anderen über Fußball … Hamburg, das Volksparkstadion … Golgatha …

Golgatha?

Ja, das ist er.

Wer?

Van Basten, ein Goalgetter! Was für einer! Letzten Sommer in Hamburg! Der hats euch gegeben, oder? Da konnte sogar Beckenbauer keinen Faden abbeißen, obwohl der euer *aller*größter Landsmann ist.

Größer als Goethe? Als Reiser, als Kater Murr?

Du sagst es, Zwantler.

Aber nicht so groß wie Chüllit. Der ist nämlich auch sehr groß.

Wer?

Rüüd Chüllit!

Ach so! Sag doch Gullit, Hibiscus, wie Gully, Ruth Gullit, man sagt doch auch *Gauda,* nicht *Chouda,* ist ja lächerlich! Pseudopolyglott.

Gauda? Der Philosoph, der gesagt hat, man muss die Feste feiern, wie sie fallen?

Ach, Hibiscus!

Sie hatten noch immer diesen bittersüßwürzigen Wermutgeschmack im Mund, u. es war alles, alles gut.
Schließlich bekam jedoch Gasser den Rappel, er schien sich an die Todesangst zu erinnern, als sie auf den Abgrund zugerast waren, er umarmte Perger u. wisperte: *Du* hast uns das Leben gerettet, Berger ... mit deinem jähen Aufschrei ... ich hatte einen Kurzschluss ... Alle schämten sich u. waren gerührt. Zwantulla hätte sich sogar freiwillig abküssen lassen, der Moment war zu ergreifend.
Aber Hibiscus rettetest *du*, Gasser, hätte der im Gurt festgehangen, hätten wir ihn niemals auf den Rücken klopfen ... mag man sich gar nicht ausmalen ...
Dann humpelte Gasser ein Stück davon u. stellte sich allein an den Hang. Die steilste Stelle, etwas bedenklich, aber er wirkte so elegisch, dass sie ihn in Ruhe lassen mussten. Hibiscus stellte die Wermutflasche ab, der eben noch so weichgestimmte Perger fuhr ihn an: Bist du durchgedreht?
Wieso?
Die Flasche! Die du da ins Gras gestellt hast! Wenn wir sie nun nicht mehr finden? Weißt du überhaupt, wie der Wermut Ameisen anzieht? So was Überkandideltes, eine Wermutflasche ins Gras zu stellen, das machen nur Frettchen. Nicht mal das verschluckte Bonbon war dir eine Lehre! Aber was rede ich, durchgedreht, man kann nur durchdrehen, wenn man vorher normal war. – Perger war wirklich außer sich. Er nahm die Flasche u. verabsentierte sich zusammen mit Koffin (!) in die entgegengesetzte Richtung wie Gasser. Da wirkte er wie ausgewechselt, schlagartig entspannt. Der stämmige Koffin watschelte wirklich. Die sind ja ein Herz u. eine Seele, welche Harmonie, da finden Franz Liszt u. Bob Dylan zueinander; aber vielleicht

war Perger auch nur von den anderen, ihnen allen, so enttäuscht. Der war ja sowieso ein Psychopath.
Zwantulla blieb allein mit Hibiscus, der schlottrige olivgrüne Rucksack über seiner Schulter. Ob Hibiscus geknickt war wegen Pergers heftiger Anwürfe?
Hibiscus schien es aber kaum gehört, sondern etwas anderes auf dem Herzen zu haben, er starrte nachdenklich, fuhr sich durch die Haare, nestelte in seiner Hosentasche herum, holte ein Bonbon raus u. steckte es wieder weg, zündete sich eine Camel aus der anderen Hosentasche an, schaute lange zu Gasser rüber, dann Zwantulla an, usw, schließlich flüsterte er: ... und wenn wir ihn runterstoßen? Dabei sah er ihn erwartungsvoll an.
Perger?
Nein, doch nicht den, was interessiert mich der Müslifresser mit seiner Verstopfung. Gasser natürlich.
Na hör mal, Mord!?
Naja, merkt doch keiner ... ein besoffener Einbeiniger ... angeborener Herzfehler, wer täte da ...
Meinst du wirklich?
Schau doch mal, wie er da am Abgrund lungert ... *die* Gelegenheit ... da kommt uns keiner auf die Schliche, wenn er da runterfällt, wer täte je auf die Idee kommen ...
Das stimmt allerdings ...
... niemand täte je auf die Idee kommen, dass jemand ihn, du weißt schon ... hihi ... kleiner Schubser genügt ...
Das kann wohl nicht dein Ernst ...
Er hat uns ja fast drum gebeten, er hat selbst gesagt, er ist Cicero. Das weiß sogar ich noch aus dem Schulunterricht, was sie mit Cicero gemacht haben.
Du denkst ans Forum Romanum, die Rostra ... wo die Schiffsschnäbel steckten ... fürchterlich ...

Von wegen. Sie haben ihm den Kopf abgeschnitten.
Ja, ich weiß ... aber sag mal, was fällt dir eigentlich ein? Überleg doch ...
Ich habe nichts gehört, verstehst du?
Aber ...
Still!
Ist ja gut, ist ja gut. Er sagte nichts mehr, maulte wieder. Der war ja noch blöder, als Zwantulla gedacht hatte, von nun an wollte er sich vorsehen. Und er Esel hatte gedacht, Perger sei der Psychopath. Aber Hibiscus, der war ja schlimmer als Perger u. Fulvia zusammen, Fulvia, die mit ihrer Haarnadel dem toten Cicero die Zunge durchbohrt. Berge in die Luft sprengen, er hätte es längst merken müssen, die Sonne schlagen, es war ja offensichtlich, Meteoriten in Dörfer werfen, der war kein Trottel, sondern ein Psychopath ... Na, mal schlau sein, bluffen, flüstern: Dabei war Gasser gerade eben noch so schwermütig, dass man fürchten musste, er würde sich von selbst in den Abgrund stürzen. Und wir direkt daneben, stell dir vor, Hibiscus, da hätte man am Ende denken können ...
Was?
Wir!
O Gott.
Dann wären wir dran gewesen. Denkst du denn gar nicht nach? Vermisst du eigentlich dein Kind nicht?
Was?
Dein Baby! Deine Frau! Deine Familie! In Bologna! Hast du sie denn schon vergessen?
Ach, da kann man doch nicht die ganze Zeit dran denken. Das seh ich alles früh genug wieder, dieses Gedöns.
Hoffen wirs.
Nichtsahnend gesellte sich Gasser zu ihnen, jetzt wieder

heiter: Ich kann mir schon denken, woran ihr denkt. Ich auch!
?
Hab ichs mir gedacht, also, kratzen wir die Kurve! Hab ich einen Kohldampf! Ihr habt ja immerhin beim Paul ein gegrilltes Hendiadyoin verzehrt, aber ich ...
Wir haben auch Kohldampf!
Die Abendsonne überflutete jetzt die schöne Aussicht. Koffin u. Perger warteten bereits am Panda. Koffin hielt einen Sack, in dem sich vermutlich der Kalbskopf befand, den er verständlicherweise nicht über Nacht im Kombi lassen wollte. Er legte ihn vorsichtig in den Kofferraum des Panda, den Gasser ihm öffnete. Dafür behielt Hibiscus diesmal den Rucksack bei sich, auch auf mehrfaches Nachfragen wollte er ihn nicht aus der Hand geben.
Zwantulla stand etwas abseits. Er betrachtete den Panda, der jetzt nicht mehr weiß war, sondern, da die Abendsonne ihn anstrahlte, in einem grandiosen Rotrosaorange leuchtete; dabei war Zwantulla in den Sinn gekommen, was er irgendwann, gewiss als Kind, irgendwo, gewiss in einem Buch (obwohl er nie gern gelesen hatte), gelesen hatte: *eine Kreuzigung im Gesicht*.
Bevor sie einstiegen, bückte Koffin sich u. schaute unter den Panda: Der verliert ja Öl. Ein Ölfleck im Gras. Hat er überhaupt noch Collaudo? Na, macht nichts, für diesmal wirds schon passen. Wir müssen nur aufpassen, dass uns die Carabinieri nicht erwischen. Dann aber, als er sich als Letzter auf die Rückbank des wackelnden Panda quetschte, entfuhr es ihm: Krass! Grauenerregend!
Was ist los? Was hast du denn, Ivo?
Jemand hat die Gurte rausgeschnitten!
Gelächter, Erklärung: das war ich doch selbst. Kann es

wirklich sein, dass du in all den Jahren noch nie bei mir mitgefahren bist, Ivo?
Nein, ist eine Premiere.
Als Letzter stieg Hibiscus ein, Gasser hatte diesmal ihn als Beifahrer bestimmt: Ich nehm jetzt Hibiscus nach vorn, er ist der Klarste und Deutlichste von euch. Es schien ihn nämlich zu wurmen, dass Perger u. Koffin (oder eher Perger allein) den ganzen Wermut ausgetrunken hatten, man spürte den Ärger trotz seines spaßigen Tons: Beratschlagt wie die Huderhandler und hudlt bloß den Wermut! Hm, mal überlegen, wohin jetzt?
Egal, Hauptsache was zwischen die Kiemen schieben!
Aber erst zum Schloss, zum Außergasser.
Ja, das ist klar. Es liegt fast auf dem Weg. Ein kleiner Umweg ist es natürlich schon, ist ja etwas abgelegen.
Im Fahren stellte sich heraus, warum Koffin so mulmig gewesen zu sein schien, weder wegen des Öls noch wegen der abgeschnittenen Gurte, sondern weil Perger ihm erzählt hatte, dass ihnen am Nachmittag, während sie im Gasthaus *Vögele* gesessen hatten, von einem Unbekannten die Reifen aufgeschlitzt worden waren. Gasser tat die Reifengeschichte jedoch als Marginalie ab, bloß ein Dummebubenstreich. Nicht zu eng da hinten?
Nein, wir sitzen hier wie in Abrahams Schoß. Koffin hatte sich also auch entspannt. In Afrika hab ich schon viel enger im Bus gesessen, auch in Bolivien, Nepal ...
Trotzdem, hätte nicht gedacht, dass man zu dritt hier reinpasst. Würde man von außen nicht denken.
Ja, diese Pandas sind erstaunlich. Wie der die Berge hochklettert, sollte nicht Panda heißen, sondern Luchs, Fiat Luchs! Nichts gegen italienische Autos!

Viel besser als ein Mercedes, der bleibt einem unterm Arsch liegen, gerade wenns am schlechtesten passt.
Stimmt, wer mit einem Mercedes ins Hochgebirge fährt, ist bereits verloren.
Übrigens ... Italiener im Allgemeinen! Nichts gegen sie! Gegen Franzosen, meinetwegen, Ungarn, Polen erst recht, von den Schweizern mal ganz zu schweigen ... aber nichts gegen Italiener!
Außer ...
... was?
Haha! Hihi! Har har! (? – Zwantulla, der zwischen Perger u. Koffin saß, verstand nicht, worüber sie lachten.) – Hibiscus fummelte auf dem Beifahrersitz aufreizend ungeschickt an den Lederschnallen seines Rucksacks herum. Gasser touchierte beim Losfahren den Kombi, obwohl weit u. breit Platz war. Macht nichts, sagte Koffin, ist ja eh hinüber. Ob ich den je wieder abhole, werd ich mir gut überlegen. – Perger u. Koffin schienen sich über Gottweißwas Abgelegenes unterhalten zu haben, denn dass Koffin nicht aus Südtirol stammte, sondern aus Kärnten, bekam Perger erst jetzt mit. Da wiederholte sich die Disputation, die sie am *American Grill* geführt hatten: Doch, Kärnten sei schon in Ordnung, schlimm nur, wenn die Deutschen einfielen. Nichts gegen euch persönlich, ihr seid in Ordnung, aber die Deutschen im Allgemeinen ...
Stimmt.
Puh, Deutsche.
Schlimmer als Franzosen, Ungarn und Schweizer zusammen.
Naja, wir sind zum Glück nicht in Kärnten, und wir sind in Ordnung.
Gut, dass wir alle so in Ordnung sind. – Die Stimmung

war nun sehr gelöst, v.a. bei Perger fiel das auf, so gut gelaunt war er den ganzen Tag nicht gewesen. Vielleicht war er doch kein Psychopath, er schien den dunklen Teil des Waldes endgültig verlassen zu haben. Auch Hibiscus nahm wieder regen Anteil an allem. – Im Gespräch stellte sich heraus, dass Ivo Koffin in den Monaten zwischen seinen Reisen sein Geld mit Fleisch- u. Wurstspezialitäten verdiente, v.a. geräucherten Gamswürsten (ach so! *Gams*würste!), die er in EG-Länder u. sogar nach Übersee exportierte, Japan, Paraguay ... (daher der Kombi? Um die Gämsen zu transportieren? Und wie hatte er die Finger verloren?) Aber er sprach nicht gern von der Arbeit, sondern erzählte lieber von seinen Reisen, von einem alten Italiener, mit dem er quer durch Indonesien gepaddelt war (das interessierte Hibiscus), vom Radfahren mit Amerikanerinnen im Himalaya (auch), von Erleuchtungssuchern in Nordindien, die *ek-bahu* praktizierten, d.h. jahrelang einen Arm gehoben hielten oder eiserne Keuschheitsgürtel trügen (da schaute er entsetzt) bzw sich ihr Leben lang mit Asche einrieben (hihi, eklig), usw, *von fremden Ländern und Menschen,* rief Perger, was gibt es Interessanteres? Auch um Einheimische u. gemeinsame Bekannte mit Gasser ging es, eine aus Tarotkarten (notabene: nicht Tarock! Nur die Franzosen vermischen das!) wahrsagende Hausfrau u. Lyrikerin in Mals, einen boshaften Hagestolz in Schnals, Hundezüchter u. Brandstifter in Schlurns u. Glurns usw. Auch über Literatur disputierten sie, v.a. Gasser u. Koffin, über bildende Kunst, über Filme: Kennt ihr eigentlich diesen Film, wo sie einen Leoparden im Auto haben? Wie, Filme sind nicht so euers, im Ernst? Der Leopard sitzt auf der Rückbank, im Nacken des Beifahrers ... kein Panda, ein amerikanisches Auto ... –

Nur seine Frau erwähnte Koffin mit keinem Wort, ob es ihm zu schmerzhaft war oder gleichgültig, wurde Zwantulla nicht klar. Auch Gasser sprach das Thema nicht an. Dafür erfuhren die Altpassagiere jetzt mehr über Außergasser, einen ehemaligen Sparkassendirektor, der nach seiner Pensionierung ein Schloss erworben u. hergerichtet habe; hierzulande sei man froh über jeden, der eins dieser Schlösser erwerbe u. herrichte. Da gehört nämlich eine gehörige Portion Idealismus dazu. Andernorts würde man auch Wahnsinn sagen. Aber der Mensch braucht eine Aufgabe, und wenns ein verrottetes Gemäuer ist. Außerdem ist es überhaupt kein richtiges Schloss, auch wenn es so heißt, sondern eher ein Turm mit einem Wohnhaus dran. – Die Altpassagiere erzählten ihrerseits vom Zweck ihrer Rundfahrt: mal was anderes sehen, jenseits der abgegrasten touristischen Fischgründe usw, ein löbliches Unternehmen, wie Koffin fand, vielen Besuchern fehle dieser neugierige, völlig unvoreingenommene, an allem u. jedem interessierte Blick. Radikale Offenheit! Genau! Gut, dass wir alle so offen sind! – Etwas unangenehm war die Enge auf der Pandarückbank mit der Zeit schon, zumal mit dem kratzenden Cordbezug im Rücken, man hätte, dachte Zwantulla, 3 Dünne auf die Rückbank setzen sollen, nicht ihn, u. dann noch in die Mitte. Wenigstens gut, dass man sich hier nicht anschnallen kann, ihre Beine u. Hüften schubberten aneinander, er spürte seine Muskulatur sich verhärten, es war, als würde der Panda immer noch enger u. kleiner, er hatte nämlich das untrügliche Gefühl, dass jemand bzw etwas auf dem Dach saß. Schließlich rümpfte Koffin die Nase u. sagte: Es riecht hier nach Pisse.
Soll ich das Fenster öffnen?, fragte Hibiscus von vorn.

Nein! Kein Zug!, sagte Perger von links.
Wirklich? Es ...
Fenster bleibt zu! Ausgelassen hin oder her, darüber ließ Perger immer noch nicht mit sich reden.
Gut, aber er hat Recht, es stinkt wirklich, sagte Hibiscus in einem neuerlichen Anflug von Maulerei; aber gleich hellte sich seine Miene wieder auf, u. er sagte triumphierend: Ich hab übrigens auch was dabei. Endlich hatte er die Schnallen aufbekommen u. zog eine Flasche aus seinem Rucksack.
Latschenschnaps?
Diesmal hatte er wirklich alle verblüfft. Du hast Latschenschnaps?
Ja!
In diesem großen Rucksack ... einfach eine Flasche ... nichts weiter, ja? Wahnsinn!
Deshalb warst du so vorsichtig mit dem Rucksack!
Reihum! Reihum! Richtig, du ja nicht, Ivo, du fastest ja, machst ja selbst ek-bahu ... willst du wirklich nicht probieren? Nein? Gesundheit! Phantastischer Schnaps, der beste bisher am heutigen Tag, der macht dich deppert! Hibiscus, du bist eine Wucht! (Er wollte dich eben noch ermorden, du Vogelscheuche!) Dr Kaminkehra?
?
Bleibt stecken?
Schmarrn! Erbleicht! Dr Rabbi?
?
Geht ibrn Jordan! Dr Optikr?
?
Mocht fir ollm die Augn zua!
Gasser, hatten Sie ...
Du!

Was?
Wir sagen alle *du* zueinander!
Richtig! Hattest du ... du hattest doch vorhin einen Jägerwitz erwähnt, den du erzählen wolltest ...
Sti-sti-stimmt, der Jä-jägerwi-wi-wi...
Har har, einen Jägerwitz, den würd ich auch gern hören!
Richtig, der Jägerwitz ... sensationell ... passt mal auf ...
BUMM!
WAS WAR DAS DENN?!?
Zwantulla war mit dem Kopf gegen die Decke geknallt, vom Sitz emporgeschnellt wie eine Rakete. Er hatte einen Krampf im Bein bekommen, weil sie so eng saßen, vielleicht auch wegen des Muskelkaters, den er fast vergessen hatte, plötzlich hatten seine Muskeln sich zusammengezogen u. ihn hochkatapultiert. – Gleich darauf war alles wieder in Ordnung, sie konnten über das Malheur von Herzen lachen. Sowas Blödes! (Er spürte wieder einen Tropfen in der Unterhose; Gefühl, ultraviolett zu leuchten.) Hibiscus reichte ihm die Latschenschnapsflasche, damit er sich beruhigte. Gesundheit. Hier auch einige Paranüsse, wegen des Magnesiums.
Wenigstens sind hier keine Anschnallgurte, das hätte böse enden können.
Ja, mit Krämpfen ist nicht zu spaßen.
Ich bekomm auch einen Krampf im Bein, sagte Gasser.
Was?!?
Das *war* ein Spaß! Ich bekomm doch keinen Krampf! Was glaubt ihr denn? Schmarrn!
Haha, har har, hihi, W-a-h-n-s-i-n-n! Ein Krampf im Bein des Fahrers! Das wär ja was gewesen. Trotz der Hebel!
Oh ... ich bin blind!!!
Was?

Blind!!!, kreischte Hibiscus, die Latschenschnapsflasche noch in der Hand, ich seh nichts mehr!!!
Was?!?
War auch nur Spaß, regt euch wieder ab, blind wie ein Huhn, was, usw. Perger schloss eine Zeitlang die Augen: Wie Karussellfahren, Freunde, als würden wir Karussellfahren. Wie Kinder. Erinnert ihr euch ans Kindsein? Ans Karussellfahren? Die Kutschen, die Pferde, die Segelschifflein ... all das ... die Einsamkeit, Glück wie Verzweiflung ... ach ... ah! – Zwantulla klitschnass geschwitzt, der ganze Sitz unter ihm musste schon gesalzwässert sein; sowie diese feuchte, ultraviolett leuchtende Unterhose, sowas Unangenehmes, außerdem wurde ihm flau, es ging jetzt wieder bergab, Gasser ließ den Panda jetzt meistens einfach rollen, nahm die Kehren quasi ungebremst, u. Beifahrer Hibiscus bekam Nasenbluten. Aus heiterem Himmel: Hey, Nasenbluten! Dem fiel auch immer was Neues ein, hatte dieses Kamel gar kein Schamgefühl?
Achtung, gleich tropfts dir auf den Schal!
Hat jemand ein Taschentuch?
Er stopfte es sich in die Nase, legte den Kopf in den Nacken (wie ein Pianist) u. starrte zur Decke, während der Panda immer schneller bergab sauste. – Plötzlich kriegte Zwantulla die Keucherei, Atemnot, Verdacht, dass es Kumm beim Organisieren dieser Rundfahrt nur darum gegangen war, seinen Sohn sterben zu lassen, einzig darum hatte er diese ganze Fahrt in Gang gesetzt: seinen missratenen Spross zu dem einbeinigen farbenblinden herzkranken Säufer in den verrosteten Kleinwagen gesetzt, auf dass der ihn vom Berg in den Abgrund befördere! Mitsamt Streichhölzern, Bonbons, Nüssen! Beigaben zum Sohnesopfer! Von wegen, mal ein Tag unter Männern, mal auf andere

Gedanken etc ... jetzt, wo sie so ausgelassen waren, war es so weit, er u. Perger u. jetzt auch Ivo Koffin waren nichts als Beigaben für den Abgrund! Um es unauffälliger zu machen. Jetzt liegt alles offen zutage. Er konnte kaum mehr atmen. – Dann ging es wieder. Perger öffnete die Augen: Wo sind wir?

Hibiscus' Nasenbluten schien aufgehört zu haben. Du kannst das Taschentuch jetzt rausziehen, Isaak!

Isaak?

Warum hast du ihn Isaak genannt, Zwantler?

Hab mich bloß versprochen.

Ah! Wegen *Moby Dick* wahrscheinlich, dieser weltberühmte erste Satz, *Call me Isaac* ...

Richtig, er liest ja *Moby Dick* zurzeit.

Zieh endlich das Taschentuch aus der Nase, Hibiscus. Wirfs aus dem Fenster.

Hick!

Was ist denn nun schon wieder?

Schluckauf, jetzt hat er Schluckauf! Eine richtige Zwiebel ist das, erst bekommt er Nasenbluten, dann Schluckauf!

Hick!

Dafür kann er doch nichts.

Wenigstens ist er kein Feuerschlucker.

?

Stellt euch vor, ein Feuerschlucker mit Schluckauf!

Und das hier drin, wo es sowieso so eng ist!

Hick! – Die Stimmung kippte. Auch Pergers Sympathie für Koffin schien schlagartig verflogen, jedenfalls sah er ihn mit so einem Et-tu-Brute-Blick an. Vielleicht war er doch ein Psychopath, dieser Spezialiszt, jedenfalls ein emotional fahriger Mensch, äußerst wankelmütig bzw -fühlig. Er, Zwantulla, war selbst nicht mehr sicher, wen er leiden konnte u. wen nicht. Fühlte sich so zerrissen wie ein Beethovenstreichquartett ... von wegen. Schön wärs! Da mochte der pianistische Glanzschwanz von Streichquartetten halten, was er will ... ah, ein Beethovenstreichquartett sein! Nicht formlos zerrissen, sondern *zu Form zerrissen!* – Aber in diesen Teil des Waldes wirst du nie, nie gelangen.

Was murmelst du da, Zwantler?

Nichts ...

Bist doch kein Murmeltier, murrte Perger, ist ja das Letzte, in einem vollbesetzten Auto so vor sich hin zu murmeln. – Ivo Koffin hatte, ehe sie alle den Koller bekamen, den rettenden Einfall: Er schlug vor, den Kuhstall eines am Weg gelegenen Hofs zu besichtigen, dessen Bauer ihm bekannt war. *Das* wäre mal ein unabgegraster Fischgrund. Gasser gefiel diese Idee: Wie wärs, möchtet ihr einen Kuhstall besichtigen? Wär mal was anderes.

Nein danke, durchaus nicht.

Aber warum'n, könnte – hick!, interessant sein, hihi.

Also gut, wenn ihr wollt, halten wir an!

Diesmal aber bremsen, har har! – Perger blieb mit dem *Wohltemperierten Klavier* im Panda sitzen, die anderen stiegen aus. Der Stall, ein großes Gebäude, stand direkt neben einem alten Bauernhaus mit runden Ecken u. kleinen Fenstern. Da sie niemanden sahen, gingen sie direkt zum Stall. Zwantulla drehte sich vor dem Eintreten um u. schaute, ob jemand bzw etwas auf dem Panda saß, aber da war natürlich nichts. Vielleicht hatte er ihn bzw es auch mit dem Kopfstoß vom Dach katapultiert, gut möglich, denn ihm kreiste bzw kreißte der Schädel. Dann ging er den anderen nach, es war ein wirklich weitläufiger, selbst in der einsetzenden Dämmerung erstaunlich heller Stall.

Ein Stall, sagte Koffin, der so groß ist wie eine Kirche und auch zwei Säulen hat, wie es im *Kind* heißt.

Der zerknitterte Bauer lehnte seine Mistgabel an die Schubkarre u. stapfte in Gummistiefeln heran. Er begrüßte sie herzlich, auch wenn Zwantulla kaum ein Wort verstand. In Wahrheit, schien ihm, war es kein richtiges Gespräch, was sich da entspann, sondern Gasser u. Koffin redeten den Bauern in Grund u. Boden. Der fremde, zerknitterte Bauer tat ihm leid. Er liebte ihn, aber er verstand ihn nicht. Er hörte eine Weile sinnlos zu, dann begann er, wie Hibiscus herumzugehen. Die Kühe standen in 2 langen Reihen beidseitig vom Mittelgang, der Besucher schaute ihnen, wohin er auch sah, auf die Hinterteile, nicht in die Augen. Et in Arcadia ego. In den Augen der Kühe hätte man sich ja noch spiegeln können, aber in den Ärschen? Die Kühe fraßen, aber man konnte von hinten in ihren Trögen nichts erkennen, vielleicht fraßen sie Kabeljauköpfe, ihm wurde schlecht. Zum Glück entdeckte er in Verschlägen am Rand 2 Kälber, denen hätte man in die Augen blicken können, wenn sie nicht die Köpfe gesenkt gehalten hätten, um aus großen Blecheimern zu trinken; man sah, dass es Milch war; wusste aber nicht, ob sie vielleicht nach Fisch schmeckte. Träge Fliegen u. flinke Schwalben flogen durch den Stall. Draußen bellte ein Hund, als überfielen Mordbrenner den Hof. Hibiscus hickste. Zwantulla musste niesen. Er schaute zu Gasser u. Koffin hinüber, die weiter mit fachmännischen Mienen sprachen, anscheinend tauschten sie sich mehr miteinander als mit dem zerknitterten Bauern aus. Gasser deutete mit der Krücke auf eine bestimmte Kuh u. schien etwas zu erklären, Koffin u. der Bauer nickten zustimmend; kein Wunder, Zwantulla erinnerte sich, dass der Altphilologe

Gasser ja ein Bauernsohn war, also verstand er etwas von Kühen.

Da spürte er, dass der Raum vibrierte.

Die Milchmaschine ratterte, von allen Kühen führten Schläuche zu einem langen Rohr, das unter der Decke durch den ganzen Stall verlief. Er staunte über die Ergebenheit der Kühe, dass sie einfach da standen u. sich melken ließen; aber warum nicht, das war doch ein Leben. Schön. Er hingegen, sie alle, der Durst nach Erkenntnis, unerträglicher Durst ... diese Kühe, Steinways an Schläuchen, durch die ihre Musik floss. Allerdings roch es ziemlich streng, ein dermaßen feinfühliger, hochsensibler Mensch wie der Pianist Perger (Psychopath hin oder her) tat gut daran, draußen zu warten, im Panda ... wo sich allerdings außer ihm u. dem *Wohltemperierten Klavier* noch der eingesackte Kalbskopf befand. Das war sicher auch nicht angenehm, v. a. aber verpasste er nun den entscheidenden Moment, das spürte Zwantulla: Alles war ja durcheinandergeraten, dieser eine Tag so wie sein ganzes Leben; aber jetzt, jetzt hatte er das untrügliche Gefühl, nah an des Rätsels Lösung bzw aller Rätsel Lösungen zu sein. Er musste sie nur ergreifen ... – Dann gingen sie wieder raus.

Vor dem Stall sahen sie, dass Perger ausgestiegen war u. sich auf den Misthaufen erbrochen hatte. Schon wieder gekotzt! Vielleicht was mit dem Magen. Oder wegen des verbrannten Fingers. Am Nachmittag hatte er ja schon Durchfall gehabt (angeblich). Jetzt saß er kalkbleich auf einem alten Traktorreifen, auf den die Bäuerin, rechtzeitig zur Stelle, ihn platziert hatte, ein Stück entfernt riss der Hofhund wütend an seiner Kette u. bellte, dass es ihm von den Lefzen hing. Perger sah aus, als hätte er

in den dunklen Teil des Waldes geblickt. Die Bäuerin hatte ihm Schnaps u. Wurstbrot zur Stärkung gebracht. War vielleicht nicht schlecht, wenn ihm schlecht war, vielleicht war er doch ein Psychopath, so konnte er immerhin nichts anrichten. Er kaute u. fächelte sich mit dem schwarzen Täschchen Luft zu. Weiß nicht, was da los ist, bei mir liegt heute der Kamm neben der Butter ... eine Gurke, hätten Sie vielleicht auch eine Gurke für mich?
Die frische Luft tut auch gut, macht einen klaren Kopf.
Und trink noch einen Schnaps, sagte Gasser, das desinfiziert den Magen.
Gute Idee, das sollten wir auch tun.
Ist ja Medizin.
Oh, Südtiroler Treber aus Merlot und Chardonnay.
Da staunt ihr, oder? Gesundheit.
Hick!
Auch gut gegen Schluckauf.
Und du, Ivo? Wirklich nicht? Nicht einen klitzekleinen Schluck?
Nein.
Meinetwegen, des Menschen Wille ist sein Himmelreich, frei nach deinem guten alten Eukalyptos. Aber nun sag mal, Berger, passiert dir das öfter? Du solltest mal zum Arzt gehen.
Puh, Ärzte.
Da hast du auch wieder Recht. Gut gesagt. Ich verstehe dich vollkommen. Wenn man erst in die Hände der Ärzte gefallen ist ...
Sie schauderten.
Dann heißt es gute Nacht, schöne Großmutter ... kann man gleich mit dem Mercedes ins Hochgebirge ...

Sie hatten noch immer diesen würzigen Trebergeschmack im Mund, u. es war alles, alles gut.

Als sie weiterfuhren, ließ Gasser zwar wieder den Heimatkritiker raushängen, psalmodierte von *Nutztierarkadien*, Profit statt Prophet usw, machte sich lustig übers *Kappl oa, Kreizl schlogn* usw, hob aber zugleich hervor, auch dies, ein Kuhstall, gehöre unbedingt dazu, wenn man das Land sehen wolle, wie es *wirklich* sei jenseits der tourismusamtlichen Prawdabilder. Dieser sei übrigens ein sehr ordentlicher Kuhstall, Augias hat hier Hausverbot. Dann zu Perger: Musik kommt von *Muh*.

Perger lächelte müde.

Und du, Ivo? Hast dus dir nochmal überlegt?

Was?

Willst du uns nicht doch erst zum Abendessen begleiten? Reicht es nicht langsam mit dem Fasten?

Wohin wollt ihr denn?

Zum *Kürbis*. Ganz nah.

Also gut, ich komme mit. Weil es in eurer Gesellschaft so schön ist. Essen werde ich allerdings nichts.

Wie willst du das durchhalten? Nur Wasser?

Eine Frage des Willens.

Ja, wissen wir, ek-bahi, Eukalyptus ... sogar das Himmelreich eine Willensfrage, oder?

Gut, meinetwegen esse ich auch was.

Haha, du hast ja wirklich einen freien Willen. Gut so!

Ich seh halt, wie guts euch geht, da will ich kein Spielverderber sein. Außerdem hab ich Hunger wie ein Pottwal.

Hihi, was fressen'n Pottwale?

Fragen wir doch unseren Freund Zwantulla, der liest *Moby Dick*.

Wie, in den Alpen?

Hat er uns vorhin erzählt.

Aber nur den ersten Satz! Da wird gar nichts gefressen.
Am Ende frisst er jedenfalls das Schiff auf!
Schmarrn, seid ihr so ungebildet? Das weiß doch jedes Kind, Pottwale fressen Riesenkalmare aus der tiefsten Tiefsee.
Das glaubst auch nur du, Paul. Ich glaub, du hast das falsche Buch gelesen, was Wale angeht. In Wahrheit fressen Pottwale pelagische Kopffüßler, und zwar eine Tonne pro Tag.
Wirklich?
So steht es in der einschlägigen Literatur.
Und jetzt mal umgekehrt, wie schmeckt denn der Kopf eines Pottwals?
Da müssen wir passen, oder?
Ähnlich wie Kalbshirn.
Gut, Ivo, wir gebens zu, Fische sind deine Domäne, ich habs eher mit den Vögeln.
Siehst du, Paul, damit hab ich wiederum nichts am Hut, abgesehen von Enten. Aber hör mal, Wale sind doch keine Fische, das ist, als würde man Fledermäuse zu Vögeln machen!
Oder Hühner!
Ach, Hibiscus ... aber was solls?!? Ist ja ein richtiges Bestiarium hier! Vögel, Fische, Kühe, Esel ... gut, dass wir alle Zoologen sind! Hahahaharharharhihihi!!! Wahnsinn!!! – Erneut eine Serpentine bergauf. Als Zwantulla, allmählich müde, die Augen schloss, schwebte er. Zugleich merkte er, dass es immer enger wurde, nicht nur wegen Perger u. Koffin zu seinen Seiten, sondern da war wieder das Gefühl, jemand bzw etwas sitze auf dem Dach. Es wurde ihm übel, gewiss von den vielen Kehren, zudem roch es nach verbranntem Öl u. Perger aus dem Mund, dazu der beißende Rauch von Koffins Pfeife ... Mir wird schlecht.
Mir auch, sagte Perger.
Was, schon wieder? Und grad eben hat er ein Wurstbrot und

eine Gurke verputzt. Wenn er hier drin kotzt, haben wir die Bescherung.
Mir auch, sagte Koffin.
Mir auch, sagte Gasser.
Was, dir ist auch schlecht?!
Mir – hick!, nicht, hihi!
Habt ihr nicht auch das Gefühl, dass da was auf dem Auto sitzt?
Auf dem Auto?
Ja, auf dem Dach.
So ein Schmarrn.
Ihr merkt es nicht?
Nein, was soll da schon sitzen? Ein Murmeltier?
Also, ich ir- hick! -gendwie schon, da könnte wirklich was sein.
Unfug!, rief Perger, das kommt nur von der Beule, von vorhin, als du aufsprangst! – Zum Glück kotzte keiner. Dafür überfuhren sie etwas. Sie bekamen einen mächtigen Schreck, obwohl nur ein minimales Huppeln zu spüren war. So fühlt es sich an, wenn man ein Tier überfährt. Keiner hatte es gesehen, weil sie so ins Gespräch vertieft gewesen waren, sie vermuteten, dass es ein Hase gewesen sein könnte oder eine Katze oder ein Eichhörnchen; zum Glück kein Reh oder dgl; Hibiscus war sicher, dass es ein Marder gewesen war, u. ließ sich dann lang u. breit über die Schrecklichkeit von Mardern aus, *hu, der Würger*, wie es in einem Kinderbuch heiße, an das er sich gern erinnere.
Ach so? Marder? Ich dachte, du hättest Angst vor Vögeln?
Wieso vor Vögeln?
Du hast doch heute früh von der blutigen Taube in deinem Kinderzimmer erzählt.
Das stimmt. Das war eklig, das war auch lustig, aber deswegen habe ich doch keine Angst. *Angst* habe ich vor *nichts*.

Früher hatte ich Angst, jetzt nicht mehr. Weder vor Vögeln noch vor Mardern. Nicht mal vor dem Tod. Der Tod ist auch bloß eklig und lustig, aber nicht zum Angsthaben. Und der Berthold, der hat auch Quatsch gelabert.
Berthold? Welcher Berthold?
Der gesagt hat, alles ist lächerlich, wenn man an den Tod denkt. Genau andersrum: Der Tod ist lächerlich, wenn man an alles denkt.
Wahnsinn, du hast ja wirklich einen philosophischen Kopf, Hibiscus. Gasser, du hattest Recht. Gasser? Man hat es schon bei der Sentenz mit den ersten und zweiten Nüssen geahnt, aber jetzt weiß mans.
Und auch mit der Angst hast du durchaus Recht. Mir geht es genauso. Heute Morgen hatte ich Angst, zum Beispiel an der Tankstelle (müssen wir eigentlich mal wieder tanken?), aber im Nachhinein komme ich mir doof vor, durchaus doof, denn jetzt habe ich keine Angst mehr.
Allerdings, wenn ichs mir recht überlege, vielleicht wars ein Perlhuhn.
Ein Perlhuhn? Das dir blutig ins Zimmer geflogen ist?
Nein, das wir überfahren haben. Kein Marder.
Wie kommst du denn jetzt darauf? Jetzt gib doch nicht an, bloß weil wir gesagt haben, dass du einen philosophischen Kopf hast. Wie sieht ein Perlhuhn überhaupt aus? Ich könnte das nicht von einer Wachtel unterscheiden. Einen Fasan würde ich vielleicht erkennen. Aber auch nicht, wenn man ihn überfährt und nur so ein Huppeln bemerkt. Gibt es denn in dieser Höhe überhaupt Perlhühner? Was meinst du, Gasser, du kennst dich doch mit Vögeln aus.

Gasser?

GASSER?!?

Mm?
Das kann ja wohl nicht wahr sein, Sekundenschlaf? Ich dachte, dir reichen drei bis vier Stunden, und jetzt schläfst du beim Fahren ein? Siehst du, wie tief es da links runtergeht?
Nein, nein, keine Sorge.
Nein? Was war das denn, wenn kein Sekundenschlaf?
Na hört mal, das ist doch nicht gleich Sekundenschlaf, bloß weil man einen Moment die Augen zumacht.
Er hat Recht, man muss den Augen auch mal Ruhe gönnen. Den ganzen Tag schauen, jetzt noch die einsetzende Dämmerung, das ist anstrengend.
Also ich weiß nicht.
Deshalb muss man doch nicht gleich rumnerven wie Strindberg.
Immer mit der Ruhe.
Außerdem, selbst wenn man mal schläft, muss man das entspannt sehen, man weiß ja, die Welt existiert fort.
Genau, mal entspannt.
Übrigens, seht mal, was da ist ... da draußen.
Was?
Ein Stern ... der Morgenstern!
Ach, Hibiscus ... schau mal auf die Uhr, das ist doch der Abendstern. – Sie gelangten schließlich entspannt zum Gasthaus *Kürbis*, das am Rand eines am Hang gelegenen winzigen Dorfs bzw Weilers lag, dahinter statt Apfelplantagen der hier seltene Wald; aber in der Ferne u. Tiefe sah man schon wieder Apfelplantagen, große schwarze Netze zum Hagelschutz, darüber zahllose weißsilbrige Fontänen, auf dem ganzen Tal hockten diese abendlichen Wasserspeier u. -bläser, woher kam all das Wasser in diesem knochentrockenen Tal?
Aus den Walen, sagte Ivo Koffin u. watschelte ins Gasthaus.

Wale? Schon wieder? Der hatte wohl auch einen Haschmich, dem war wohl doch nicht so wohl u. behaglich, wie er sich den Anschein gab; kein Wunder. Wir sind hier nicht in den Dolomiten, wo überall die versteinerten Meeresbewohner herumliegen, wir sind hier ... wo genau eigentlich? In den Pyrenäen? Nein, das war etwas anderes ... egal wo wir sind. Aber *mir* sagen, *ich* hätte eine Beule ... er warf noch einen Blick aufs Pandadach.

Puh, ich nehm mal eine Cocacola, sagte Gasser, als sie sich gesetzt hatten. Der *Kürbis* war belebter als der *Apfelbaum*, aber längst nicht so voll wie die Gasthäuser am Vormittag. Dafür gab es hier einen ausgestopften Steinadler, einen echten Adler! (Erinnert ihr euch an den Schwertfisch heute Mittag? Der Adler stellt sogar den Schwertfisch in den Schatten. Was sagst du, Hibiscus? Ob der Adler oder der Schwertfisch gewinnen täte, wenn sie gegeneinander kämpfen täten? Keine Ahnung ... gute Frage ... aber sag nicht immer *täte*, ist ja das Letzte.) Der Kürbiswirt kannte Gasser gut u. begrüßte sie herzlich; Zwantulla dachte zunächst, er hätte was an den Ohren, weil er ihn kaum verstand, dann begriff er jedoch, dass im *Kürbis* Teppichboden lag, der alle Geräusche dämpfte.

Dolle Idee, erstmal Cocacola! Viermal Cocacola ... nein, fünfmal, hat das ek-bahu ja an den Nagel gehängt.

Dazu ein paar Nüsse, um Energie zu tanken! Hick! – Zwantulla u. Gasser griffen zu, aber Perger lehnte diesmal ab, wegen der verdammten Kotzerei, behauptete er, warf aber Koffin einen vielsagenden Blick zu, sodass es Zwantulla schien, Koffin habe Perger vorhin auf dem Panoramaparkplatz irgendwelche Flöhe bzgl Paranüssen in den Kopf gesetzt.

Im Ernst, fuhr Gasser fort, die Geschichte der Rinderzucht steht in engstem Verhältnis zur Geschichte der menschlichen Kultur.

Die meisten Gäste hatten schon gegessen u. spielten Karten, an einem großen Tisch sahen sie auch die italienischen Radfahrer vom Reschensee wieder, die Apfelstrudel aßen u. Espresso tranken; ein Carabiniere saß bei ihnen, u. natürlich die mandeläugige Reiseleiterin, nun wieder mit offenem Haar. Sicher übernachteten sie hier. Gasser winkte ihnen durchs halbe Gasthaus zu u. faselte dabei von der Odyssee, den Rindern des Helios, die zu schlachten die Welt das Tageslicht kosten würde, usw. Die anderen entspannten sich, Koffin nickte, Perger nippte angewidert an der Cola u. bewegte vorsichtig den verbrannten Finger, Hibiscus hielt, wohl um nicht wieder Nasenbluten zu bekommen, den Kopf im Nacken, Zwantulla befühlte die Beule auf seinem Kopf. Dann nahm Gasser eine Papierserviette u. kritzelte etwas darauf, aber seine Hand zitterte zu sehr, es sah aus wie ein Kreuz von Beethovens Hand, d. h. ein verschmierter Tintenfleck, er zerknüllte die Serviette, warf sie unter den Tisch u. nahm eine neue, auf die er mit höchster Akribie etwas kritzelte, diesmal endlich gelang es ihm, er zeigte es mit geheimnisverkündender Miene herum:

Das war alles? Durch seine blaue Brille blickte er sie in atemloser Erwartung an. Weil die Geräusche durch den Auslegeteppich gedämpft waren, wirkte alles noch bedeutungsvoller. Erst als keiner einen Mucks von sich gab, als wäre wirklich *alles* vom Teppich verschluckt, sagte er, nun schon etwas ungeduldig: Wisst ihr, was das ist?
(War er jetzt völlig hinüber?) Was das ist? Ein ... ein A, nicht wahr?
Richtig, ein A. Gut erkannt. Er drehte die Serviette: Und was ist das?

(Er *war* hinüber!) Das ist ... ein umgefallenes A?
Von wegen. Das ist ein phönizisches Aleph, daraus ist später das griechische Alpha entstanden. Wisst ihr denn, was *aleph* bedeutet?
Aleph? Keinen blassen Schimmer.
Nein.
Nein, durchaus nicht.
Nein, hihi.
Dann schaut mal her! Er drehte die Serviette nochmal, ganz langsam, wie zur Enthüllung eines ungeheuren Geheimnisses ... Schaut her:

Ihr erkennt es? Ja? Was ist es?
... ein ... umgedrehtes A ...? (Übergeschnappt, vielleicht wegen der Cocacola, draußen wurde es dunkel, delirium is a disease of the night ...)
Vielleicht ein chinesischer Buchstabe?
Ach, Hibiscus!
Schaut noch mal genau hin:

Keine Ahnung, wirklich.
Wir sind gespannt wie Flitzebögen.
Ochse.
?
Ochse, aleph bedeutet Ochse. Schaut es doch an. Das A ist der Kopf eines Rindviechs. Am Anfang unseres Alphabets ...

am Anfang unserer Schriftkultur steht ein Rindviech. Die Geburt der Tragödie aus dem Geist der Rinderzucht, Treibriemen der abendländischen Kultur. Schon Zeus erschien als schneeweißer Stier, als was sonst? Kultur mit h ... Ku(h)ltur ...

Ich dachte, du wärst für Vögel, und jetzt sprichst du von Kühen.

Wirklich ein Bestiarium.

Hihi ... ein Kopf, der auf den Hörnern steht!

... und darum sagten Sie ... sagtest du, Musik komme von Muh? Jetzt, unter der Lampe im *Kürbis*, war zu erkennen, dass Perger doch nicht ganz wiederhergestellt war, zumindest immer noch sehr fahl. Seine Stimme klang nach Ärger: Jetzt wollen wir doch mal Nägel mit Köpfen machen, statt substanzlos daherzufaseln ... Tacheles reden ... was stand denn Ihrer ... deiner Meinung nach am Anfang der Welt?

Hm. Du meinst ihren nucleus? Die Nuss, aus der alles kommt? Das ist der λόγος.

Von wegen, λόγος, wenn ich das schon hör, ist ja das Letzte ... die Welt beginnt bekanntlich mit einem Knall. Also Musik.

Nanu, ich dachte mit alkoholischem Salz, wie Moritz Karl geschrieben hat.

Du hältst dich raus, Hibiscus. Musik also meinst du, Berger? Aber der Knall war nicht zu hören.

?

Im Weltall gibts keinen Knall. Keine Luft, ergo kein Knall. Vielleicht war da ein Knall, aber jedenfalls war er nicht zu hören ... und das nennst du Musik, Berger?

Ein Knall, den man nicht hört, hihi, wird ja immer witziger.

Und Kultur gabs damals schon gar nicht.

Sie machen ... ihr macht mich ganz wuschig mit eurem Räsonieren. Der Anfang der Welt und der Anfang der Musik

fallen in eins, kein zurechnungsfähiger Mensch würde das bestreiten!
Statt zu parieren bzw seinen Faden weiterzuspinnen, gab Gasser überraschend klein bei, er ließ die Schultern hängen u. starrte durch die blaue Brille: Du hast ganz Recht ... ihr alle ... meine These ist ein Schmarrn, eine völlig falsche Fährte ... nicht die Viehhaltung ist es, die den Menschen sesshaft und literat gemacht hat ... allerdings auch nicht die Musik, sondern ... Er gab sich einen Ruck: Also gut, versuchen wirs noch einmal, so, was ist das:

Ein Watschelkopf? Ach nein ... irgendein Musikzeichen ... der Ferment ...
Ferment?
Wenn man eine Note ganz lang aushalten muss.
Ach, Hibiscus.
Wohl ein Omega.
Richtig, das war kein Problem, und jetzt?

Na gut, das ist kinderleicht, das erkennt jeder Trottel. Ein Weinglas ohne Stiel.
Respektive Bierkrug.
So ist es ... aber Bier oder Wein, das ist Haarspalterei, darum geht es jetzt nicht, sondern Alkohol ... also der Mensch ist sesshaft geworden, um Bier zu brauen, das ist die Wahrheit, die volle lautere Wahrheit und nichts als die sternhagelvolle Wahrheit, die Antwort auf die Pilatusfrage ... die haben ja schon seine Landsleute dem Pilatus beantwortet, seine Frage: *in vino*, da hat er seine *veritas* ... sternhagelvoll

Aphorismen auf Farnblätter und Bierdeckel kritzeln, daher sesshaft ... ebenso das Feuer, das hat der Mensch sich dienstbar gemacht, um zu rauchen ... dabei den Vöglein zuhören ... – Schließlich sackte er noch tiefer in sich zusammen: ... nein, auch diese These ist ja ein Schmarrn, ein depperter Schmarrn, wie alle Thesen, es gibt nur falsche Fährten ... es ist wie mit dem Salz, ein Kuchen mit Salz statt Zucker ... oder noch schlimmer, die Welt wurde aus alkalischem Zucker geschaffen, das hat nicht mal Karl Philipp Moritz geahnt ... ihr habt völlig Recht ... du vor allem, Zwantler (du Lamm, du Sufi (Suffi?)) ... du, Hibiscus (du Isaak) ... du, Berger (du Meister der gedankenlosen niederen sinnlosen triebhaften tappichten Kunst, in der Unbewusst höchste Lust ist) ... ihr habt mich erst darauf gebracht ... ich danke euch dafür, und ich danke euch auch dafür, dass ihr diesen ganzen Tag mit mir verbringt, ganz ehrlich, für mich seid ihr selbst eure größten Landsleute ... niemand anders als ihr, *alle vier* ... drei, wollte ich sagen ... und auch du, Ivo, Weltreisender u. Metzger, Messerwetzer von hinter den Bergen ... alle gemeinsam seid ihr vier Einfaltspinsel im besten, reinsten Sinne, unberührte Mondkälber ... ihr habt alle Recht, machen wir uns nicht so viele Gedanken, das führt zu nichts, verwirrt nur ... verdammte Verwirrung ... Mondkalb ich selbst ...
Gleich fängst du an zu weinen!
Ist doch wahr! Und Frauen ...
Frauen? Was ist mit ihnen?
Sie sind höhere Wesen, findet ihr nicht ... können sich nicht beherrschen, grübeln nicht, und der himmlische Vater ernährt sie doch, wie die Vögel ... eine Frau ist das einzige Ding, worin der Mann vorübergehend Erlösung findet ... der Himmel, dem die Erde nicht entgeht ... sozusagen der Zucker ...
Gut gesagt! Fast ein Aphorismus!
Kennt ihr den Witz: gut zu vögeln ...

Schnabel, Hibiscus.
Recht hast du, Gasser ... außer mit den Frauen, das ist grober Unfug ... aber sonst völlig Recht ...
Erlösung ist vielleicht zu viel gesagt, aber jedenfalls Erleichterung ... um Frauen ging es mir eigentlich gar nicht, sondern um etwas viel Allgemeineres ... trinken wir noch was ...
Verdammte Schwermut, sagte Koffin, verdammte Sentimentalität, verdammte Sehnsucht, sie packt mich auch schon ... jetzt will ich auch was trinken, aber keine Cocacola, das war ja wohl nichts, zumal in Verbindung mit Paranüssen, was für eine Idee ...
Genau, verdammte Cocacola, ein Schlag ins Kontor!
Eine richtige Schnapsidee, haha, *Schnaps*idee, versteht ihr? Aperitif, wie wär das? Prosecco! Oder Martini? Nochmal Wermut?
Martini, gute Idee, aber roten oder weißen?
Was, es gibt roten und weißen Martini?
Wie, das weißt du nicht?!? Und dann müssen wir auch Essen bestellen, ich habe Mordshunger!
Gegen den Schluckauf hat die Cocacola allerdings geholfen, der ist weg ... hick!
Haha, von wegen! Du brauchst auch einen Aperitif.
Nach Prosecco u. Martini verschlangen sie (auch Koffin) Frittatensuppe, dann bestellten sie: Für mich Euter und Sherry, sagte der wieder aufgeblühte Gasser.
Was? Wir haben keinen ...
Nur eine literarische Anspielung, haha, natürlich nehme ich *nicht* Euter und Sherry. Aber auf jeden Fall Rind. Gebratene Kalbsleber, bitte!
Gute Idee, für mich auch.
Für mich auch Leber.
Auch.
Auch.

Was, du auch, Ivo? Wunderbar!
Gut, also fünfmal Leber, aber was dazu?
Schnittlauch-Kartoffelpüree und Fenchelbrot, sagte Gasser.
Für mich auch, sagte Koffin.
Für mich auch, aber oh- hick! -ne Schnittlauch und Fenchel.
Also Kartoffelpüree und Weißbrot?
Genau, hihi.
Für mich Bratkartoffeln ... und eine Gurke. Nein, zwei Gurken.
Für mich Klöße, sagte Zwantulla.
Was?
Knödel! Er meint Knödel!
Ach so.
Klöße, der war gut.
Klar wie Kloßbrühe, nicht wahr?
Aber zu der Leber keinen Apfel, hörst du? Keinen Apfel mitdünsten!
Sind aber hiesige Äpfel.
Eben darum! Die Leber auch nicht mit Apfelsaft ablöschen, sondern mit Wein!
Na hör mal, Paul, das ist wohl klar. Leber mit Apfelsaft ablöschen, du bist wohl narrisch ... zu trinken?
Wein!!!!!
Wein, das ist klar, aber welchen? Weißen oder roten?
Zur Leber Weißwein!
Variatio delectat!!!!
Rotwein können wir danach immer noch bestellen. Mal überlegen, wir nehmen gleich mehrere Flaschen ... jedenfalls Gewürztraminer, wegen der Süße der Leber ... außerdem Sylvaner ... und Kerner ...
Das wars?
Das wars!
Nein! Halt! Für mich noch ein Ei!

Ei? Spiegelei? Über die Leber drüber?
Ja, genau, hick!
Spiegelei, nicht schlecht, für mich bitte auch.
Auch.
Auch.
Auch.
Noch was?
Ja, Schweinegekröse! Als literarische Reminiszenz!
Tut mir leid, haben wir nicht.
Schweinegekröse?
Doch, das schon. Schweinegekröse haben wir natürlich.
Lecker, auch.
Auch.
Auch.
Auch, hick!
Zum Essen ließen sie ihre Reise Revue passieren:

Eine normale Rundreise wäre z. B. gewesen (mind. 5 Tage):	**Wir sind hingegen gefahren (an 1 Tag!):**
– ins Grödner Tal zur trutzigen Trostburg	– auf die lichtlose Höhe von Klamm
– mit dem Sessellift ins Felsenreich des Rosengarten	– zur *Madonna unter den Schwarzen* in der Pfarrkirche St. Paul (leider geschlossen)
– auf die Seiseralm, Europas größte Hochalm, Schlern	– zu den Erdpyramiden in Sonnenberg
– Stadtbummel unter den Bozner Lauben, mit Besichtigung der Burg Sigmundskron	– zum Kafka-Haus in Jagersee (leider geschlossen)

- nach Meran mit Botanischem Garten u. Sisi-Schloss Trauttmansdorff
- Brixen
- Kloster Neustift
- an den Reschensee
- in einen Kuhstall
- nicht mitgezählt die zahllosen Gaststätten, Feste usw, in denen man das *wahre* Leben der Bevölkerung kennenlernt!

Das Essen war köstlich, der Weißwein, die Kalbsleber, das Schweinegekröse ... zum Reinknien! Das ist was für Mutters Sohn! Das mit dem Spiegelei, großartige Idee! Und der Wein erst, jetzt ist dein Schluckauf endlich weg, hat das genervt.
Was hat er denn nun eigentlich übers Essen gesagt?
Wer?
Na, Luther, wer sonst?
Ach so, Luther. Das kann man gar nicht zitieren! Perger, der am meisten reingehauen hatte, bestellte sich eine weitere Gurke. Er hatte nun einige Flecken auf dem Strickpulli, während Hibiscus bis zum Schluss sehr manierlich aß. Draußen war es inzwischen dunkel geworden, nun begann es zu regnen, von wegen keine Niederschläge im Vinschgau, heftigstes Gewitter, Blitzezucken, allgemeines Oho im *Kürbis*, Donnergrollen, es schüttete aus Kübeln, eine wahre Sintflut. Hagelkörner so groß wie Tischtennisbälle. Zum Glück alles draußen. Aber der Panda, denkt an den armen Panda, der wird ja gesteinigt. Und ... hick!
Was ist denn, warum schaust du so traurig?
Ich erinner mich an den Typ, der in London vom Blitz getroffen wurde.
Wen?

Na, Musil ... der in Paris beim Rauchen ... hick!
Ach, Hibiscus.
Hoffentlich fällt er nur hier, dieser Hagel, sagte der Kürbiswirt: die Feuer! Schlimm! Er kredenzte ihnen 3 weitere Flaschen u. Rum, süße Tiroler Leber macht durstig.
Koffin war auf Toilette gewatschelt u. zurückgekommen, Gasser war auf Krücken auf Toilette gegangen u. zurückgekommen, dann torkelte Perger auf Toilette u. kam kreidebleich zurück, alle erschraken: Er war völlig aufgelöst, zitterte, was hat er denn? So ein Nervenbündel, ist ja furchtbar! Was ist denn los, was ist passiert? Um Himmels willen, Berger, jetzt sag doch was!
Ich esse hier nicht mehr ... keinen Bissen ... auf der Toilette ...
Was?
Nun sag schon, wieder Perlen?
Nein ...
Was dann?
... überall weiße Mäuse!
Ach was, das kann doch nicht sein.
Ich war ja selbst auf Toilette, da waren keine weißen Mäuse.
Ich war auch da, da war nichts.
Das kommt von der Cocacola! Uns so zu erschrecken!
Ja, die Cocacola hat ihm den Rest gegeben.
Bildete ich es mir bloß ein? Wollt ihr das suggerieren? Unfug! Alles voller Mäuse! Ich esse hier nichts mehr, nicht mal eine Gurke!
Also gut, sagte Hibiscus genervt, hickste u. haute mit der flachen Hand auf den Tisch, dass die Weingläser klirrten, ich geh mal nachschauen! Er stampfte davon.
Perger lehnte sich zurück u. schloss die Augen, die anderen aßen u. tranken weiter, Scheiterhaufen, Tiramisu usw. Draußen hatte sich das Gewitter verzogen, Hagel u. Regen aufgehört. Nur ein kurzer Wolkenbruch. Glück für die Feuer!

Koffin u. Gasser führten das Gespräch, ab u. an lugten sie aus dem Fenster, als warteten sie auf etwas. Nach dem Essen setzten sich andere Gäste zu ihnen an den Tisch, auch einige von den Italienern, sie probierten ein paar Schnäpse, dann zogen sich die Italiener auf ihre Zimmer zurück.
Ich habe schon viel erlebt, aber mit lombardischen Bankiers anstoßen, das noch nicht!, rief Koffin, ist ja drollig!
Ich auch nicht!
Ich schon!, rief Gasser u. brachte Kamellen aus der *Pyrenäen*-Ära, über die Koffin anscheinend gut Bescheid wusste. Unräter! Haha! Das waren Zeiten! Wild! Einheizkultur, advocati diabolorum, geistiges Pogo! Bis das Geld aus war! – Irgendwann schmiss Perger mit geschlossenen Augen ein: Außerdem stinkts hier! Nach Pisse!
Das stimmt allerdings, sagte Koffin, es hat schon im Auto erbärmlich gestunken, beinah zum Übergeben, da dachte ich, es steckt in den Polstern, sowas kriegt man ja nie wieder raus, wenns erstmal drin ist. Aber hat sich was mit Polstern, hier stinkts ja auch.
Und wie!
Ja, veritabler Unduft.
Ich schau mal nach, wo Hibiscus bleibt, sagte Zwantulla.
Stimmt, wo steckt er eigentlich? Nichts als Ärger hat man mit ihm, nicht dass ihn die weißen Mäuse gefressen haben!
Er wunderte sich über die Lautlosigkeit seiner Schritte, hier auf dem Teppichboden passten seine Konzertschuhe ... dann Linoleum ...
Er stieg zur Toilette hinab.
War das unheimlich auf dieser Treppe, taghell u. frisch gebohnert, entsetzlich, er hielt sich an der Wand fest, seine Beine wollten nicht, wie er wollte, aber irgendwie gelangte er auf beiden Beinen in den Keller runter, wo viele Türen waren, ach, dermaßen viele Türen, kam ihm das bekannt

vor, dieser lange Gang mit dermaßen vielen Türen. Alle aus billigen Spanplatten, was hat es doch früher für viel schönere Türen gegeben, was gibt es heutzutage für abgrundtief hässliche Türen. Ach, Türen! In China gibt es bekanntlich gar keine, auch nicht gut, aber immer noch besser als *solche* Türen. Alles schlecht u. traurig heutzutage, v. a. die Türen. – Dann meinte er helle Geräusche zu hören, wie Bimmeln oder Glöckchenklingen, war das das Fiepen der weißen Mäuse? Brummen auch? Ja. Nein. Kein Brummen, nur Glöckchen. Wo steckte Hibiscus? Nichts als Ärger. Erstmal auf Toilette, er fand die WCs, abgrundtief schlechte Türen, aber im Halblicht war es mühsam zu unterscheiden, welche Silhouette Mann u. welche Frau war. Mann u. Frau ähnelten einander dermaßen! Schwindeln machende Ähnlichkeit zwischen *allen* Menschen, aber speziell zwischen Männern u. Frauen! O Mensch! Gab es hier kein Licht? Doch, war schon an. Übrigens blendete es, *deshalb* sah er schlecht. Da also, hinein! hinein! So eine helle Aufregung ...
Ein schwarzes Gemach.
Von weißen Mäusen natürlich keine Spur, oben würde er zur Beruhigung einen Schnaps bestellen, Wacholderschnaps vielleicht, Zirbelkieferschnaps, mal sehen, unendliche Auswahl, Übersicht unnötig wie ein Kropf ... Eine blecherne Pissrinne zog sich die Wand entlang, auch um die Ecke, er war durch die richtige Tür gegangen. Da sollten die Damen mal versuchen hineinzupinkeln, würde ihnen nicht gelingen, von wegen *Menschheit* ... von wegen *homo mensura,* Schluss damit schon auf dem Klo ... unendliche Weite der Pissrinne! Trotzdem erstmal in die enge Kabine. Schlechte Kabine, billige Spanplatten. Er zog die Unterhose aus u. die Hose wieder an, nichts mehr drunter; dann ging er zum Waschbecken u. warf die Unterhose in den Abfallkorb, zusammengeknüllte Papierhandtücher drauf, muss ja nicht jeder sehen, u. wusch

sich die Hände. Als leuchtete es ultraviolett unter den Papierhandtüchern hervor. Sah er Konträrfarben? Er wandte den Blick ab u. schaute in den Spiegel: *la poule* von Rameau. Dann erst an die Pissrinne! Das war geschafft. Er stand wie auf einem fliegenden Teppich am unsterblichen Urinal. O Weite. O Ewigkeit. Zuunterst der Abfluss, zuoberst die Kellerdecke. Alte bahlsensche Ordnung! Nein, Leibniz. Woran hatte er beim Leberessen gedacht? An Blankenese! Den Keller! Praetorius! Die Walfleischverkostung an Beethovens ... *Geburtstag, Todestag*, wie sollte man das nennen? Alles eins. Es plätscherte so friedlich u. blechern, er sah die Wand an, starrte in die Rinne, plötzlich war zwischen Unten u. Oben alles sortiert, plötzlich war da *der Große Überblick*:

4. Sand
5. Flieder
6. Blätter
7. Holz
8. Schnee
9. Wasser
10. Wasser
11. Wasser
12. Messer
1. Farben
2. Sand
3. Hunger

Nicht zu fassen. Das war es also. Total unprätentiös. Da war das Blech, da das metallische Nieseln, alles an seiner Stelle. Und jetzt? Ein Gedanke, den er sonst nie hatte: *Dieser Tag ist verloren!* Ein verlorener Tag! Würde er denn den verlorenen Tag morgen nochmal leben können? Panik!!!

Da sprach ihn eine sanfte Stimme von hinten an:

Keine Sorge, verlorene Tage werden hinten raus ergänzt.

?

Haben Sie Petersilie in den Ohren, keifte die sanfte Stimme. Wie ein Spanferkel auf der Platte?! Ich habe Sie gefragt, was Sie da machen, was stehen Sie die ganze Zeit hier rum? Wollen Sie hier was ... *Krummes* machen? Was Krummes, hä? Oder ist Ihnen schlecht?
Nein, nein ...
Sie machen doch was Krummes! Dafür ist das aber der falsche Ort!
Was wollen Sie von mir, man wird wohl pissen dürfen!
Aber warum so lang?
Man wird wohl nachdenken ... hören Sie, das brauche ich Ihnen doch nicht zu erklären, bin Ihnen keine Rechenschaft schuldig, ich darf hier so lang stehen, wie ich will!
Sie machen was Krummes!
Was fällt Ihnen ein?
Regen Sie sich nicht gleich auf, Sie Spanferkel, man wird wohl fragen dürfen. Wenn Ihnen schlecht wäre, würde ichs ja noch verstehen, kann ja mal passieren. Es sah aber wie etwas Krummes aus. Man hört auch nichts plätschern.
Voll Ärger verließ er das WC, so ein grober Lümmel, ein richtiger abstoßender Großvater, engstirnig, was fiel dem ein, auf der Toilette Fremde anzupöbeln, Spanferkel, sowas, der war doch selbst ein engstirniges Schwein ... da fiel ihm ein, dass er vergessen hatte, sich die Hände zu waschen. Das hat ja nicht mal Pontius Pilatus vergessen, u. der war erst ein Schwein. Gut, nicht mehr zu ändern, aber woher kamen wieder diese Glöckchen? Dieses Bimmeln, dieses Klingen? Von hinter einer Tür. Das waren keine Mäuse, nein, es war Musik ... irgendwo hatte er das schon mal gehört ... irgendwie bekannt ... Töne wie Perlen ... hinter dieser Tür ... er öffnete sie, nein, da waren nur Putzsachen, Eimer, Feudel ... dann hinter dieser Tür ... nur Krempel, alte Stühle, Tische, Sofa, in einer Kiste eine Armprothese, was sollte das denn, wo hatte

er das schon … achtlos hingepfeffert ein offener Karton mit alten Taschenbüchern, obenauf so ein mieser zerfledderter rororo-Fetzen:

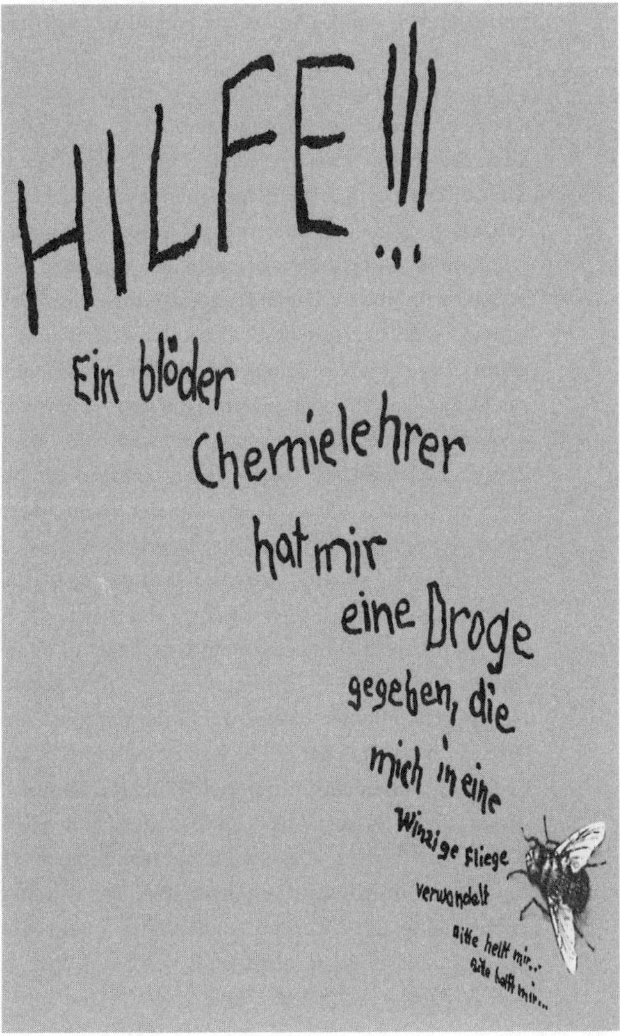

Da tun einem ja die Augen weh! Sollte er sich jetzt hinhocken u. lesen? so einen Quatsch? Dann lieber das *Fliegenpapier* von Musil, Laokoon, aber das fehlte noch, jetzt zu lesen, er hatte keine Zeit zu verlieren, sonst würde er nie herausfinden, wo die Musik herkam, also ... zur nächsten Tür! ... er öffnete sie leise ... stille, stille ... ich Esel, jetzt erkenne ich es, das ist ja das Cis-Dur-Präludium. Wunderschön. Sowas Verkommenes, das schönste Präludium von allen. *Ich habe es nicht erkannt*. D.h. Perger hier unten? Aber es klang nicht nach Perger, nicht alles so scheußlich ... gebunden ... überpedalisiert ... es klang viel besser, fast wie Lebœuf, oder sogar, aber nein, das war ewig her, über 20 Jahre zumindest, in den Hungerwochen, Gerstenkorn ... silbrig ... gläsern ... funkelnd ... kristallin-stellar ... was, wem gehört dieser Rücken, Hibiscus? Hibiscus am Klavier? Dieses Kamel kann Klavierspielen? Und dann noch *Wohltemperiertes Klavier*, zu dem passt höchstens das *Gebet einer Jungfrau* ... Bach. Ich habe es nicht erkannt. Er blieb an der Tür stehen u. hörte Hibiscus zu, der ihn nicht bemerkt hatte, der spielte nicht übel, technisch zwar manches im Argen, unausgewogener Anschlag, Daumen zu laut, kleiner Finger schwächlich ... aber was hieß das schon, das Kamel, das nach jedem Schnaps zu stottern begann, konnte die Finger erstaunlich koordinieren; u. er selbst konnte sich kaum auf den Beinen halten, war er der Einzige, der nichts vertrug? Nach ein paar Schluck schon schlapp? Oder hatte er mehr gesoffen als die anderen? Wie auch immer, da war dieser silbrig gläserne Ton, gewiss auch vom klirrenden Klang des Klaviers, alles andere als wohltemperiert, aber es lag *auch* an Hibiscus' schönem Spiel, das war so gelöst, leicht, heiter ... Glöckchen am Himmel ... und ich Depp habe es nicht erkannt, aber jetzt sehe ich, von wegen weiße Mäuse, ich sehe Sterne

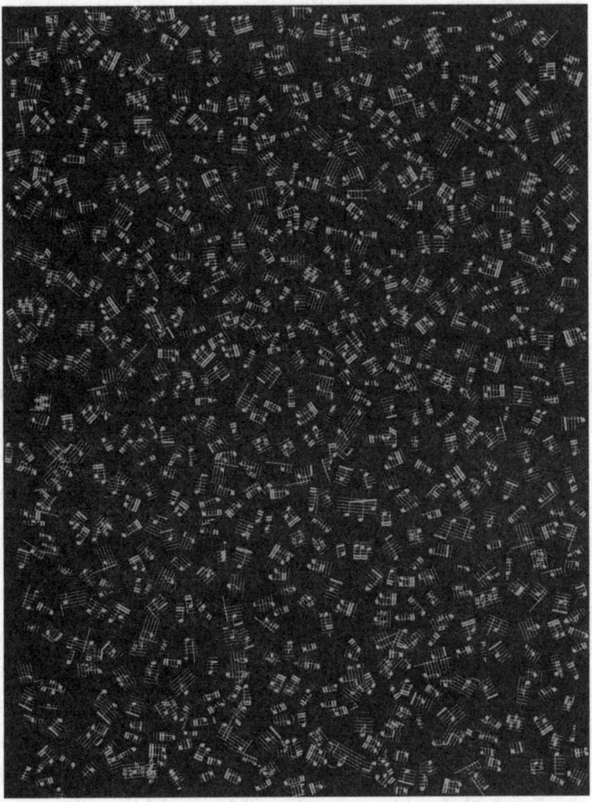

Ziemlich verstimmt, sagte Hibiscus, als er fertig war, ohne sich umzudrehen.

Er hatte ihn also doch bemerkt.

Was machst du da?

Siehst du doch, Klavier spielen.

Du kannst Klavier spielen?

Du doch auch, oder? Etwas hab ich schon behalten, ich hatte doch jahrelang Klavierunterricht, hihi, meine Eltern haben mich gezwungen, diese Dummen ... hab ich das gehasst, das *Wilde Pferd, Für Elsa*, die *Interventionen*, die *Lieder ohne Wörter* ...

Aber was du gespielt hast, klang so schön ... das Cis-Dur-Präludium ...

Ach, das wars? Ich hatte's noch im Kopf, wusste gar nicht, was es ist.

Doch, schön. Kannst du auch das As-Dur-Präludium?

Nein, As-Dur, das sind mir viel zu viele schwarze Tasten. As-Dur, wenn ich das schon hör ... tausend Kreuze, alles scheiße.

Sag das nicht!

Ist halt nicht so meins, ich habs gehasst. Überhaupt Klaviere, diese Tasten, jedes Mal ein Schock ... mal weiß, mal schwarz. Logisch, etwas bleibt hängen, ob man will oder nicht. Aber Sport ist mir lieber, Rafting beispielsweise ...

Wildwasserpaddeln?

Natürlich, was sonst?

Wie bist du überhaupt hier reingekommen?

Na, wie wohl, durch die Tür, hihi, ich wollte aufs Klo, kannst dir ja denken wozu, bin zur falschen Tür rein, und da stand das Klavier ... versteckt, wahrscheinlich weils so verstimmt ist, klingt wie ne scheiß Celesta ...

(Hibiscus weiß, was eine Celesta ist?) Ja, sie haben es einfach beiseite geräumt, statt es zu stimmen.

Unglaublich, oder? Ein Klavier einfach in die Abstellkammer räumen! Wer macht'n sowas, ist doch'n Kulturgut, da kann mans gleich verbrennen oder ins Meer werfen.

Hast du sie gesehen?

Wen, *sie*?

Die weißen Mäuse.

Ach so. Nein, natürlich nicht, der hat zu viel gesoffen, der dumme Müslifresser. Ist doch klar, der verträgt nichts. Ich fürchte, wir beide sind die einzigen, die noch klar denken können!

Wer?
Hick!
?
Wir.
Vielleicht ... trotzdem, Hibiscus, lass uns noch hinter diese Tür schauen, dann kann keiner behaupten, wir hätten nicht nachgesehen.
Was sie aber in der Kammer, die sie nun betraten, fanden, ließ ihnen das Blut in den Adern gefrieren u. die Haare zu Berge stehen: Schlangen! Hick! Alles voller Schlangen! Laokoon! Grau-en-voll! Sie wanden u. ringelten sich auf dem Boden, über- u. untereinander u. ineinander verknäult. Nun war klar, warum hier keine Mäuse zu finden waren, die Schlangen hatten sie aufgefressen! – Als sie das Licht anknipsten, erkannten sie, dass es Schläuche, Seile usw waren. Von wegen Laokoon, da sind wir ja schön reingefallen. – Aber Zwantulla war sicher, dass der Betrunkene, von dem in Klamm die Rede gewesen war, sich *hier* aufgehängt hatte. – Wie zum Beweis (wofür?) war, als sie wieder hochkamen, der *Kürbis* fast leer, nur noch ein paar andere Gäste beim Kartenspiel, u. Perger eingeschlafen, Gasser u. Koffin bogen sich vor Lachen, sie hatten neuen, mahagoniroten Wein. Schläft am Tisch! So ein Depp! Wie ein totes Huhn, fällt glatt vom Stängel! Ich habs doch gesagt, die Cocacola ... man könnte ihn glatt mit einer Zeitung zudecken, wie einen Clochard! Unter den *Dolomiten* begraben!
Hört mal, wie der schnarcht!
Sehr gebildet übrigens.
Was? Schnarcht gebildet?
Clochard statt *Penner*, hihi.
Ach so. Gut, dass ihr wieder da seid, wo habt ihr gesteckt? Probiert diesen Weißburgunder vom Kalterer See! Dann schütteten sie noch Wein u. Schnaps nach. Gesundheit! Um die richtige Bettschwere zu bekommen. – Allerdings

stand ihnen noch eine mehrstündige Heimfahrt bevor. – Schließlich versuchten sie, Perger aufzuwecken, der aber nur murrte u. grummelte, sodass Hibiscus u. Koffin ihn unter den Armen packten u. nach draußen schleppten.
Vor der Tür blendete sie der überfließende Sternenhimmel.
Schöner Schock, hell u. dunkel zugleich.
Perger kam wieder zu sich. Durch die klare Luft! Da bekommt man einen klaren Kopf! V.a. nach einem reinigenden Gewitter ist alles so ... klar und deutlich ... die Luft so rein. Gasser deklamierte: *Sahst du nach dem Gewitterregen den Wald?!?!*
Alles rastet, blinkt und ist schöner als zuvor.
Siehe, Fraue, auch du brauchst Gewitterregen!
Ach, wenn wir doch eine Frau hier hätten, hihi.
Naja, von wegen rastet, blinkt, man sieht doch überhaupt nichts, ist ja stockfinster. Trotz Sternen. Gut, man erkennt die Überreste vom Hagel, diese schimmernden Häufchen, weil sie so weiß sind, aber sonst ... Sie haben die Rinder des Helios geschlachtet, dabei hatte Teiresias uns doch gewarnt, ihr wisst schon, als wir ... haha.
Aber die Luft durchaus gut.
Koffin ließ eine Flasche Zwetschgenschnaps umgehen, die er beim Abschied dem Kürbiswirt, der sie ihm jedoch schenkte, hatte abkaufen wollen.
Herrliches Gedicht übrigens, sagte Perger, von Ingeborg Bachmann?
Nein, doch nicht Ingeborg Bachmann. Altenberg! Postkartengedicht, kennt ihr nicht die Lieder von Alban Berg?
Was jetzt, Al-bal-balbanberg oder Al-tal-taltenberg?
Ach, Hibiscus!
Hick!
So finster ist es übrigens gar nicht. Lasst uns den Sternenhimmel ansehen.

Gute Idee! Was für ein Sternenhimmel!
Dieser Sternenhi-hi-himmel, der Ha-ha-hammer! Hi-hick!
Die Milchstraße, Wahnsinn!
Da bekommt man einen *noch* klareren Kopf!
Was gibt es Schöneres, als nach einem reichhaltigen Abendessen zu rauchen und dabei die Sterne anzuschauen.
Nein: die Sterne anzuschauen und dabei zu rauchen!
Und ...
Sie hatten noch immer diesen blumig-steinigen Zwetschgenschnapsgeschmack im Mund, u. es war alles, alles gut.
Aber rauchen, warum rauchen wir?
Ja, warum lieben wir das Rauchen über alles?
Um die Toten zu vertreiben. Weil die Luft voll ist von Gespenstern, von den Geistern der Toten, die wollen wir vertreiben, einfach wegpusten.
Gut gesagt.
Kein Rauch ohne Feuer, wie Horaz sinngemäß schreibt.
Noch besser gesagt.
Übrigens ...
Was?
... Gesundheit.
Zwantulla nahm noch einen tiefen Schluck aus der Flasche u. hörte wieder die Glöckchen. Nanu? Spielte immer noch jemand Klavier? Auch ein Präludium? Hibiscus war doch hier, u. Perger, der spielt jetzt sowieso nicht mehr, schon gar nicht so. Es klang *noch* silbriger, gelöster, leichter, heiterer als vorhin ... so ein Klingen um u. um, hatte das Hibiscus ausgelöst? Dieser Depp, was für ein Orpheus, hat mit seinem Bachgeklimper die ganze Nacht zum Singen u. Klingen gebracht ... wahrhaft himmlisch ... Celesta ... es schien aber nur *1* Glöckchen zu sein ... trotzdem angsteinflößend laut ... u. kam von draußen ... aber hier war doch kein Klavier, oder etwa im Wald ... von weiter weg ... aus

dem dunklen Wald dahinten ... war hier ein Klavier im Wald ... Celesta ... eine Kuh, eine Kuhglocke ... was war da nur in seinem Kopf los ... tironische Noten ... Perlen ... welches Tier im nächtlichen Wald spielt dieses himmlische Glockenspiel? Hört ihr es auch? Dieses Glöckchen?

Ja.

Ja.

Ja.

J-j-ja, hick, hihi.

Was, ihr könnt es wirklich auch hören? Keine Einbildung? Was ist das?

Eine Kuhglocke?, sagte Perger. Nein, keine Kuhglocke.

C-c-celesta? Nein, k-k-keine Cel-celesta.

Klavier?, sagte Zwantulla.

Doch kein Klavier!! Was redest du nur?!

Es ist das Glöckchen vom Wal, sagte Koffin, u. Gasser: Zeigt an, ob der Wal genug Wasser hat.

???

Wenn es bimmelt, *hat* er genug Wasser. Wollen wir hingehen und ihn anschauen?

Was? Wen?

Den Wal.

Ja, gehen wir, sagte Gasser, das hat auf unserer Rundreise noch gefehlt, wir zeigen euch jetzt einen Wal.

Gute Idee, ein paar Schritte an der frischen Luft werden uns guttun, da bekommt man ...

Kommt!

Wartet ... haben wir Taschenlampen im Wagen?

Nein, nur den Zigarettenanzünder.

Von wegen, der Panda hat doch keinen Zigarettenanzünder.

Stimmt, also weder Taschenlampen noch Zigarettenanzünder ... egal, es ist auch so hell genug.

Für den Notfall haben wir Streichhölzer.
Gehen wir endlich! Kommt!
Gasser u. Koffin gingen voran Richtung dunkler Wald, Zwantulla, Perger u. Hibiscus ihnen nach.
Meine Beine verheddern sich gar nicht. Ich dachte, wenn ich jetzt loslaufen muss, würden sie sich verheddern.
Ich auch. Seht mal, ich geh ganz gerade.
Die klare Luft, das macht die klare Luft.
Hast du noch ein Bonbon, Hibiscus?
Hick. Nein, alle.
Auch die Granatapfelbonbons?
Ja, auch alle.
Paranüsse?
Auch. Alles alle.
Streichhölzer?
Streichhölzer hab ich noch. Hick!
Ah! Ein Glück. Sonst würden wir uns mit Tränen niedersetzen.
Sie rauchten im Gehen.
Da hat uns der liebe Freund Gasser wieder einen Bären aufgebunden, flüsterte Perger, aber gar nicht mehr böse. Von wegen alles abgeholzt.
Und schön ist dieser Wald, kerngesund wirkt er, keine Spur von Waldsterben.
Na, so nun auch wieder nicht, liebe Freunde, hier sieht man ja den Himmel, die Berge ... Wald kann man es eigentlich durchaus nicht nennen, stehen nur ein paar zerfetzte Bäume rum, also wenn das kein Waldsterben ist ... so löchrige Wipfel ...
Stimmt, Wipfel wie ein Schweizer Käse, hihi.
Verdammtes Waldsterben!
Das ist doch kein Waldsterben, das sind Lärchen. Oder Föhren, was weiß ich. Wunderschön.
Und wie schön das, hick!, das Blätterrauschen ist!

Quatsch, doch kein Blätterrauschen, das ist ein Nadelwald. Merkt ihr es nicht, man geht wie auf einem Teppich, durchaus weich. Das sind die Nadeln.
Ja, durchaus angenehm. Sieh an, Perger gab nach.
Barfuß, am liebsten würde man barfuß gehen.
Mal nicht übertreiben.
Riechen auch gut.
Unsere Füße?
Die Nadeln.
Und knirschen.
Nein, das ist der Hagel. Er schmilzt nur langsam.
Du hast Recht, jetzt merk ichs auch, Hagel. Es ist aber auch ... irgendwas, hick! ... was Unheimliches ... zwitschern'n gar keine Vögel in diesem Wald? Nur dieses Glöckchen?
Na hör mal, weißt du, wie spät es ist? Und auf 1500 Meter! Da zwitschern doch keine Vögel.
Sie gingen immer weiter, auf diesem Nadel- u. Hagelteppich verhedderten sich keine Beine, hier gab es kein Hinken, Watscheln, Torkeln, sie schritten sanft dahin. Obwohl der Mond fast gar nicht schien, nur eine hauchdünne Sichel, hatten ihre Augen sich schnell an die Dunkelheit gewöhnt, im Tal brannten Lichter, vielleicht erleuchtete Fenster, vielleicht waren die Wasserspeier des Tages zu Feuerspeiern geworden. Sie aber sahen hinauf: auf den Bergen u. Hängen zahllose Feuer. Licht ohne Ende in dieser Nacht!
Seht ihr, sagte Gasser, der stehengeblieben war. Trotz Gewitter haben sie die Feuer zum Brennen gebracht. Unsere Leute, das ist eben *auch* eine Seite ihres Charakters. Dieses Beharrliche, das Nachfassende, das Zündelnde.
Habt ihr keine Angst, dass da was passiert?
Passiert?
Mit den Feuern. Waldbrand.

Da passiert nichts.
Er hat Recht, wir schmeißen doch auch die glühenden Stummel in den Wald, wenn wir fertig geraucht haben, sogar deine Roth-Händle, da passiert auch nichts, dabei ist der ganze Boden voller trockener Nadeln.
Stimmt auch wieder.
So trocken nicht, hat doch gegossen wie die Sintflut.
Ist aber alles versickert.
Versickert und verdunstet.
Blendet ja richtig. Mal dunkel, mal hell.
Was sind das überhaupt für Feuer?
Auf den Bergen?
Natürlich, dachtest du etwa die Zigaretten?
Herzjesufeuer.
Ach so, heute ist ja der zwölfte Sonntag nach Ostern. Siehst du, wir haben es uns gemerkt.
Die Verehrung des Herzens Jesu ... uralte mystische Feier, auch wenn erst Mastai-Ferretti sie zum Kirchenfest erhoben hat ...
Maserati? Ferrari? Ich versteh nur Bahnhof.
Mastai-Ferretti.
Wer ist denn das schon wieder?
Pius IX., ich nenne ihn beim bürgerlichen Namen.
Ach, Kirchenkritiker auch noch. Pius IX. hat übrigens auch die Instrumente im Gottesdienst zugelassen.
Hut ab, Zwantler, du kennst dich in der Musikgeschichte *und* Kirchengeschichte aus wie in deiner eigenen Westentasche.
Hab mich mal in Moskau mit ihm unterhalten ...
Mit Pius IX.?
... über ihn, meine ich, mit einem russischen Musikkritiker, der noch Schaljapin gehört hatte. Der hat mirs erzählt.
Was, den Kosmonauten? Der erst ins Weltall geflogen ist und dann mit dem Propellerflugzeug, hick! abgestürzt? Der

hat dir erzählt, dass Pius der Wasweißichwievielte einen Gottesdienst für Instrumente gemacht hat?
Aber nein, nicht der, das war doch ... kein Propellerflugzeug ...
Und nicht der hat mirs erzählt, sondern der sowjetische Musikkritiker, er fuhr einen grauen Lada.
Und wer fuhr den blauen Lada? Das möchten wir jetzt wissen.
Eine schöne Frau, ich habe ihren Namen vergessen.
Dann gingen sie schweigend weiter u. betrachteten die Feuer. Man konnte sie auch vom Wald aus gut sehen. Kühl war es jetzt. Das Glöckchen wurde lauter.
Und wo ist nun dieser Wal, hihi?
Na hier, gleich neben uns. Gasser zeigte auf ein Bächlein entlang des Weges.
Was, in diesem Bach? So einem Rinnsal?
Nicht Bach, Meer sollte er heißen, durchaus!
Was ist das überhaupt für ein komischer Bach? Der fließt ja quasi waagrecht. Fast bergauf!
Nein, nicht bergauf.
Gut, bergauf vielleicht nicht, da hab ich übertrieben, aber fast waagrecht. Wieso fließt der nicht den Hang runter? Bäche fließen doch normalerweise den Hang runter, das ist ein Naturgesetz.
Das ist ja auch kein Bach, sagte Gasser, sondern ein Wal.
?
Keine Natur, sondern Kunst. Ein Waal. Ohne künstliche Bewässerungsgräben gäbs hier keine Landwirtschaft ... was heutzutage vielleicht gar nicht so schlecht wäre ... denk ich an diese vermaledeiten Äpfel ... Heut gibts natürlich andere Bewässerungssysteme ...
Das überflutete Dorf! Hick!
Nein, das ist wieder was anderes ... jetzt halt doch mal den Schnabel, ist ja unerträglich, diese Schnabulatur ... eher un-

terirdische Rohre ... egal, so wars ja nicht immer, die Menschen haben diese Kanäle vor Urzeiten zur Bewässerung angelegt.

Und diese Kanäle heißen Waale?

Ja, wie Wallis.

Wallis? Das ist doch in der Schweiz?

Ja, da hinter den Bergen, wo die Feuer drauf brennen, da ist die Schweiz. Der Name Wallis kommt von den Waalen. *Aqua* ... die Unräter machten mit ihrem Berggenuschel *aquale* daraus ... *ak-wale* ...

Ach, so ist das, wie ek-bahu, und ich dachte schon ...

Was?

Wale.

Haha! Hihi! Har har! Wale, das wär ja was! In den Alpen! Er hat zu viel *Moby Dick* gelesen!

Man lässt die Waale schon lange verfallen, hunderte allein hier im Vinschgau, eine sträfliche Vernachlässigung, ich habs schon seinerzeit in den *Pyrenäen* angeprangert. Aber so gehen unsere Leute mit der eigenen Geschichte um, oberflächlich und bigott, einerseits heißt es *Kappl oa, Kreizl schlogn*, andererseits schlagen sie das authentische bäuerliche Erbe in den Wind, denken nur an Obstbau und Nutztierarkadien, sprich ans Geld, Profitmaximierung, sie lechzen nach goldenem Heu wie die Menschen im *Heuwagen* des alten Hieronymus ... der holländische Maler, nicht der Kirchenvater mit dem Löwen, nein, Hibiscus, auch nicht der gleichnamige ehemalige hervorragende Mittelfeldspieler des HSV ... und schon gar nicht Hieronymus Bock, der lutherische Vater der Botanik und große Theoretiker des Lindenbaums, der auch nicht ... sie schlagen sich gegenseitig die Köpfe ein und schneiden sich die Kehlen durch, so sehr lechzen sie nach dem goldenen Heu, bis sie am Ende bei der Heuernte abstürzen, kurz, gewisse Leute kriegen nie den Hals voll, nicht mal, wenn er ihnen abgeschnitten wird ... dabei rede ich noch gar nicht von der zunehmenden Lichtverschmutzung ... dare lucem, das war ganz anders gemeint, zum Heulen, habt ihr euch je über Lichtverschmutzung Gedanken ...

Puh, jetzt leg mal eine andere Platte auf, bitteschön, zur Nacht. Langsam reichts uns mit der Heimatkritik. Und mit der Ovid-Leier auch.

Er hat aber durchaus nicht Unrecht, mit Lichtverschmutzung ist nicht zu spaßen, überhaupt Umweltverschmutzung, Rauch, Abgase, Stichwort Waldsterben, zu schweigen vom Ozonloch ... und diese Besitzbürger, die machen aus Dreck noch Geld, aber was bedeutet ihnen Bildung und Kultur?

Trotzdem, kaum heißts Heimat, hagelts Kritik, das nervt.

Verdammte Kritik!

Da vergeht einem die ganze Lust auf Bildung. Holländer, dazu sag ich lieber nichts.

Allein der bescheuerte Name, Hieronymus, hihi ...

Nimm noch einen Schluck, Gasser, und entspann dich. Du auch, Perger, entspann dich. Du auch, Zwantulla. Und du, Hibiscus. Nehmt alle noch einen Schluck. Und noch einen. Ich auch. Seht ihr, schon sind wir wieder alle entspannt.

Wo kommt es denn nun her, dieses Gebimmel?

Von hier. Der entspannte Gasser zeigte auf ein halbvermodertes Mühlrädchen im Wasserbett, an dem ein kleines Glöckchen hing. Das ist etwas Besonderes, hier hat sich eine Waalschelle erhalten. Solange sie klingt, fließt Wasser. Wenn die Schelle verstummte, mussten die Bauern ausrücken und den Waal reparieren, sonst wären die Felder vertrocknet.

Wahnsinn, sagte Zwantulla, das Pfitschtal überschwemmt und ersoffen, der Vinschgau hingegen verdorrt und verdurstet!

Ja, alles in *einem* Land.

Was es so gibt, nicht?
Wirklich Unfug, wenn man darüber nachdenkt, der eine ersäuft, der andere verdurstet.
Aber so ist die Welt. Ein Schmarrn.
Eben, steht schon in der Genesis. Einmal fehlt das Festland, einmal fehlt der Regen.
Tja, die Bibel hats schon immer gewusst.
Sie betrachteten das kleine Mühlrad u. lauschten der Schelle. Klang wirklich wie eine Celesta. Zwantulla schaute übers Tal zu den Feuern auf den Bergen, es wirkte, als hätte das Glöckchen sie entzündet u. würde mit jedem Klingeln weitere entzünden, immer weiter. Das also war der Anfang der Welt, keine Musik, kein λόγος, kein alkalisches Salz, sondern Feuer u. Wasser.
Apogäum, brabbelte Gasser, was auch immer das heißen sollte, keinen interessierte es, keiner fragte nach, sie hatten keinen Bock mehr auf das altphilologische Getue ihres Ciceronen, genauso wenig wie auf diese Schwermut.
So laut ist es gar nicht.
Ja, von weitem klangs lauter.
Liegt an der Akustik.
Mm.
Auf Dauer nervts.
Hick.
Ist noch was in der Flasche?
Als sie zurück vor dem *Kürbis* waren u. losfahren wollten, trauten sie ihren Augen nicht.
Ich trau meinen Augen nicht: *Die Maus schwebt*. Ich wollte sagen, das Pferd ... der Panda! Oder ich *glaube* zu sehen, dass er schwebt, ich hab ja schon ein paar Gläser intus, vielleicht ...
Nein, ich sehe es auch, ich trau meinen Augen auch nicht.
Ich auch.
Ich auch.
Ich auch.

Aber ihr habt ja auch alle ...
Das schon, aber es werden wohl kaum sechs Betrunkene dieselbe Halluzination haben, was?
Fünf.
Meinetwegen fünf.
Das stimmt allerdings. Sie würden sechs verschiedene Halluzinationen haben, nicht wahr? Mindestens! Fünf, meine ich.
Donnerwetter. Ergo *schwebt er*.
Tatsächlich, der Panda schwebte in der Luft, etwa 1 m über dem Boden.
Ich habs immer gesagt, phänomenal, was in der Kiste steckt.
Quod erat demonstrandum.
Du kriegst die Tür nicht zu. *Unbegreifen und Staunen*, wie es ...
... in der einschlägigen Literatur heißt?
Nein, im *Kind*.
Gut gesagt.
Andererseits, wenn man es recht bedenkt: Noch unbegreiflicher und staunenswerter wäre es, wenn die Karre *immer noch* im Gras stünde.
Stimmt auch wieder.
Meint ihr, es liegt an den freiliegenden Kabeln? Unter dem Radio?
Gut möglich. Jedenfalls ... so musste es ja kommen.
Aber das macht jetzt auch nichts mehr.
Was machen wir?
Wir müssen erstmal warten, bis er wieder runterkommt.
Aber was, wenn er nicht wieder runterkommt?
Dann gute Nacht, schöne Großmutter.
Dran ziehen?
Puh, heikel, lieber nicht.
Tja, jetzt bräuchten wir ein Schlaues Buch, sagte Koffin. Aber das ist eben die Conditio humana, wir haben ein Heiliges Buch, aber kein Schlaues. Es bleibt uns also nichts anderes übrig als zu warten. Was hoch kommt, kommt auch wieder runter.
Gut, wir warten.

Man kann gespannt sein, was passieren wird.
Aber gut, dass wir alle so entspannt sind.
Gespannt *und* entspannt.
Ist schon ein erhabener Anblick. Man sollte ihn bewusst genießen. Am besten schweigend. Und wenn ich schweigend sage, dann meine ich wirklich in *völligem* Schweigen. Notabene, es gibt wirklich mehr Dinge zwischen Himmel und Erde ... so einiges ... *viel* mehr sogar, und eins entgeht nicht dem anderen ... verdammte Schulweisheit ... dazu die Feuer ringsum, das Glöckchen in der Ferne ...
... der Rosenkranz ...
Wieso denn der Rosenkranz?
Verschwenden wir nicht wertvolle Zeit, nutzen wir sie lieber, um eine zu rauchen.
Gute Idee! Und um zu schweigen! – Sie warteten, schwiegen u. rauchten ge- u. entspannt. Während sie an den Glimmstängeln sogen, Gasser Gauloise, Zwantulla Roth-Händle, Perger HB, Hibiscus Camel, Koffin seine Pfeife, schwebte der Panda weiterhin in der Luft. Er war nun nicht mehr weiß mit einem schwarzen Streifen, auch nicht rosarotorange wie im Abendlicht, sondern wieder undefinierbar grau, wie bei ihrer vormorgendlichen Abfahrt auf der Alm. – Schließlich erfüllte sich Koffins Prophezeiung, der Panda kam, wie er kommen musste, wieder runter, er plumpste nicht direkt zu Boden, wie sie befürchtet hatten, aber man konnte es auch nicht Herabschweben nennen, dazu war es zu unsanft, etwas in der Mitte zwischen sanftem Plumpsen u. unsanftem Schweben. Ihnen fehlte der passende Begriff, weil sie so etwas noch nie gesehen hatten, aber sie hatten auch keine Zeit, darüber nachzudenken, denn sie mussten feststellen, dass 1. der Hagel enorme Dellen ins Pandadach geschlagen hatte u. 2. die Reifen des Panda erneut platt waren. Nagelneue Reifen! Sie holten Hilfe aus dem Gasthaus, es stellte sich raus, dass die Reifen diesmal nicht aufgeschlitzt waren, sondern zum Glück nur die Luft rausgelassen worden war. Alles halb so schlimm. Während

ein Kfz-Mechaniker, der im *Kürbis* noch beim Kartenspiel gesessen hatte, mit einem Kompressor mit langem Schlauch aus dem Keller des Gasthauses die Reifen aufpumpte, überlegte Zwantulla, wer Gelegenheit gehabt hätte, ihnen diesen üblen Streich zu spielen. Hibiscus war lange verschwunden gewesen, bevor er ihn am Klavier gefunden hatte. Perger war davor lange auf Toilette gewesen, wo er angeblich die weißen Mäuse gesehen hatte. Koffin war davor auf Toilette gewesen, über den wussten sie ja gar nichts, z. B. wie er die beiden Finger verloren hatte. Gasser war davor auf Toilette gewesen, verdächtig kurz. Es konnte aber auch sonstwer gewesen sein, sogar einer der Italiener.

Du warst doch vorhin allein auf der Toilette, sagte in diesem Moment Perger zu ihm, sein Blick durchbohrte ihn fast. – Aber sie waren alle zu k. o., um zu streiten, lieber rauchten bzw schmauchten sie u. schauten die ringsum leuchtenden Herzjesufeuer an, die wie dicht herangekommene Sterne auf den Bergen schwebten. Beeindruckendes Schauspiel. – Der Mechaniker hatte die Reifen in Nullkommanichts aufgepumpt u. war zum Kartenspiel zurückgekehrt, schon hätten sie wieder losfahren können: wenn nicht der Autoschlüssel verschwunden gewesen wäre.

Nanu, wo ist denn der Schlüssel?

Weg?

Das kann ja wohl nicht wahr sein!

Ich werd nicht mehr!

Sie suchten mit Streichhölzern den dunklen Boden ab, leuchteten sogar unter den Panda (meine Güte, er verliert wirklich eine Menge Öl), dann gingen sie in den *Kürbis* zurück zum Tisch, an dem sie gesessen hatten, schauten darauf u. darunter, suchten den ganzen Teppichboden ab, fragten den Kürbiswirt, der suchen half, wie die anderen Gäste auch, auch auf der Toilette im Keller, überall ... nichts. – Schließlich entdeckte Hibiscus, der mit einer Taschenlampe nochmal draußen hatte suchen wollen, dass der Schlüssel in der Tür

des Panda steckte. Alle lachten. So eine Aufregung! War das verrückt, so viel Lärm um nichts! Wobei die Frage sich nicht klären ließ, wie der Schlüssel ins Türschloss gekommen war, Gasser behauptete steif u. fest, er habe ihn nicht reingesteckt. Hatte er schon dringesteckt, als der Panda geschwebt war?
Sie bemerkten, dass es im Panda ziemlich müffelte, nach Erbrochenem u. mehr, u. öffneten sämtliche 2 Türen sowie den Kofferraum, in dem Koffins Sack lag, um mal richtig auszulüften. Währenddessen gingen sie noch einmal hinein, wo der Kürbiswirt ihnen nach der ganzen Aufregung einen Klaren spendierte. Als sie endlich einstiegen (diesmal Koffin auf dem Beifahrersitz, weil sie ihn unterwegs absetzen wollten, die anderen hinten reingequetscht, Hibiscus in der Mitte), stellten sie fest, dass es zum Glück kaum mehr nach Erbrochenem roch, dafür nach verbranntem Öl.
Macht nichts, riecht eigentlich sogar ganz angenehm, findet ihr nicht?
Gasser bretterte diesmal nicht wieder los wie ein Irrer, sondern fuhr sanft u. sachte an. Sie rollten unkontrolliert bergab, aber es war überhaupt nicht mehr bedrohlich. Zwantulla lehnte sich tiefenentspannt in den Rücksitz (so tief das ging), er trug ja keine Unterhose mehr u. ihm war, als verwüchse seine nackte Haut mit dem Cord, er schaute hinaus in die Nacht, ihrem Chauffeur, Ciceronen, Kapitän Gasser vertraute er blind, das fehlende Bein machte nichts, auch nicht die blaue Brille, der Herzfehler ... den Rosenkranz gabs ja auch noch ... Auch die Enge auf der Rückbank machte nichts. Auch dass wieder jemand bzw etwas auf dem Dach zu sitzen schien, machte nichts: alles leicht u. schwebend.
Gut, endlich wieder unterwegs zu sein.
Wohin fuhren sie.
Mal gleißend hell, mal zappenduster.
Wie der Panda rollt, phänomenal. Spürt ihr es? Fühlt sich an, als würde man über ein Tamtam fahren, mystisch, delphisch, sibyllinisch, wie immer mans nennen mag ... diese Vibration ...

Über ein Tampon?
Ach, Hibiscus ... aber jetzt ist es auch egal, es macht nichts, warum nicht über ein Tampon ...
Einen ... egal ... Hauptsache nicht wieder ein Perlhuhn.
In Seelenruhe durch das brennende Land, die brennende Nacht: An allen Hängen, in allen Höhen Feuer, die Welt stand in Flammen.
Sogar der Cord rieb nicht mehr, seine Rillen schienen sich wieder geglättet zu haben, wie sie es schon einmal erlebt hatten; wo ihre Haut zu Ende war u. der weiche plane blanke Sitzbezug begann, wer vermochte das in dieser Nacht zu sagen?
Ihre Seelen ergossen sich gegeneinander.
Und wie angenehm das verbrannte Öl riecht.
Ewiger Sonntag im Gemüte.
Ewige Sonnacht, besser gesagt ... *wahrscheinlich ist die Ewigkeit in der Nacht noch größer wie bei Tag, weil da ja auch die Geister alle drin Platz haben müssen.*
Gut gesagt.
Die Feuer, schön.
Ein rotes Gebet, wie es im *Kind* heißt, *schön wie ein Samtkleid.*
So heißt es im *Kind*?
Ja.
Wie noch?
Die Dinge fangen alle an zu tanzen.
Fiat lux!
Wie die Feuersäule in der Wüste. Moses und Aron, ihr wisst schon.
Call me Israel, was?
Gut, aber welcher Feuersäule sollen wir folgen? Es sind ja so viele.
Keine Sorge, ich kenne das Land wie meine Westentasche, wie meine Wohnung. Seht die Feuer!
Mal ehrlich, Capitano, kannst du die Feuer überhaupt sehen?
Na klar, wieso?
Sie sind doch orange.

Natürlich seh ich die Feuer, ich seh nichts anderes.
Nichts?
Nichts.
Nur die Feuer?
Nur die Feuer.
Da, in Form eines Herzens.
Da, in Form eines Kreuzes.
Sieht ein bisschen nach, hick, KKK aus, oder?
Hickackacka?
KKK, hick. Er rieb sich die Augen.
K und K, oder was? Kakanien? Meinst du die Habsburgermonarchie?
Nein, Ku-Klux-Klan. Ein brennendes Kreuz, versteht ihr?
Ach so. Sag das nicht, das ist doch was anderes. Hier werden keine Neger gehängt, na hör mal.
Hier gibts gar keine Neger. Auch keinen Nagy, nur einen Notscher.
Da hast du auch wieder Recht.
Und reib dir nicht so doll die Augen, Hibiscus, das ist ungesund.
Da, in Form eines Habichts.
Das ist doch ein Adler, ein Tiroler Adler aus Feuer.
Natürlich, kein Habicht, sowas Doofes.
Da, in Form eines Sterns.
Schön. Mystisch. Hick.
Metaphysisch.
Delphisch.
Sibyllinisch. Die Sonne hatte sich in unendlich viele kleine Feuer zerlegt. Der zerhackte Himmel liegt hier herum. Sie fuhren durch den zerhackten Himmel. In den Höhen nur noch Asche.
Und da die Milchstraße, seht, diese Schlieren.
Sind die nicht auf der Scheibe? Die Schlieren?
Nein, das ist die Milchstraße.
Und das? Dieses Licht da? Seht, es bewegt sich sogar.
Eine Sternschnuppe?

Oder sogar der Stern von ... seht, er geht vor uns her ... *dare lucem ...*
Nein, die Bergrettung, die fliegt auch nachts.
Ein Hubschrauber? Was transportiert er?
Was weiß ich. Spürt ihr es?
Was?
Wie die Erde sich dreht.
Ja.
Ja.
Ja.
Ja.
Puh.
Ah.
Dr Eremit?
?
Weard hoam gruafn. Dr Tenor?
?
Heart die Engelen sing. Dr Förschtr?
?
Geht in die ewign Jogdgründe ein.
Sie lächelten.
Weiter, immer weiter. Wohin fuhren sie. Ach ja, nach Hause. Trotzdem weiter, immer weiter. – Nach einer Weile stillen Dahinfahrens schlief Hibiscus ein, schnarchte schnurrend, wie vom Schluckauf erlöst, sein Wuschelkopf sank zuerst auf Zwantullas Schulter, der schob ihn von sich weg, der Kopf sank auf Pergers Schulter, der ihn halb angeekelt, halb belustigt zurück in die Mitte schob, wo er endlich, das Palästinensertuch im Nacken, liegen blieb, nach hinten geworfen wie ein versteinerter Pianist bzw Trinker. Leise, um ihn nicht zu wecken, sagte Perger: Schaut mal, jetzt schläft er endlich.
Ist besser so, er hat mich schon den ganzen Tag genervt.
Und mich erst.
Kann man wohl sagen. Diese elende Rumrutscherei den ganzen Tag, die Gymnastik, der hat ja Hummeln im Po wie ein Kleinkind ... richtiges Frettchen ...
Ja, es ist einfach nicht mit anzusehen. Und dass er seine Freundin

mit dem Baby in Bologna sitzenlässt ... natürlich kann man es verstehen, aber ... unmöglich.

Aber hält sich für die reine Lotusblüte! Und diese Jugend will uns abservieren, was? Stottern, Schluckauf, Nasenbluten und gibt ständig Zinnober von sich. Redet in einem fort. Labert ohne Ende. Mäandert. Stream of consciousness. Außerdem dermaßen halsstarrig. Dermaßen auf Unzack, sowas hab ich noch nie erlebt. Aber was tut man nicht für einen alten Freund ... dass Kumm so einen Sohn hat, ein Clown ist das, eine taube Nuss, ein richtiges Kamel. Verschluckt sich sogar an Bonbons, sowas von lächerlich.

Dem sollte man die Narrenkappe aufsetzen.

Genau, Eselsohren sollten dem wachsen.

Und eine gehörige Tracht Prügel ...

... die hätte man durchaus schon beizeiten ... wenn ich mir vorstelle, so doof zu sein, da wird mir speiübel ... durchaus, da könnt ich ...

Bitte nicht schon wieder.

Ist doch nur eine Redensart.

Apropos Redensart, früher hätte man so einen als Kretin bezeichnet.

Genau, wie ein Icherzähler in der dritten Person.

Wie bitte?

Naja, ein Mensch ohne Charakter ... ich meine, der arme Kumm ist doch wirklich gestraft mit einer solchen Null. Er ist Professor ...

Professor für Komposition sogar. Und seine Frau schreibt Aphorismen.

... und ihr Sohn ein Schwachkopf. Der weiß doch nicht mal, was ein Aphorismus ist.

Geschweige denn eine Komposition. Aber was soll man machen? Man kann sichs halt nicht aussuchen.

So ist die Welt.

Steht schon in der Bibel.

Kann man wohl sagen.

Narrenkappe, ich sags doch.

Aber im Grunde ist er ein guter Kerl, der Hibiscus.

Das stimmt auch wieder, er ist gutmütig.

Sehr sogar. Ganz lieber Kerl.

Ich würde sogar noch weiter gehen: *Er ist ich.*
Schmarrn, so weit würde ich nicht gehen.
Ich durchaus auch nicht.
Aber macht nichts, Zwantler, dann ist es eben so: Er ist du, aber wir sind nicht er.
Gut gesagt.
Aber auf jeden Fall ein ganz lieber Kerl.
Da sind wir uns einig.
Und gute Tischmanieren, ausgezeichnete sogar.
Na gut, Tischmanieren, das ist durchaus etwas Oberflächliches. Ich sage nicht, dass sie unwichtig wären, aber etwas Oberflächliches.
Wie mans nimmt. Spielt übrigens gar nicht übel Klavier. Habs im Keller gehört.
Wer?
Hibiscus.
Was, der? Ist das dein Ernst? Spielt Klavier?
Apropos Förschta ... Förster, nuschelte Perger, was war das eigentlich für ein Jägerwitz, den du vorhin erzählen wolltest, mein Freund? Die Stimmung im Panda wurde immer sanfter, ihre Seelen ergossen sich immer strömender.
Stimmt, Bruder, der Jägerwitz ... jetzt hast du ihn immer noch nicht erzählt, flüsterte Koffin.
Wenn du ihn jetzt nicht erzählst, wisperte Zwantulla, wirst du ihn nie erzählen.
Vertraute, Gefährten, es ist der beste Witz von allen, raunte Gasser versonnen, einen besseren kenn ich nicht.
Hört zu, Gefährten ... Oh!
Ist ja nichts passiert. Hast du die Kurve nicht gesehen, Bruder?
Leider nicht, im Dunkeln seh ich schlecht. Alles verschwimmt vor meinen Augen. Schlimmer ist es nur bei Regen.
Oje, und jetzt fängt es auch noch an.
Tatsächlich, dabei ist es sternhagelklar ... sternenklar, meine ich. Sachen gibts ...
Ja, wie kann es da regnen?
Das kann hier immer passieren, Gefährten. Dass es aus klarem Himmel regnet. Nachts immer.

Warum machst du die Scheibenwischer nicht an?
Auf keinen Fall, Scheibenwischer machens noch schlimmer, dann erkenn ich überhaupt nichts mehr. Bin nachtblind wie ein Huhn.
Macht ja nichts, mein Freund, dafür kannst du nichts. Fahr nur ein bisschen langsamer, dann wird schon nichts passieren.
Nicht nötig, ich fahr einfach nach Gefühl. Ich kenn die Gegend. Wie die eigene Wohnung. Ihr wisst, wenn ich zu stark bremse, komm ich die nächste Steigung nicht ...
Ach ja.
Ist nicht mehr weit.
Nach Hause kommt man immer.
Und du siehst wirklich gar nichts, wenn du nach vorn schaust?
Doch, etwas sehe ich ... die Fahrbahnmarkierung. Seht, wie schön die Fahrbahnmarkierung ist.
Der Mittelstreifen?
Ja.
Stimmt, wunderschön. Alles blitzt und flackert mir vor den Augen.
Seht die Striche ...
Als ginge man durch die eigene Wohnung.
Ja, diese Striche, die Streifen ... weiß züngelnde Flammen ... als würden sie flackern und blitzen.
Tanzen. Tanzende weiße Blitze.
Blitze sind auch aus Feuer, wie die Sterne ... alles Feuer ...
Feuer ist vernünftig und ewig lebendig, wie Heraklit sagt. Aus Feuer wird alles, wie Heraklit sagt, aus allem wird Feuer, wie Heraklit sagt.
Du kannst es nicht lassen, was? Aber jetzt ist es auch egal.
Gut, dass Hibiscus schläft.
Aber was ist das? Da unten, ab von der Straße?
Was?
Das? Da, wo das schwache Licht ist?
Du meinst ...
... ein Unfall?
O Gott.
Scheint ein schrecklicher Unfall zu sein, sieht ja grauenvoll aus.

Naja, so genau kann mans nicht erkennen, man sieht nicht viel in der Dunkelheit.
Aber was man sieht, ist schrecklich und grauenvoll.
Fahren wir lieber weiter.
Ja, lieber weiter. Nicht anhalten.
Immer weiter.
Seht ihr, schon sehen wirs nicht mehr.
Den Unfall?
Wenns überhaupt ein Unfall war.
Ein Glück.
Aber was passiert jetzt mit den Feuern?
Du meinst wegen des Regens?
Ja.
Ist doch bloß ein Nieselregen, wahrscheinlich nur lokal. Außerdem, wenn die Feuer erstmal brennen, dann brennen sie. Schaut doch hinaus, Gefährten, überall lodern sie. Viel schöner als die Fahrbahnmarkierung. Passt auf, ich schalte jetzt die Scheinwerfer ab, dann sieht man sie noch besser.
Gute Idee. Dann geht auch die Armaturenbeleuchtung aus. Seht, meine Freunde!
Schaut, Brüder!
Habt acht, meine Lieben!
Haha, Tristan und Isolde.
Was?
Habet acht! Bald entweicht die Nacht!
Stimmt, daran hatte ich gar nicht gedacht. Von wegen gelöschte Fackel, das passt überhaupt nicht zur heutigen Nacht. Die entweicht nicht so bald. Wie hieß nochmal dieser Roman?
Welcher Roman?
Der, von dem du vorhin gesprochen hast. Wo der Amerikaner sich totsäuft, statt zum *Tristan* zu gehen.
Ach so. *Das Glas.*
The Glass?
The Bottle.
Dante, sagte Koffin.
Walküre, sagte Zwantulla, Waberlohe. Keiner kommt durch. Er

schaute durch die Regenschlieren (als hätte sich die Milchstraße auf die Fenster gesetzt) hinaus zu den Feuern, überlegte, woran ihn das erinnerte, der Blick durch Regenschlieren bzw Milchstraße in die Nacht, Bilder aus seinem Leben, Kotze vor einem Fabriktor, auf dem Gehweg ein Vogel, der an etwas Wabbeligem zerrte ... Ihr sollt ihm kein Bein zerbrechen. Sie werden sehen, in welchen sie gestochen haben. Männer, was habe ich mit euch zu schaffen? Hier u. heute hinter den Schlieren die trotz Feuern stockfinstere Nacht, gute Idee von Gasser, das Licht auszumachen, beim Anblick der verwaschenen Lichter in der Dunkelheit hörte er Glöckchen, in Berge u. Himmel gestanzte Noten, tironische Perlen, blinkendes funkelndes silbriges Celesta-Cis-Dur, dazu das gleichmäßige sanfte Schnurren des Schlafenden. Nacht-Welt ohne Brummen, Nacht-Welt voller Lichter u. Glöckchen ... untemperiert ... kein Werckmeister ... Pythagoras ... nichts. Er senkte den Kopf, um hochschauen zu können, an Hibiscus' Kinn vorbei. *Delirium, disease of night*. Nichts u. alles. Die Geister haben alle drin Platz, nicht hier draußen im Panda, sondern da drin in der Nacht, da drin hinter Milchstraßenschlieren in der veraschten Nachtlandschaft zwischen brennenden Himmelsstücken, im abgeholzten Tal, die venezianischen Negersklaven haben alle Bäume abgeschnitten, *tödliche familiäre Schlafkrankheit*: Schatten der Unräter, Vergil, 1äugiger Wanderer, Laokoon im Fliegenpapier, Danaiden, Ahab u. Isaak, Blutjunge u. Steinalte, Neger der Madonna, Schwarzes Trinali aus der versunken Kathedrale, Kafka, (Alten)(Schön) Berg, Bach(mann), unsterbliche verbrannte Perücke, Aschekreuze auf den Stirnen, ach so jung gestorbener Schubert (um dich ist es wahrlich schade), Rindsköpfe des Helios ∀ ∀ ∀ ∀ ∀ ihr alle seid da draußen, welch Gewusel in der Dunkelheit, blendend ultraviolettes Leuchten. Fürs menschliche Auge unsichtbar, nicht für ihn. Er sah alle Konträrfarben. You might fall off from earth one day. Fatal, familial, insomnia. Aber nicht heute Nacht. Heute Nacht ist alles, alles gut. Sogar dass Schubert so jung gestorben ist. Er schloss die Augen u. es war hell. Er öffnete sie, es war dunkel. Er schloss sie, es war hell. Ewige Sonnacht. Was hatte Gasser an der Waalschelle gebrabbelt?

Apokatastasis, murmelte Zwantulla.
Du sagst es, sagte Gasser u. wandte sich lächelnd nach hinten: du Pfarrerskind, siehst wohl, was ich heut Morgen gesagt hab, man wird seine Herkunft nicht los, seine Prägungen. Diese ganze heilige Scheiße, du weißt schon ... ich kanns dir nachfühlen, was dir das Pfarrhaus, ist mir die Franziskanerschule. Hoffe, du hast es nicht in den falschen Hals bekommen, was ich da geredet hab, war fahrlässig, Gefährte, du weißt schon: dass es dich eigentlich nicht geben dürfte und so ...
Er öffnete die Augen, es war dunkel. Dass es mich nicht ...? Kein Problem, mein Lieber.
War nicht so gemeint, Gefährte. Fahrlässiges Gefasel.
Fahren wir weiter.
Tun wir eh. Wir fahren ja ... jedenfalls hast du Recht, Apokatastasis, ich hätts nicht besser sagen können. Hast es auf den Punkt gebracht.

Dann veränderte sich alles, auf halbem Weg fanden sie sich in einen finstern Wald verschlagen, weil sie sich vom graden Weg abgewandt hatten. Dieser Wald war dicht, hier sah man keinen Himmel. Gasser blieb nichts anderes übrig, als die Scheinwerfer wieder einzuschalten. Die geteerte Straße war zu Ende, sie fuhren einen Forstweg bergauf, der Panda wurde immer langsamer, dabei hatte es geschienen, als rollte er jetzt ganz von allein.
Ja, Außergassers Schloss liegt auf einem Hügel. Der Turm. Ziemlich steil sogar, unangenehm, da nachts heranzufahren.
Dann schwiegen sie wieder. Das Schubbern des Cords war unerträglich, sie hätten alle schreien mögen. Doch keiner schrie. Zwantulla hatte eine Gänsehaut, dies war der finsterste Wald, in dem er sich je befunden hatte. Man sieht ja die Hand vor Augen nicht, geschweige denn wie viele Finger dran sind. Übrigens ein Wunder, dass dieser ganze Wald noch da stand, wo doch so viel abgeholzt worden war ... für Venedig ... die Feuer ... Waldsterben ... Hier wollte Ivo Koffin den Rest der Nacht verbringen? Den unendlichen Rest der Nacht?

(Der Wald stand doch da? Aber warum sollte es sonst so finster sein?)

Fällt euch etwas auf, Gefährten?

Was?

Keine Nachtigall, keine Eule in diesem Wald.

Naja, kann man nicht genau wissen, die Fenster sind zu, es ist stockdunkel ...

Aber sie spürten, dass Gasser Recht hatte.

Nach einer Weile gelangten sie zum Schloss. Der Turm, der aus dem Dunkel aufragte, wurde von einem Scheinwerfer von unten matt angeleuchtet. *Wohnhaus* war untertrieben gewesen, es hatte immerhin einige Zinnen. Außen herum stand ein blickdichter Zaun aus Holzlatten, den sie mit den Pandascheinwerfern anleuchteten. Hinter dem Zaun bellten Hunde. Als Koffin die Tür öffnete u. ausstieg, wurde das Bellen ohrenbetäubend. Aber Hibiscus weckte es nicht auf. Auch Perger erschreckte es nicht, er stieg ebenfalls aus. Zwantulla schob Hibiscus von der Mitte der Rückbank nach rechts, um mehr Platz zu haben.

Perger u. Koffin umarmten sich. Zwantulla schien sogar, dass beiden die Tränen in den Augenwinkeln standen, aber es war zu dunkel, um es sicher zu erkennen.

Dann watschelte Koffin um den Panda herum, öffnete den Kofferraum u. nahm den Sack heraus, in dem sich der Kalbskopf befinden musste. Er kam wieder nach vorn u. schüttelte durchs offene Fahrerfenster Gasser u. Zwantulla wortlos die Hand, Perger setzte sich nach vorn auf den Beifahrersitz.

Grüß Außergasser von mir, sagte Gasser.

Koffin stand kurz unschlüssig, dann beugte er sich nochmal zu ihnen herab u. flüsterte in den Panda: Eine Sache noch, Brüder. Geht mich zwar nichts an, aber richtet eurem schlafenden Freund aus, er soll nicht so viele von diesen Nüssen ...

Den Paranüssen?

Genau von denen. Wäre besser für ihn.

Was ist mit den Nüssen?

Ich sags ja nur. Kann haarsträubende Folgen haben. Gute Nacht, Brüder.

Gute Nacht, Gefährte / mein Lieber / lieber Freund.
Wir sehen uns zum Watten.
Koffin watschelte, ein Kerl wie ein Schrank, die Pfeife im Mund, den Sack in der Hand, zum Schloss, dessen Lattentor sich öffnete, ohne dass sie dahinter jemand erkannten. Das Bellen wurde immer lauter.
Koffin watschelte hinein.
Sie fürchteten, dass die Hunde herauskämen.
Dann schloss sich das Tor.
Sie wendeten u. fuhren schweigend langsam bergab.

Gut, dass wir wieder auf dem graden Weg sind. Alles war wie zuvor. Die Welt existiert fort. Überall funkelten Feuer, im Tal, auf den Bergen, am Himmel. Der Cord glatt wie Licht, die Haut eins mit dem Sitz. Wohliger Geruch verbrannten Öls. Der Panda nahm Fahrt auf. Gasser schaltete die Scheinwerfer wieder aus. Licht- u. schwerelos brausten sie voran.
Weiter, immer weiter.
Puh, gut, dass er ausgestiegen ist, jetzt haben wir mehr Platz.
Ja, zum Glück ist er weg.
Echt ein sinistrer Typ.
Er übertreibts jedenfalls. Er hat wirklich ein Problem ... ein Problem mit ...
Ein *Alkohol*problem. Sprechts ruhig aus. Er ist ein alter Freund, ich weiß es schon seit langem.
Ja, erst wollte er keinen Tropfen trinken, nur Wasser, wird schon gewusst haben warum, aber dann ... habt ihrs bemerkt?
War ja nicht zu übersehen. Säuft wie das Fass der Danaiden.
Fast ein bisschen widerlich. Der trinkt sogar, ohne zu essen, habt ihr sowas schon gesehen? Tagsüber gefastet und dann am Abend auch nur wenig gegessen, sogar das halbe Spiegelei übrig gelassen.
Stimmt, ist mir auch aufgefallen.
Und das als Metzger.
Das Schweinegekröse ... wenigstens hat er das gegessen. Aber dass er sogar noch eine Flasche im *Kürbis* hat mitgehen lassen, naja, er wollte sie immerhin bezahlen, aber ... wenn der jetzt noch eine Flasche rausgezogen hätte, was macht man da?

Solche Kerle kannst du im Grunde nur rausschmeißen.
Ja, ab einem gewissen Punkt gehts nur darum, sich selbst zu schützen.
Haben wir ja auch gemacht.
Und seine Frau hats auch gemacht, das kann keinen wundern. Ich will nicht die Frauen verteidigen, das sei ferne von mir, aber man muss sich mal in sie hineinversetzen. Aber er ... habt ihrs bemerkt? Vorhin am See? Er wollte im Grunde *nur* von seiner Rumfahrerei erzählen ... *nichts* von seiner Frau.
Da muss man sich als Mann schon mal an die eigene Nase fassen, warum man rausgeworfen wurde.
Eben, da steckt nämlich kein Splitter drin, sondern ein ganzer Balken. *Er* sagt, dass *sie ihm* fremd geworden ist, aber *sie* hat ja *ihn* rausgeworfen. Je mehr man darüber nachdenkt, desto aberwitziger wird es. Das ist nicht nur ein Balken, das ist ein ganzes Haus. Aber ich fürchte, das ist typisch für Männer.
Puh, Männer.
Verdammte Männer.
Und dann noch dieses Pfeifengeschmauche, wie ein Pfarrer oder neunmalkluger Teenager.
O ja, ich wollte nichts sagen, aber diese Pfeife, wirklich das Letzte, im geschlossenen Auto, da kommen einem die Tränen.
Und das Schloss ... sie hätten uns wenigstens auf einen Schluck reinbitten können.
Ach, ich weiß nicht. Da wär ich nicht unbedingt scharf drauf gewesen.
Wie auch immer ... trotzdem ein netter Kerl.
Stimmt, ein Gefährte. Ich weiß gar nicht, wie lang ich ihn schon kenne. Ewig.
Man merkt gleich, dass er das Herz auf dem rechten Fleck trägt.
Ein richtiger Kamerad.
Auf der Zunge. Ein Freund.
Weiter, immer weiter. Schwerelos, ohne Scheinwerfer. Die Welt gibt uns Licht, ex fumo dare lucem, gut gesagt. Was habe ich mit euch zu schaffen. Zwantulla schaute in die Nacht zu den Feuern u. lauschte dem Glöckchenklingen, das immer leiser wurde, als entfernte es sich; vielleicht wurde er auch nur müde, die Augen

wurden ihm schwer; da fiel ihm ein, wie er einst vors Fabriktor von Schering gekotzt hatte, da war ein Vogel auf dem Gehweg gewesen u. hatte an einer Leber gezerrt, hinter Regenschlieren hatte Bolleit im Auto gesessen, der tote Bolleit, damals hatte er natürlich noch gelebt, u. ihm zugesehen. Daher die Cis-Dur-Glöckchen, alle abendländische Musik, hatte Bolleit doziert, als sie im VINCENT'S versackt waren, sei aus dem Suff geboren, Brahms' Vater ein Kneipenmusikant, das sagt doch alles, Mahlers Vater ein Schnapsbrenner, Reger kontrapunkt- wie alkoholsüchtig, u. Frau Schnaps erstmal, Beethovens Neunte, *Such ihn über'm Sternenzelt*, u. Mussorgsky, die Suffleiche, Sibelius, die Suffleiche usw usw. Was ist der Mensch? Eine Weinbergschnecke, kann 20 Jahre alt werden, 20 Jahre rumkriechen u. sich fortpflanzen. Nun war Bolleit tot, er hatte länger als 20 Jahre gelebt, aber sich nicht fortgepflanzt. Du nimmst mir das nicht krumm mit deiner Frau, was, Bolleit? Du verstehst es, du hast sie ja selbst begehrt ... Der Suff von Rolf Piltz, einmal waren sie eine Nacht um die schwarzen Häuser von W-Berlin gezogen, aus Rolfs Suff war *nichts* entstanden, eine gescheiterte Existenz, wie man sagt. Stuck, Whisky u. Bier im SCHWARZEN CAFÉ in der Kantstraße, wo waren die *Wucherungen*, das Opus magnum, von dem er damals gesprochen hatte? Havestock, sein väterlicher Freund u. Freund seines Vaters, Riesling in Heidlingen in grauer Vorzeit, Tschaikowskyhörer, einmal ein unangenehmer Annäherungsversuch ... Karl Schapp, sein Kollege, ein Soziopath, das tote Karlchen, Likörchen am Tag seines Begräbnisses ... Li-Kirschen. Das waren ja längst noch nicht alle Toten. Wohin das Auge blickt. Ausgeknipst wie die Glühlampen. Was nützt da der beste Korrosionsschutz. Na klar, für sie brannten all diese Feuer: Perlen für die Toten dieses Jahres, für jeden 1, auch für den Hausmeistervater Prpić, für Hans von Campenhausen, Kaiser Hirohito, Adil Candemir, Robert Lembke, Bruce Chatwin, Salvador Dalí, Ted Bundy, Akutagawa Yasushi, Ingolf Diederichs, John Cassavetes, Barbara Tuchman, 144 Fluggäste in Surinam, Thomas Bernhard, James Bond, Hüseyin Akbaş, Hanne Sobek, Erika Köth, Otar Taktakischwili, Alfred Dallinger, Konrad Lorenz, Chris Gueffroy, John Jay McCloy, Carl Dahlhaus, Zita, Cláudio Santoro, Winfried Freudenberg, 96 Stadionbesucher in Sheffield, Adil Atan, Hilde Benjamin, Daphne du Maurier, Sergio Leone, Antonio Janigro, Meindert Boekel, Wolfgang Neuss, Adolfo Constanzo, Iván Palazzese ... die Toten auf dem Platz des Himmlischen Friedens ... den Ayatollah Khomeini ... die toten Trauernden bei seinem Begräbnis ... die 575 in sowjetischen Eisenbahnen Explodierten ... u. all die, die ihm nicht einfielen. Wer kennt die Namen. Schall u. Rauch. Aber er *sah* sie alle. Alle Toten. Aller Zeiten. Sie alle haben hier drin Platz in diesem kleinen feinen Panda. Wohin fuhren sie. Hinter schweren Lidern dachte er wieder an Jülide, die geliebte, geliebte Frau in Berlin. O du schöne, Bach liebende Alevitin mit Rehaugen u. Leopardentanga. Da hatte er vorhin am Abhang alle Kreaturen geliebt u. bemitleidet, aber an Jülide nicht gedacht. Was haben wir für schöne Tage u. Nächte verbracht in den letzten Jahren, v. a. Nächte ... ein paar ... nichts vor der Ewigkeit ... *Weib, was habe ich mit dir zu schaffen?* Ach! Er war ja so vereinzelt, als Einziger dick, als Einziger keine Kinder, aber da gab es diese herrliche herrliche herrliche Frau, die er seit Wochen u. Monaten u. bald Jahren vernachlässigte. Jetzt heftiges, nicht nur körperliches, Verlangen nach ihr. Falsche Zeit, falscher Ort. Das gabs doch nicht, den ganzen Tag keine Lust auf Frauen, nur getrunken, aber auf einmal, nachts: Lust, Sehnsucht, Verlangen ... nicht so wie Hibiscus natürlich, dieses Kamel, von wegen Knüppel u. Prügel, wer weiß wovon der jetzt schnurrend träumte, sondern viel umfassender. Natürlich *auch* den Knüppel reinstecken, aber nicht nur. Alles indirekter, ferner. Weinerlich *u.* wollüstig. Kalte Füße, zugleich Behagen. Der Muskelkater hatte sich in etwas Angenehmes verwandelt, entspannte Spannung. Ebenso Kopf u. Seele, ihm war speiübel u. schwermütig-selig. Kotz, ach. Auch er begann zu weinen. Reiß dich zusammen. Raff dich auf. Sobald er wieder in Berlin war, würde er sie anrufen, nein, schon von Toblach aus, nein, schon jetzt! Ach, das ging ja nicht. Sollte er Gasser bitten zu halten, an einem Gasthaus, einer Tankstelle, einer Telefonzelle? Wie spät war es jetzt wohl in W-Berlin? Genauso spät wie hier. Falsche Zeit, falscher Ort. Wohin fuhren sie. Weiter, immer weiter. Die 1000 Feuer da draußen *lebten*, war das das Delirium? *Disease of the night. Fatal familial insomnia.* Viel zu schön dafür. Sogar der- oder dasjenige, der oder das auf dem

Dach saß, wurde jetzt leichter. Wie schön war es, in Ewigkeit oder zumindest für den Rest des Lebens durch die erleuchtete Nacht zu fahren, wunderschön. Apropos Ewigkeit bzw Rest des Lebens, würden diese Feuer die ganze Nacht brennen? Bis zum nächsten Morgen? Würde es den nächsten Morgen geben? Überhaupt je wieder Morgen? Wenn nicht den nächsten, so doch den übernächsten? Ach, Unsinn, wenn es keinen nächsten Morgen gab, gab es auch keinen übernächsten, dann gibt es nie mehr Morgen. Ewige Nacht. Von Feuern erhellt. Sie verbrennen die Toten.

Perger schnarchte. Grunzte im Schlaf, klang ungesund. Den verbrannten Finger hatte er zwischen die Beine gesteckt, das schwarze Täschchen war zu Boden gefallen.

Dein Beifahrer schläft.

Ja, er scheint überhaupt zu viel zu schlafen. Zu viel Schlaf ist ungesund. Er hat keine Augen für die Schönheit dieses Landes, ich habe es den ganzen Tag schon bemerkt.

Erst recht nicht für die Schönheit dieser Nacht. Betriebsblind, wie viele Musiker.

Engstirnig.

Borniert.

Völlig abgestumpft.

Hab ich mir auch gedacht. Dazu diese blöde Fingerzuckerei den ganzen Tag, diese Luftetüden, der hat ja Ameisen in den Fingern.

Als wäre er deppert.

Und weißt du, was noch abstoßender ist?

Sags mir, Zwantler.

Seine Tischmanieren, hast du die gesehen? Frisst wie ein Schwein aus dem Trog.

Nicht auszuhalten. Und noch etwas. Wenn du mich fragst, sieht er aus wie ein Kinderschänder.

Soll ich mich wieder nach vorn setzen?

Nein, jetzt ist es nicht mehr nötig, nachts fahre ich wie ein Automat.

Ja, die dunkle Wohnung ... mal hell, mal dunkel, es ist alles eins.

Dunkel ist sogar besser. Zumindest zum Autofahren.

Aber auch sonst.

Gut gesagt, Zwantler.

Perger grunzte, Hibiscus schnurrte.

Sag mal, Zwantler, unter uns, jetzt wo nur noch wir beide wach sind, können wir endlich frei sprechen ... der Berger hier neben mir ... ist er wirklich ein guter Pianist? Er wirkt so ... wie du gesagt hast, abgestumpft. Vielleicht sind Musiker so, du kannst das besser beurteilen, ich kenn mich nur mit Literatur aus, mit den alten Sprachen, Musik ist nicht so meins ...

Was hast du da gesagt?

Ach so. Haha, ist mir gar nicht aufgefallen. Weißt du was, Zwantler, jetzt wo er endlich schläft, will ichs dir anvertrauen, was ich mir den ganzen Tag schon denke: Der Berger ist ein ... kennst du diesen Geisterfahrerwitz? So ist er. *Er* hält *alle anderen* für verrückt, dabei ist es umgekehrt. *Wir* sind normal, er ist *verrückt.*

Du meinst ...

Du sagst es, Zwantler. Ein Psychopath. Und was dieses Gekotze angeht, das könnte was mit dem Magen sein. Er müsste mal zum Arzt, bevor es zu spät ist. Dann hat sichs nämlich ausgeklimpert. Aus die Maus, vorbei die wilde Jagd.

Apropos. Jetzt erzähl ihn endlich, mein Lieber.

Was?

Den Jägerwitz.

Was, hab ich den immer noch nicht erzählt? Also, san drei Jagr im Wold, sitzn in die Staudn und lossn di Schnopsflosche umrgiahn. Kimp a Hirsch. Nimp oando an Schluck aus dr Flosch, leg un und schiaßt ... donebm. Rennt dr Hirsch wek.

Hihi!

Psst. Nanu? War Hibiscus aufgewacht? Nein, geschlossene Augen, er hatte bloß im Schlaf gekichert.

Lossn di Jaga wiedr di Schnopsflosch umrgiahn. Kimp dr Hirsch wiedr zrug. Nimp do ondre nou an Schluck aus dr Flosch, leg un und schiaßt ... a donebm. Rennt dr Hirsch wiedr wek. Lossn di Jaga wiedr di Schnopsflosch umrgiahn. Kimp dr Hirsch wiedr zrug. Trinkt dr dritte di Schnopsflosch laar, leg un und schiaßt ... follt dr Hirsch toat um. Volltreffa. Frogn di zwoa ondon: Wie hoschen des iatz dorichtn? Sog dr dritte: Net schwar, i hon oanfoch in die Mitte van Rudl gezielt.

Haha, Wahnsinn.

Hihi, ein ganzes Rudel? – Er brabbelte sogar im Schlaf.

Mann, bist du blöd. Sei nicht so blöd, du.
Ach so. Hihi. – Und schlief weiter. Schnurrte friedlich. Perger schnarchte, es klang ungesund, als hätte er was Stückiges in der Kehle, aber das machte jetzt auch nichts. Vielleicht träumte er von seinem Programm?

J. S. Bach: *6 Präludien & Fugen aus dem ‹Wohltemperierten Klavier›* (h-Moll, cis-Moll, es-/dis-Moll, g-Moll, b-Moll, As-Dur)
Schönberg: *6 kleine Klavierstücke*
Schubert: *6 Moments musicaux*
Schönberg: *6 kleine Klavierstücke* encore,
in umgekehrter Reihenfolge
------ *Pause* ------
Liszt: *Sonate h-Moll*
Zugabe: Debussy, *La cathédrale engloutie*

Zwantulla wurde auch immer schläfriger. Ihm war ganz leicht.
Der- oder dasjenige, der oder das auf dem Panda gesessen hatte, war jetzt weit entfernt im Nachthimmel u. sah den Panda von hoch oben durch die Nacht zuckeln: der kleine Panda fuhr durch 1000 Feuer.
Weiter, immer weiter.
Nur ab u. an klangen noch ganz leise Stimmen aus dem Panda:
Der Perger, auch wenn er grässlich ist ...
... Psychopath und schlechter Pianist ...
... durchaus ... aber im Grunde seines Herzens doch auch ...
... ja, finde ich auch ... Berger ... *gut* ... die reine Güte ...
Wir lieben ihn, was?
Ja, wir lieben ihn.
Wie haben Sie eigentlich Ihr Bein verloren?
Du.
?
Wie hast du dein Bein verloren?
?
Wir wollten du sagen.
Ach so, ich vergess es immer wieder.
Naja, ist schon spät, wir sind alle müde, wir sitzen auf dem Trockenen, vielleicht sollten wir nochmal kurz halten und uns einen genehmigen ... was meinst du? Irgendwo wird schon was offen sein ...

Nein, fahren wir weiter.

Du hast Recht, weiter, immer weiter.

Ewige Nacht, von Feuern erhellt. Gut, dass du die Scheinwerfer ausgemacht hast,

Kapitän, man sieht viel besser.

Ja, schau nur, schau zum Fenster raus.

Immer größere Ewigkeit.

Gut gesagt.

Feuer.

Sterne.

Schön.

Per aspera ad astra.

Wenn man ins Weltall fällt, was meinst du, wird man dann immer

langsamer oder immer schneller?

Alles Schmarrn, man platzt.

Aber ohne Knall.

Genau.

Erkennst du ein Sternbild? Hast du das drauf?

Nein, völlig zwecklos, dass ichs versuche. Rauchen wir lieber noch eine.

Ja, rauchen wir.

Gut.

Weißt du was?

Was?

Jetzt liegt alles offen zutage.

Ja, alles liegt offen zutage.

Spürst du es?

Ja.

Siehst du es?

Ja.

Riechst du es?

Ja.

Schmeckst du es?

Ja.

Hörst du es?

Ja.

Es ist alles, alles gut, was?

Ja, es ist alles, alles gut.

Verschwindibus.

Es muss heißen: Verschwindiwutz.

Was?

Verschwindi*wutz*, nicht Verschwindi*bus*.

Also, ich kenns als Verschwindibus. Verschwindiwutz, nie gehört ...

Rauchen wir noch eine. Ich seh überhaupt nichts mehr, zum Glück kenn ich die Strecke wie meine Westentasche. Ist sowieso, als würde der Panda von allein fahren, oder?

Schweben, als würde er schweben.

Stimmt, er schwebt.

Und klingt.

Schwebt und klingt. Unendliche Weite.

Sieh mal ...

was?

da

ja

du hast recht es ist ganz von fern aber

es ist da

Lieber, ach Lieber, meinst du, man bekommt verlorene Tage am Schluss wieder?

Schön wärs, oder?

Oder schrecklich, je nachdem.

Wohin fahren wir.

Unendliche Weite. Wenn ich es mir recht überlege, würde ich sagen: schrecklich.

Schrecklich.

Aber vielleicht auch schön.

Letztlich wahrscheinlich beides, schrecklich *und* schön, aber in einem.

Kann man das verstehen?

Durcheinandergeratene Sphärenharmonie, aber doch *-harmonie*, jedoch Unsphäre, Unstern, Gebrumm.

Keine Ahnung, was am Anfang der Welt war,

Feuer

Wasser

Feuerwasser

oder doch Salz

aber am Ende der Welt ist Musik.

Wenn mans nicht besser wüsste,

könnts einen gruseln.

Aber man weiß es ja besser.

Ach, lassen wir das, dieses Nachdenken, anstrengend, man bekommt Kopfweh davon.

Verdammtes Nachdenken.

Das Kopfweh morgen wird fürchterlich sein.

auch daran wollen wir aber jetzt nicht denken.

Alles ist unklar. Selbst dass es unklar ist.

Weiter, immer weiter.

nicht nur der Panda ist in der Weite

MIX
Papier aus verantwortungsvollen Quellen
FSC® C083411

Das für dieses Buch verwendete Papier ist FSC®-zertifiziert.